どクズな家族と別れる方法
早田 結
ill.黒崎
2
天才の姉は実はダメ女。無能と言
導士だった
JN015690

アルノール・ロシェ
元国立学園の魔導担当教師。国神の加護のおかげで老けてはいない。
ノエル・ヴィオネ
幸せを掴んだ元伯爵令嬢の付与魔導士。服装は気取らないワンピースが多い。
神獣様
金色の鹿の姿をしている。人前にはほとんど出てこない。

ユーシス
ノエルとアルノールの息子。
神獣様に出会ったころは
五歳。

?
セス・レフニア
元ゼラフィが刑務作業をしていた鉱山の技術者。その前は、研究所に勤務していた。
ゴラツィ
ヴィオネ伯爵家の用心棒である蔓薔薇。ちょっとした植物型魔獣並の戦闘能力を持つ。

ど クズな家族と別れる方法

天才の姉は実はダメ女。
無能と言われた妹は
救国の魔導士だった

2

Hayata Yu
早田 結

ill. 黒埼

Contents

金色の子鹿

国王夫妻は明日から二泊三日の休暇だった。

ようやくもぎとった久々の休みだ。なにしろ、夫婦ともに忙しすぎた。特にシリウスは生真面目な性格も相まって何でも抱え込む傾向がある。

確実に休めると幾度も確かめてから「湖のおうちに行きましょう」と、ノエルはユーシスに伝えた。もしも取り消しとなったら可哀想だからだ。泣かれるノエルも辛い。

ユーシスは五歳になるふたりの息子だ。アンゼルア王国第一王子でもある。

金茶色の髪に青の瞳をしたユーシスは、侍女たちにこっそりと「天使の王子様」と褒められているのをノエルは知っている。平穏な王宮のなかで大事に愛されて成長している。

――それも旦那様が頑張ってくれているからなんだけど。忙しすぎは心配なのよね。明日からはのんびりするわ。

ユーシスは「湖のおうち!」と目を輝かせ、「旅支度だ!」と走り出す。

「旅支度って……」

――転移魔方陣でひょいって行くだけなんだけど。

部屋に駆け込んだユーシスの様子を見に行くと、本当にクローゼットから鞄を取り出していた。

「騎士はいざ遠征って命令がくだされたら、ささっと荷を整えるんだ」

「どこで聞いたの」

「五秒で荷造り！」

「いや、騎士でも無理だから、ユーシス」

ユーシスは持っていく遊び着を選び、湖に浮かべる玩具の船もバッグに入れた。

「では、司令官がチェックをしますね」

とノエルはさりげなく鞄を開け、「おやつは没収」と、衣類の間に突っ込まれた砂糖衣の焼き菓子を確保。菓子はハンカチに拙く包まれてはいたが危ういところだった。玩具は「貴重品は保護するように」と壊れないようにタオルで包んだ。

ユーシスは司令官に従う騎士の真似（まね）か、神妙にしている。

小さな船の玩具は付与魔法品だ。帆とスクリューがついていて、動力源にノエルの付与魔法がほどこしてある。くるりと一回りして帰ってくる機能があるだけなので池で遊ぶだけならなくす心配はないが、紐（ひも）を括（くく）り付けておいた方が良さそうだ。

その夜。遅くなりシリウスが部屋に帰ってきた。やはり、休暇のために無理に仕事をしていたようだ。

「湖のおうちに行くって伝えたら、ユーシスが大張り切りだったの」

ノエルが楽しそうにシリウスに教えた。

シリウスは「ノエルが楽しそうだったからユーシスも張り切ったんじゃないかな」と、そんな風に言おうとしてふと気づいた。楽しそうだったのはノエルだけじゃないだろうと。


明くる日、一家は湖畔の家に向かった。

ソラン領にある家はあまり大きくはない。シリウスがノエルのために建てた家だ。ノエルは緑の屋根に白漆喰の家を見るたびそのことを思い出す。

――家族の休暇だけど。「おふたり目ができるといいですね」的なことをちらほら言われたのよね。さすがにズバリとではないけど。

子供のことは別としても、夫婦での休暇は長いことなかった。ノエルとしては純粋な骨休めでも良かった。シリウスには休みが必要だ。

この家は、家族でのんびりする用に建てられていた。使用人や護衛たちが控える部屋は隣接する別館に用意されている。

窓から差し込むうららかな日差しに誘われて、別荘に着いたばかりだというのにノエルは帽子を手に取った。

「湖畔に散歩に行ってくるわ」

最近は子守で庭に出るくらいしか外に出ていなかった。

眠そうなユーシスは乳母の腕の中でまどろんでいる。旅支度をしたので疲れたのだろう。昨夜は楽しみにしすぎて寝るのも遅かった。

ノエルは一人で歩くだけのつもりだったが、シリウスも「いいね、行こうか」とソファから立ち上がった。

「湖畔のデートね」

ノエルは笑って背の高い夫を見上げる。

「もちろん」

——湖畔のデートか。

シリウスは胸中で浮き立ちながらも、顔ではただ優しげな笑みを浮かべて妻の手を取った。

ユーシスの世話を頼んでふたりは出た。遠目に護衛はいるがふたりきりの雰囲気だ。

——なんか、いいわ。ちょっと恋人気分。

湖までの小道を歩く。とても静かだった。周りの景色は緑一色で目に優しい。

「のんびりするね」

シリウスがほぅと息を吐く。

「ホント。素敵なところ」

「国神の加護が篤い土地だからね」

王笏の精霊石が見つかった泉はほど近くにある。この辺りは霊験あらたかな聖なる場所として有名だった。

シリウスとノエルは湖の畔を心地よく歩いた。ユーシスの喜びそうな木の実も探した。ユーシスはもう木の実を誤飲する年齢は超えているし、たくさん拾って持ち帰ったら喜びそうだ。

森の木立の間を歩いていると、木々の向こうに子鹿と思しき動物が垣間見えた。

つぶらな金色の瞳に、可愛らしくピコッと動く耳、しなやかな体躯。まだ小さな角。木立でよく見えないが子鹿だろうと思う。けれど、毛並みが瞳と同じ金色で、普通の鹿とは違うようだ。

——変わった子鹿。

亜種だろうか。この森に魔獣はいない。神聖な土地なのだ。

「ノエル、迂闊に近づかない方が良い」

シリウスが慌ててノエルの腕を掴んだ。

「ここには危ない獣はいないのでしょう?」

あんなに可愛らしい子鹿だし、とノエルはシリウスを振り返り、金の子鹿を脅かさないように声を潜めた。

「それはそうだが。神獣様がおられるかもしれないんだ」

シリウスも小声で答える。

「神獣様?」

神獣様なら、なおのこと危険はないだろうとノエルは思う。神獣は、神の御遣いだ。国神の加護をもつシリウスとは近しい存在のはずだろう。

そう思うのだが、シリウスはノエルを抱きしめてなぜか心配している。

ふたりはとりあえず、その場から退き湖畔に戻った。

岩場に腰を下ろすと、シリウスは「まだ幼いころにルカ・ミシェリー教授から聞いた話だが」と前置きをして話し始めた。

ルカ教授は宮廷魔導士だ。この国にまつわる話ならなんでもご存じだという。ノエルがいつもお世話になっているセオ・ミシェリー教授の兄上だ。

アンゼルア王国におられる神獣の正体は、すっかりわかっているわけではない。他国の神獣の話などは当てにならない。この国は国神の加護によって成り立つ国であり、神獣もまた国神に関わる存在でこの国独自のものだ。

「我が国の神獣様は、他国の神獣たちのように戦時に戦うようなことはないが、国が危機に瀕したときに人々に危険な場所を教えてくれたり、あるいは癒やしの泉が湧き出る場所を示してくれたという」

「そんな伝説があったの？　知らなかったわ」

「そういう話は多くはないんだ。それに、神獣様が狙われると困るので秘匿している領地もある。戦う神獣ではないのでね。狙われたらいけないと思うのだろう。我が国は治安の悪い時期が長かったから。神獣様を大事に思うところにしか神獣は現れなかったので、話が広がることもなかったんだ」

「それはわかるような気がするわ。先ほどちらっと見えたのが神獣様だったら、あまり強そうじゃなかったもの」

失礼ながら、か弱そうだったものね、とノエルは心中でそっと思った。

神獣ならそう見えなくても強い霊力などを持っているのだが、シリウスの話では、戦力というより幸運を授けたり危険を教えたりといった形で助けてくれたようだ。

強い神獣なら危険を蹴散らすだろう。だが、それはなかったのだ。

——だから秘密にしてたのかな、それなら、このことは極秘ね。

シリウスは護衛たちにも情報を共有しておくことにした。神獣に失礼があってはならないからだ。

「というわけで、この近辺に神獣殿がおられるかもしれない」

とシリウスはこのたび、ふたりに付いている護衛や侍従、侍女たちに話した。

ノエルも先ほど見かけた金色の子鹿のことを覚えているかぎり伝えた。

「それでは神獣様は、このたびはどのような目的で姿を現したと思われますか」

今回の護衛の長である近衛分隊長のケインが尋ねた。

彼は生真面目を絵に描いたような騎士で、国王一家の護衛の責任者だった。ケインの上には近衛隊の隊長がいるが、現場責任者のような立場だ。

ノエルは実は、ケインも激務すぎてだいぶ疲れが溜まっているのではと疑っている。壮健な騎士であっても限度があるだろう。

――今回は超安全地帯への旅行だからのんびり任務のはずだったのに、神獣様騒ぎじゃ、のんびりできないかも。

彼の健康が少々心配だった。

ノエルが案じている横で、シリウスはケインの問いに答えていた。

「わからない。危険があってはならないので、引き上げてきたところだ」

シリウスが固い表情で答えた。

「危険ですか？　この地に危険とは。さすがに思いつかないのですが」

ケインが戸惑う。

そうであろう、と皆も思う。一応、国王夫妻が到着する前に下見は終えてあるが、危険などどこにもなかった。

「神獣様が現れるのは、有事であれば危険のお告げであることが多いらしい。あとは癒やしの霊泉や霊薬のありかを教えてくれたり。それから、気まぐれに賢王へのご挨拶などもあったとか」

「なるほど……。では陛下ご夫妻にご挨拶にいらっしゃったのではありませんか」

「いや、え？」

シリウスは、今初めて気が付いたという顔をしている。

「シリウス。私もそんな気がするの。だって、全然、危機感がある雰囲気じゃなかったもの」

「そ、そうか。私はてっきり、ノエルが危ない目にあったらいけないとしか思えなかったが」

周りの皆の視線が一気に生温くなる。

シリウス王は賢王と誉れ高いが、ノエルのことになると平常でなくなるところがあった。


日も高くなり、ユーシスが昼寝から目を覚まして昼食を済ませると、三人は朝に神獣様を見かけた森に出かけた。ユーシスが、神獣らしき子鹿の話を聞くと会いたがって大興奮したためだ。

シリウスも、もう神経質に止めたりはしなかった。

また会えるかわからないが、同じ森の辺りに行くとどこからかカツカツッと駆け足の音が聞こえ、金色の子鹿が姿を現した。

今回は木立越しではなかった。目の前に子鹿がいた。

「うわぁ、可愛い」

ユーシスが声をあげた。

子供は正直だ。神獣様に可愛いなどと言って良いのかわからないが、可愛いとしか言えないお姿だった。

見た目は子鹿によく似ているが、ところどころ違うところがある。瞳は澄んだ金色だ。少し金

茶に近いが、金粉をまぶしたように輝いている。

金の毛並みは、鹿にしては少し長毛だった。その上、少しくせ毛で鹿らしくない。鹿らしくない毛並みだけれど、艶やかで滑らかそうで美しい。つぶらな瞳とあいまって、麗しくも愛らしい。

「たしかに、なんともいえず可愛らしい……」

シリウスが戸惑った様子で呟く。

本当に神獣様なのかわからないが、神々しい雰囲気はある。あまりに可愛らしいので、その神々しさが目立たないだけだ。

金の子鹿は、何度か小首を傾げてから、振り返り振り返り歩き出す。

なんとなく、付いていった方が良いような気がする。

「シリウス、行きましょう」

ノエルがそう声をかけると、ユーシスは勇んで歩きだし、シリウスはノエルとユーシスに先んじて歩くように前に出た。

子鹿のあとをついて行くこと数分、少し開けた場所に出た。周りは木立に囲まれているが、花の群生地となっていた。

「綺麗な香り」

ノエルは思わず息を吸い込んだ。

「霊薬のようだ」

「れ、霊薬？」

ノエルの声が思わず裏返る。

「きっとそうだろう」

シリウスが言うと、子鹿は頷（うなず）くように首を振る。

シリウスとノエルは霊薬かもしれない薬草を摘み、その間ユーシスは子鹿とじゃれて遊んでいた。絵のようにのどかで綺麗な光景だった。

国王一家は神獣様とひととき過ごし、家に帰った。

ケイン隊長から王宮に報せがいったため、宮廷魔導士のルカ・ミシェリーが急遽（きゅうきょ）、転移魔方陣を使ってやってきた。霊薬が手に入ったという一報に薬師も来ていた。

家族団らんの休暇ではあったが、仕方がない。

薬草を一目見た薬師は「疲労回復に特効のある霊薬です」と言った。

「疲労回復、ですか」

シリウスはクリーム色の花を見つめた。霊験あらたかそうな薬草に見えたが、案外、庶民的な薬効だ。

「ふむ。しょぼいな」

ルカが、皆が思いながらも言わなかったことを呟く。

「ルカ殿……」

シリウスはじとりと、ルカに非難の目を向けた。

「で？　神獣殿は、どのようなお姿だったのかな？」

ルカがシリウスの非難など気にもかけずに尋ねると、ユーシスが勇んで答えた。

「かっわいい子鹿さん」

「ほぉ、子鹿、とな？　それはまた……子供の神獣殿か……」

ルカがなんとも言えない顔をする。

「神獣様に子供って、いるんですか」

ノエルは思わず尋ねた。

「それは、もちろん。生まれたては、どこの何でも子供だ」

「生まれたてですか」

「なるほどな。子供の神獣様だから、贈り物がしょぼいのだな」

——またしょぼいって言った！

思いながらも、宮廷魔導士のルカには文句も言いにくい。

「で？　疲労回復、とな？　おそらく、シリウス王が疲労困憊（こんぱい）しているからくれたのだろうな」

「そうでしょうか」

シリウスが腑（ふ）に落ちない顔をする。

「いただくべきですよね」

ノエルはもう夫に飲ませる気満々だった。

「ですが、霊薬ですと、好転反応がきつく出るかもしれません」

薬師が心配そうに口を挟んだ。

「とはいってもな。せっかくの神獣殿のご厚意を無下にするわけにもいかんだろう」

ルカは重々しくそう告げる。

「丁度良く休暇中なんだもの、飲んでほしいわ。ゆっくりできるんだもの」

「だが……」

なおも渋るシリウスをノエルは無視することにした。

ずっと夫の体が心配だった。国神の加護のおかげでシリウスは並外れて健康体だ。それでも、人間の体なのだ。自分に疲労回復の治癒をかけていることをノエルは知っている。

そんな風に誤魔化しながら、休息も睡眠も削って仕事をしているのだから、どこかに歪み（ひずみ）が溜まっていても不思議はない。

「だから、神獣様にまで心配されてるのよ」

ノエルが呟くと、シリウスもさすがに「わかった」と小さく答えた。

「それじゃ、ケイン隊長にも飲んでもらった方がいいわね」

ノエルはついでに、もう一つの懸念事項だった警備責任者の疲労も片付けることにした。

「わ、私ですか？　いえ、なんの問題もない健康体ですが？」

ケインが焦って答えた。

「目の下の酷い（ひどい）クマは健康な人間にはないものだわ。それに、シリウスの好転反応がちゃんと霊薬によるものか見るためにも、もう一人必要でしょ」

ノエルが無理矢理こじつけると、「そうですね」と薬師殿も賛同してくれた。

急遽、霊薬の調合が行われることとなり、「また何かあったら報せてくれ」とルカは早々に引き上げ、シリウスとケインはできたてほやほやの薬湯を飲まされた。

その夜からふたりは揃って熱を出した。

「好転反応ですね」

と容態を見た薬師の見立てだ。

ノエルはケインが新婚だと聞いていたので、新妻の夫人が来られるか騎士団を通じて訊いてもらった。すると、夫人はすぐに来てくれた。

それからは、ノエルと夫人は共に戦友となり、それぞれ夫の介護に勤しんだ。

その間、ユーシスは神獣様としばしば遊びながら過ごした。楽しいらしく、ユーシスはノエルたちが遊んであげられなくても文句はなくご機嫌にしている。神獣様に子守をしてもらっているみたいで微妙な心地だ。

「すまないね」

熱で気弱になったシリウスがノエルに弱々しく声をかけた。

「介護って初めてなの。愛する夫の介護ができるなんて、可哀想だけど嬉しいわ」

ノエルは冷やしたタオルをシリウスの額に当てる。

「……そうかい」

「冷たいタオルを当てると少し安心した顔になるでしょ。それを見るのが、なんか嬉しい。私、介護してもらったことがないから気持ちがわからないけど」

「とても気持ちがいいよ。私も介護してもらったのは生まれて初めてだよ、ノエル」

熱っぽい顔でシリウスが微笑む。

「そう？　そんな風に喋って疲れない？」

「大丈夫。心底、安らいだ気分だ。ノエルが熱を出したときは私が介護をするよ」

「忙しいんだもの。頼めないわ」

「頼まれなくてもやりたいんだよ」

「ありがと」

久しぶりに穏やかで優しい夜だった。

――なんだか、神獣様に感謝ね。


明くる日にはふたりの熱は潮が引くように下がり、さわやかに起き出した。

「何年ものこびり付いた疲れが消えたみたいだ。とても体が軽い」

シリウスは見るからに爽やかだ。

ケインも顔色が良い。目の隈がなくなると男前が上がっている。

「ケインって、美男だったのね」

ノエルが思わず言うと、ケインは「ありがとうございます」と苦笑し、夫人が嬉しそうに頷いた。

◇◇◇

シリウスが寝込み、ノエルが看病している間、ユーシスは金色の子鹿と遊んでいた。

一緒に追いかけっこをした。

ユーシスが負けるに決まっている追いかけっこだ。けれど、子鹿はいつも待ってくれて、ただの追いかけっこなのに楽しい。

子鹿が楽しそうだからか、可愛いからか、よくわからない。走って、おいついて、柔らかなお腹にしがみついた。

子鹿は、しばしばユーシスの髪をそっと甘噛みし、頬をぺろりと舐めた。

「くすぐったい」

と抗議をしても、首を傾げている。とても可愛い。

「僕の方が、お兄さんかも？」

そんな風に訊いてみると、子鹿が少し首を傾げてから横に振る。違うと言いたいみたいに。でもユーシスは自分がお兄さんだ、と思っていた。

子鹿のあとをついていくと、良い匂いの花畑がある。小さい薄紫の花が咲いている。

「これも、薬草？」

尋ねると、子鹿が頷く。

子鹿が微笑んでいるような気がする。可愛い笑顔だ。

ユーシスは、父たちがそうしていたように、一本一本、丁寧に薬草を摘んだ。摘んだ薬草は従者が傷まないように包んでくれた。

お土産の薬草を摘み終わると、持ってきたお弁当を開けた。

神獣様に果物を「どうぞ」と勧めると、子鹿は甘い果実をぺろりと食べた。

「美味しい？」

尋ねると少し首を傾げる。

「あんまり美味しくなかった？」

お弁当を片付けると、子鹿がユーシスの服の裾を噛んで引っ張る。

「どこかに行くの？」

また子鹿についていく。

「薬草のお土産は、もうもらったよ」

そんな風に言っても、服を引っ張るのをやめてくれない。

さらに歩いて行くと、泉が湧き出ているところに出た。

「泉だ！」

さらさらの水だった。水晶のように透き通っている。水底の砂の粒さえもよく見えるくらいに澄んでいた。

泉の周りの岩には薄緑色の草が綺麗に繋っていた。

この綺麗な草がのちにちょっとした騒ぎとなるなど、ユーシスは当然、思ってもみなかった。

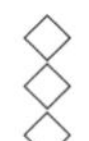

疲労回復休暇になってしまったが充実した日々を過ごし、国王一家は王宮に帰った。
「で？　また土産を貰ったって？」
帰ってきて早々にルカが訪れた。

ユーシスは神獣殿と遊んでいてまた違う霊薬をいただいており、そのことをルカに伝えた。

「そうです、これなんですけど」

「薬師殿の見立ては？」

ルカが問うと、宮廷薬師殿がうやうやしく「魔力の閉塞に薬効がございます」と答えた。

「ユーシスは少し魔力の流れが滞りがちだから、それでかも」

ノエルがルカに教えた。

「大したことはなかっただろ。魔力の高い子にはありがちな程度だ」

ルカは渋い顔だ。

「えぇ、まぁ。でも、霊薬のおかげでモヤッとした感じが消えたって、ユーシスはご機嫌です」

「ふむ」

ルカが、しょぼいな、と言いたげな顔をし、ノエルとシリウスは押し黙る。

実のところ、幼い神獣様が一生懸命お土産をくれるだけで、もう可愛くて、薬効などどうでも良い気がしてくるのだ。

喜ばせようとしてくれている、それだけでありがたくなってしまう。

「あの、それで、もう一品の方は……」

薬師がおずおずと口を挟む。

「もう一品あるのか？　そのしょぼいやつか？」

ルカが視線を向ける。

――またしょぼい、って言った……。

その場にいたルカ以外の皆は、同じ想いを胸中で呟きながらも口には出さない。

しょぼくてもいいのだ。

可愛いからいいのだ。

「それが……」

と、薬師はなぜか言い淀んだ。

「何か問題が？」

シリウスの胸中に、にわかに不安が立ち上る。先日、薬師から「特別な薬効が見当たらないので再度調べます」と聞いていたことを思い出す。

――何か、重篤な病が広がる兆候か。まさか。

「見た目は地味ですが霊薬のようです。香りが強く香草としても使えます。爽やかな良い香りです。貴重な珍種なんです。苔の特徴を持っています、苔には見えませんが。根がほとんどありませんし、やわらかです。霊力はとても高いのですが、その割に薬効はあまりありません。栄養価が高いくらいでしょうか。病後の栄養補給にはたいへん良さそうなものです。よほど清いところにあったのか、淀みも汚れも全くないんです」

薬師が説明をする。

薄緑色の香草は、あまり美味しそうではないが、不味そうとも言いにくい。

綺麗な香草なのだ。異国風の庭にあしらったら洒落た感じになるかもしれない。神獣様からのありがたい霊薬ではあるので、そんな贅沢な使い方をするのは恐れ多いが。

それにしても、神獣様のお土産にしては風変わりだ。なぜくださったのかがわからなかった。

「ずいぶんと小さい、苔型の香草か。これは、聞いたことがあるな」

「なんでしょうか。謎のお土産なんですよ」

シリウスは平静を装う顔でルカに尋ねた。

国王という立場の自分が迂闊に動揺してはならない。「病後の栄養補給」という言葉が気になる。やはり流行病の兆候なのか。

「調べてみよう。どこかに記録があったはずだ」

ルカはそう請け合ってくれた。


数日後。

ルカの調べがついたという。宮廷魔導士は忙しいと思うのだが、よほど興味があったのか最優先で行ってくれたようだ。

「……おやつ？」

調べた結果は思いがけないものだった。

「ふむ。記録によるとそうだな」

神獣様のおやつだという。

神獣たちの主食はそれぞれ様々なので見当も付かない。過去には霊山の霞を食べているという神獣様もおられた。あるいは、精霊樹の露という神獣様もおられた。

子鹿の神獣様の主食はわからない。もしかしたら、あの香草が主食という可能性もあるが、

「おそらく違う」とルカは言う。

「霊力が多く含まれた植物性のものは、たいてい神獣様のおやつだとか。神獣と話ができる賢者がそう聞いていてな。その特徴がぴったりだから、たぶん、おやつだ。子鹿の神獣様は、自分のおやつを自慢したんだろう」

「おやつ自慢……」

シリウス王が遠い目をする。

「なにしろ、子供だからな」

肩をすくめてルカが言う。

「おやつを持ってきてしまったってことですか」

シリウスはまた心配になった。

「文句を言っている様子はなかったようだから大丈夫だろ。ユーシス殿下はお友達あつかいされていたみたいだから、友だちにおやつを分けたような感覚だな」

「そうですか」

心底、脱力した。

「栽培して増やしてあげたら、きっと喜ぶだろう」

ルカがそんな提案をするので、ノエルたちはやってみることにした。

王宮の庭師たちも手伝いにかり出された。ルカも「霊力入りの肥料を作ってしんぜよう」と言ってくれた。

さっそく、綺麗な水の専用の水場を作り、霊薬の栽培を始めた。

庭師は慎重に土魔法を使った。ルカの特性肥料もできあがった。

　ノエルは付与魔法で水を浄化して循環させる装置を作った。栽培方法は苔と同じと聞いたからだ。

　どれが良かったのかはわからないが、皆が心を込めて世話をした結果、神獣様のおやつは順調に育った。


　おやつが充分に増えたころ。

　今度は一泊二日の日程ではあったが、また湖畔の別荘へ向かった。

　神獣様がよくおられた森に行くと、果たして、可愛らしい神獣様が現れてくれた。

　ユーシスが苔を山盛りにした鉢を差し出す。

　すると、神獣様がぴょん、と跳ねた。

　喜ばれているのか。可愛らしく軽やかに、ぴょんと跳ねる。

　ユーシスもはしゃいでぴょんと飛んだ。

　金色のやわらかな毛並みを風に靡(なび)かせて、しなやかな体を陽の光に煌(きら)めかせながら跳ねる神獣様はたいそう愛らしかった。遠目で見守る護衛たちさえも相好を崩した。

　神獣様と王子は踊るように跳ねて遊んで、遊び疲れると神獣様は上品におやつを平らげた。


　それから、神獣様の姿を見ることはなかった。

　きっと、余所(よそ)の森にでも修行に行っているのだよ、とルカは言う。そういうこともあるらしい。

　四年も過ぎたころに、辺境の領地から神獣様が流行病の薬草を領主に教えてくれたという話をが来た。


聞いた。我が国の神獣様の情報は秘匿するようにお触れを出しておいたので、王宮に密かに報せが来た。

領地を助けた神獣様は、若い金の鹿の姿だったという。

さらに数年を経たころ。湖畔の別荘に久しぶりに家族で訪れたおり、遠くに金色に輝く鹿が姿を現した。

シリウスたちは息を呑んだ。あまりにも神々しく立派な姿だった。神獣様は大人に成長されていた。小さかった角もたいそう見事だ。

――もう可愛らしい子鹿の神獣様はおられないのね。

無事に雄々しくご成長された神獣様の姿は喜ばしいことのはずなのに、寂しさも過る。

おやつの苔にぴょんと飛び跳ねていた愛らしい姿が思い浮かぶ。

目を潤ませて神獣様を見つめるノエルの肩を、温かな手がそっと抱き寄せた。

「我が国の神獣様は、素晴らしいね」

シリウスが囁く。

ノエルは言葉に詰まった。何か答えると堪えている想いが目から溢れそうだ。

金色の鹿は挨拶をするように首を傾げると、ぴょんと彼方へ消えていく。その仕草は子鹿だったころの姿そのままで、見守る皆は思わず頬を緩めていた。

❖ 結婚記念日にはクリームケーキを

ライザからの手紙には少々不穏な気配が漂っていた。

「変わったものを王宮に送りたいから手続きお願い、ってなんなのよ、ライザ」

思わず遠い異国で商売をしているであろう親友への愚痴をこぼす。

ライザは学園を卒業してから商才を開花させ活躍している。ライザなら、どんな変わったものを買い付けたとしても不思議はない。

「『岩龍の親知らず』という異名をとる木の実？　食べ物の二つ名としてそれはどうよ」

ノエルはぶつぶつと呟きながら手紙を読み進めた。

手紙によると、バルダミオ王国という遠い島国で採れる椰子（やし）の実はあまりにも殻が硬い。地元ではひと月もかけて水車を使って殻を穿（うが）つ。

バルダミオ王国ではこれが一般的な椰子の実だと思われているらしいが、普通とはだいぶかけ離れている。バルダミオ王国もアンゼルア王国に似て魔獣が多い国で、動植物がしばしば規格外の進化を遂げている。

アルレス帝国のかつての皇帝はこの椰子の実が好物で、宮廷魔導士たちに命じて椰子の実の殻割りを命じた。魔導士たちが一週間もかけて殻を割り、皇帝は美味なる実に舌鼓を打ったという。

「まさか、この面倒そうな椰子の実を持ち込むとかじゃないわよね」

そのまさかだった。

『もうすぐ結婚記念日でしょ。どうせプレゼントに頭を悩ませてるんでしょ？　ノエルの凄腕で椰子の殻を割って椰子の実クリームを作ってご馳走するのよ。香ばしいクリームはパンケーキに塗ると絶品らしいから。私にも食べさせてね』

　手紙にはそんなことが書かれていた。

　数日後。

　ノエルは、ライザの忠言にしたがって結婚記念日のデザートに椰子の実クリームを作るつもりになっていた。ライザが勧めてくれたというのもあるが、調べてみるとこの椰子の実、確かに大変な食材だが、うまく割れば中の実は素晴らしく香ばしく、こってりとした甘みにクリーミーな風味は「一度、食せば生涯忘れられない」と評されるほど美味しいらしいのだ。

　――結婚記念日の贈り物もなんとなくマンネリ化してたものね。思いつかないっていうか。手作りお菓子は良いかも。

　ノエルは料理の腕は下手だ。不器用ではないが、センスがないのだ。けれど、殻を割りさえすれば椰子の実クリーム作りはそう難しくない。

　よく攪拌して、好みで生クリームや甘みを加えさえすれば、もうそれだけで「この世で最も香り高い実」とか「濃厚かつ極上の木の実」という椰子の実が全てを解決してくれる。

　パンケーキも、作り方を見るとさほど難しくはなかった。

　料理長に手伝ってもらえれば、ノエルでも失敗なく作れるだろう。パンケーキを焼いて、極上のクリームを絞って、旦那様に笑顔で差し出すのだ。

「私が作ってみましたの」とか言いながら。

――うん、いいかも。

これでいこう、とノエルはにんまりと顔を綻ばせた。


一週間後には予告どおり、椰子の実が届いた。

「こ、こんなに大きいの？」

ノエルは思わず頭を抱えた。

椰子の実は艶やかな焦げ茶色で、大きさは大人の頭の倍近くはある。重さもずっしりとしている。従者が重そうに部屋に運んできた。

――思ったより大変かも。

ノエルは目の前にある椰子の実を指でカツンと叩いた。

――すんごい硬質な音がする。

だが、ここまできて椰子の実クリームを諦めるという選択肢はない。

――計画通り、進めましょ。

ノエルは気を取り直すと、一人決意を固めた。まずは、計画書を読み返す。

「そうね。料理長に相談し直しとこう」

結婚記念日はふたりきりで過ごす予定だ。ユーシスはジュールのところに遊びにいく。国王夫妻の結婚記念日だとしても特に催事はない。ノエルはあらかじめ、料理長に「自分でお菓子を作りたい」と伝えておいた。

椰子の実クリームのことは到着してから詳しく話す予定で、「友人から珍しい木の実が届くからそれを使います」とだけ話してあった。

——こいつを見せたら、驚かれるかも。

と思いながら、従者に手伝ってもらって調理場に運ぶと、案の定、料理長が目を剝(む)いた。

「これはまさか、バルダミオの椰子の実」

「さすが料理長、ご存じでしたか」

「はい。恐ろしく硬いとか」

気のせいか、顔色が悪い。

「硬い殻は特性魔導具でなんとかする予定なんですけど。問題は作業場所なの」

「この調理場ではないのですか」

料理長が首を傾げた。

王族や貴賓担当の料理長は、なかなか厳(いか)つく逞(たくま)しい男性だった。騎士団長と言われても頷ける体躯だ。その見た目に反して繊細な盛り付けや愛らしい菓子などが得意だったりする。見た目詐欺な料理長、とノエルは密かに呼んでいる。

「それがね、下手したら一週間くらいはかかるかもしれないの。あと、少し問題があってね。微粉末の処理が要るものだから。風魔法のカマイタチを使って掘削するんだけど。その削りかすが問題なの」

「カマイタチの削りかすですか」

料理長が考え込む。

「結界を張って封じ込める予定ではあるのだけど。やはり、迂闊な場所ではできないわ。ルカ先生にも相談するつもり」

「なかなか大ごとですね」

「そうなのよ。でね、微粉末で床とかが汚れるといけないし、シリウスには秘密にしたいし、貴重食材だし、特性魔導具も使うし。どこで作業しようかしら。一週間くらいかかるし」

「隣の食料庫はいかがでしょう。高価で貴重な食材を保管しますので鍵の管理は厳重です。入れる者もごく限られています」

「広さはあるのかしら？」

王族や貴賓たちの料理をする調理室は思うほどは広くはない。安全確保がまずは最優先だからだ。食中毒や毒の混入など、決してあってはならない。防犯にも気を遣っている。下働きで入る者も厳選されている。

食材もまた同様に保管は厳しい。

ノエルは料理長に案内されて第一食料庫に入れてもらった。

高級食材用の第一食料庫は、食料庫というより宝物庫のようだった。

料理長は貴重な椰子の実を放っておけないから、とわざわざ手ずから椰子の実を運んでくれた。食料庫の中央には選別用の台が置いてあり、そこにそっと椰子の実は置かれた。

食料庫は、真っ白く艶やかな床や壁に立派な棚が並んでいる。清潔で、完璧に整理整頓がなされていた。

ノエルは自分の作業場の棚を思い返し、そのあまりの差に脱力する。

——これぞ、理想の食料庫だわ。

「料理長、この綺麗な食料庫はちょっと使えないわ。微粉末で汚したらいけないし」

「壁や床や棚は、掃除がしやすい工夫がされていますが」

「いやいや、こんなピッカピカのところを汚すような図太さは私にはないわ」

「ご遠慮なさらずとも」

ふたりが話していると、ノックとともに宮廷魔導士のルカ・ミシェリーが姿を現した。

ノエルが「珍奇な木の実を手に入れました」と相談の手紙を従者に運ばせたからだろう。ノエルが王宮内で変わった作業をするときはルカに一報を入れることになっていた。それでなくとも物知りなルカから、バルダミオの椰子について情報を貰えないかとノエルは期待していた。

「また変わったものを手に入れましたな、王妃よ」

ルカは椰子の実を一目見てその正体を知ったらしい。

「結婚記念日のデザートに最高に美味しいクリームケーキを作る予定なんです」

ノエルが熱く答えた。

「ふむ。もしや、掘削作業のために魔導具が要るのかな。手伝いの駄賃は一番大きいケーキ一切れで受けよう」

「削りかす対策も要るのでお手伝いはとても助かりますが、一番大きいのはシリウスにあげたいんですけど」

ノエルが文句を入れると、ルカはハハと笑った。

「ノエル妃の料理の腕は知っておる。陛下には一番綺麗にできたやつを選べば良かろう。私はぐちゃぐちゃでも構わんから、大きいのがよい」

「ぐ、ぐちゃぐちゃになんか作りませんからね」

――どうしてルカ先生が私の料理の腕を。そういえば、たまたまお茶をいれたときに、不慣れな手元を見られたような気が。

ノエルが気まずく思い返していると、ルカが慈愛の笑みを浮かべている。

「それにしても、これはずいぶん立派な椰子の実だな」

とルカはコツンと椰子の実を小突く。

「隣国で仕事をしている親友が送ってくれたんです」

「奮発してくれたようだな。魔力が溢れておる」

「そういえば、とっても艶やかですよね」

椰子の実は綺麗な球形で、木の実と言われなければ宝玉の置物のようだ。すべすべとした焦げ茶色の表面は部屋の灯りを反射して輝いていた。

「バルダミオ王国は、我が国と同様に魔獣が多くてな。魔素の森やら瘴気(しょうき)の森やら、はたまた異界の森やらがそこいらにある。そんな環境のなか、精霊樹の親戚のような樹木もある。椰子の木も独自の進化をとげ、千年も生きているものがごろごろある。この実の親である木も、おそらくかなりの高齢だ。そうでないと、こんな規格外の実はならんな」

「そんなすごい椰子の実ですか。ライザには感謝だわ」

「せっかくだから、溢れてる分の魔力を解析してみよう。滅多にない機会だからな。バルダミオは、椰子の実の良いやつは外に出さないというし」

「ライザ、どうやって手に入れたのかしら」

ノエルはにわかに心配になった。無理はしていないと思いたい。

「一番、手っ取り早い方法は、地元の者と仲良しになることだな。美人なら簡単だろ」

「ライザは色仕掛けなんてしないと思うけど、でもとても社交的だからあり得るわ」

「それで、だ。こいつは昔から美味で有名な椰子の実だが、権力者が執着するほどではないんだな、不思議なことに。大帝国の皇帝も気に入るくらいだというのに。無理矢理、実を手に入れたという話は聞かないだろ？」

「そうですね、そんな記録は目にしませんでした。殻を割るためにはそうとう無茶をした人がいたみたいでしたけど」

その筆頭がアルレス帝国の皇帝だろう。とはいえ、自国の魔導士たちを働かせただけなので、大国の皇帝としては常識の範囲なのかもしれない。

「酒や煙草のような依存性はないのだ。途方もない美味というものは、案外、そういう依存性を持っていたりするのだがな」

「変な依存性がないのは安心ですよね」

「まぁな。だが、魔力もちの食材は、たいがい優れた効能をもっているものだ」

「薬草みたいな効果が？」

「そうだ。きっと、この椰子の実も何らかの力をもっているだろう。人は、体に良いものを自然と欲して、美味いと思うものだ」

「なるほど」

ノエルが納得して頷いていると、隣で料理長もこくこくと同意をしている。食のプロである料理長も思うところがあるらしい。

「ふむ。それでは、削りカスを吸引する魔導具もつけようかの。セオにも手伝わせよう」

「セオ教授にも厄介をかけて良いのかしら」

教授たちに手伝ってもらえるのなら結界と吸引は完璧だろう。この綺麗な食料庫で心置きなく作業ができる。けれど、お菓子のために時間を使わせてしまうのは心苦しかった。

「そりゃ、食べたがるに決まっておる。仲間はずれにする方が良くない」

「そういえば、セオ教授は甘いものがお好きだったわ」

かくして、どんどん話が大きくなり、結婚記念日手作りデザート作戦は開始された。


明くる日。

ノエルが掘削のための付与魔法品作りに精を出していると、ルカが訪れた。

手には早くも魔導具を携えている。

「結界の魔導具はさっさとできたぞ。微粉末吸引の魔導具も明日にはできるだろう」

「は、早いですよ、ルカ先生。掘削が間に合わなくなりそう」

「結婚記念日には、丸のままの椰子を飾るわけにはいかんだろ」

「そんな、縁起でもない」

そうなるかも、という可能性があるだけに笑えない。

「掘削機を椰子の実に固定する台はセオ先生に作ってもらったので、これをセットしてみます。付与魔法の道具はお試し品は作ってみたんです」

「進んでいるじゃないか」

ふたりは調理室の隣にある食料庫に向かった。

ノエルたちが調理室を覗くと、料理長がいそいそと一緒に食料庫へやってきた。

「今日は、調べてわかったことを報告しておこう」

「椰子の実の魔力を測った結果ですね」

「そうだ。多角的に調べてみた。バルダミオの椰子の木は、どうやら『記憶』の力に優れているようだ」

「記憶？　ですか」

ノエルが頭に疑問符を浮かべ、料理長も首を傾げている。

「平たく言えば『記憶力が良い木』みたいなものだ。記憶という力に特化した木というかな。この椰子の木がどれだけ生きているかはわからんが、実がこんなに魔力に溢れているところを見ると千年くらいは生きている。それで、その千年間の記憶をしっかり持っておることだろう。樹木がどんな記憶を持っているかは人にはわからんが。魔力持ちの木なら、音を聞き、匂いを嗅ぎ、光を見て、遠くの風も感じていたかもしれん。それらの記憶をずっと持っているのだろう」

「すごいわ、壮大な記憶」

「長い長い歴史の物語を知っているのだろうな。この椰子の実も、何らかの記憶に関わる力がこもっているはずだ。椰子の実クリームを食べたら記憶力が良くなる、とか」

「そうなんですか！」

ノエルが目を輝かせ、料理長も身を乗り出した。

「これこれ、そうかもしれんというだけで、まだわからんぞ。もっと違う記憶の力かもしれんし。例えば、古いことを思い出したり」

「古いことを思い出したくない人は、食べない方が良いってことですか？」

幼少時にろくな記憶のないノエルは一気に心配になった。

「この実を誰もが美味いと感じているのだから、嫌なことを思い出す実ではないだろうなぁ。それなら、誰もが好む実にはならんのだから」

「そ、それはそうですね」

「押し並べて皆が美味いと口を揃えるのだから、幸せな記憶に決まっておろう」

「それなら良いですね」

料理長もほっとした様子だ。

「でも、本当に幸せな出来事なんてなかった人は……」

自分は実家のヴィオネ家を逃げてからは幸せだった。けれど、不幸な境遇のままに終わる人もいるだろう。そういう人はどうなるんだろうと、ノエルはふと思った。

「アルレス帝国でバルダミオの椰子の実を好んでいた皇帝は、苛烈な環境で育ったらしいぞ。内乱や暗殺で残らず兄たちが死んで、皇帝の座が転がりこんできたのだ」

「そんな方が椰子の実を好んだんですか」

それは知らなかったわ、とノエルは資料を思い返した。そんな詳細はなかったし、ノエルもわざわざ調べなかった。

「目立たない皇帝だった。侵略は好まず内政を重視し、だが大きな功績も特になく穏やかな治世だった。あの国の皇帝の割に珍しい。派手な皇帝ばかりだからな。そんな皇帝が好んだのだ。それはもちろん、癒やしの美味だったのだろう」

——癒やしの美味。

ノエルは思わず目を瞬(しばたた)き、料理長は感銘を受けた様子で頷いた。

「思うに、誰でも人間という賢い種に生まれただけで幸運だろ。この世には何百万、何千万と無数の生き物がおるのだから。小さな虫からネズミから。あらゆる生き物がおる。そのなかで、千年を生きる樹木をすばらしいと思える心をもつ人間に生まれるのだ」

「それは、そうかもしれませんが」

不運な親をもつノエルは、生まれを幸運と思える過去を持っていない。

けれど、高邁な魔導士に反論する言葉もなかった。

「少なくとも、幸運を授けられ生まれ育まれるのだ。もしも自分の記憶として、はっきりとは知らなかったとしても、無意識下でもっているものがある。最低でも、それはあるわけだ」

——無意識下で？

母胎のころの記憶だろうか。そんなものがあるのだろうか。知らないほど深くにある記憶を「癒やしの美味」が呼び覚ましてくれるのだろうか。

——あの母の記憶なんて……。でも、私にはシリウスとの思い出がたくさんあるもの。

幸せの記憶なら、きっとシリウスやユーシスと過ごした記憶のはずだ。できるものなら、不幸な記憶は消えてしまえばいい。

——「癒やしの美味」が記憶と関係するのなら、本当にそうなってほしい。愛する人たちの記憶で、嫌な記憶を塗り替えてしまうの。

ノエルは、本当にそうなるような気がしてきた。

「ルカ先生。なんだか、すんごく椰子の実クリームが食べたくなりました」

「そうか、そうか」

ルカが微笑む。

「頑張ります」

「ふむ。期待しとるぞ」

なんだか上手く乗せられた気もするが、最高の結婚記念日にしたい、と妙にやる気が漲ってしまった。


ノエルは必死に作業をしていた。どうしても間に合わせたい。

――考えが甘かったわ。

ルカからさらに追加情報があり、必死にならざるを得なかった。それでなくとも、作戦は遅れがちだ。

ルカは言っていたのだ。

「殻を抉るカマイタチは、うんと鋭い方が良いようだ」と。

どこからの情報かは不明だが、セオ教授までも情報を集めてくれて、「もたもたと抉っていると、味が変わるようだ」とわかった。

バルダミオの地元では、水車と魔導具と双方をつかって、ひと月もかけて殻を割る。それが金をかけない割り方だ。

アルレス帝国では、一週間ほどで魔導士総掛かりで割った。すると、椰子の実クリームの風味や甘みがまるで違うのだという。この世でもっとも美味と称されるのは、アルレス帝国での割り方だ。

掘削作業の一週間という日が一日でも短縮されたときには、さらに美味だったとか。

ルカ教授はその理由を推測し、わざわざレクチャーしに来てくれた。

「殻のもっとも硬い層は指の先くらいの厚みらしい。そのすぐ下に繊維層があってな。その層に到達したとたん、繊維層が空気に触れて反応し、内側から硬い層に亀裂を入れてパカリと割れる」

パカリと割れる、という話はノエルも知っていた。だから、表面の硬い層をひたすら鋭く抉れば良いのだ。

「それでな、もたもたやっていると、硬い層と繊維の層の境目を何日もかけて抉ることになる。そんなやり方だと、じわじわと境目の層の不純物質が実の中に入り込むことになり、それが味を悪くするらしい」

「なんと、そんなことが」

料理長が思わず呟き、ノエルも「そんな……」と、掘削作業前からすでに実の味を悪くしたような不安に陥る。

「だから、カマイタチはうんと鋭くなるべく一気にいけばよい」

「……簡単に言いますけどね」

カマイタチをそんな使い方するだけでも大変なのだ。熱がこもらないように掘削は風魔法のカマイタチ一択だというのは資料にもあった。

ノエルはもの言いたげにルカを横目で見ながらも、それしかないことは理解した。

——境目の層を一気に抉ればいいんだから、鋭い錐（きり）みたいなカマイタチを仕込んでやるわ。

イメージはしっかりと心に刻んだ。

——大丈夫。今まで、騎士団の防具や武器を作るために懸命にやってきたんだから。

これまでも困難はあった。乗り越えてきた自負はある。

——いくわ。

ノエルは改良型の付与魔法品を作り上げた。


掘削作業に使える日にちは、遅くなったために五日しかなかった。

五日のうち最後の一日は明け方頃から見張りをする予定だったが、思わぬ手伝いが増えた。

本当はノエル一人でやりたいところだが、事情を知っている侍女や従者が「それくらいはお手伝いさせてください」と言ってくれて、さらにロベールまで参戦、セオ教授まで見張りを買って出てくれた。ルカや料理長もだ。おかげで、さほど睡眠時間を削らなくて済みそうだ。

見張りを始めた最終日。

ロベールから知らせがあった。椰子の実がパカリと割れたのだ。ロベールはすぐに掘削の魔導具と削りカスを吸い取る魔導具を止めてくれた。

作業場だった第一食料庫へ皆が集結した。時刻は昼前。従者が早朝まで番をしたあと、ノエルが替わり、さらにロベールが交代してくれていた。

「やりましたね、王妃様」

料理長が満面の笑みだ。

結界の魔導具も止められているので、えも言われぬ甘い香りが食料庫に充満している。もう匂いだけで最高の美味がそこにあるとわかる。

「すんごい良い匂いだな」

ロベールもにんまりと微笑んでいる。

「これからが本番よ。なんとか今夜の結婚記念日の晩餐（ばんさん）に間に合わせるわ」

ノエルは椰子の実クリームのために、上品な味わいの最高級砂糖と極上生クリームを手配してもらっていた。パンケーキの生地は昨夜、材料を量ったり下拵（したごしら）えはしてある。

いざ、へらを手に取った。

椰子の実クリームの作り方は、殻の繊維質層から実をそっと剥がしとるところから始める。

この作業は料理長が「これくらいは、私がお手伝いをしてもよろしいのでは？」と手を貸してくれた。正直、助かる。なにしろ椰子の実が大きすぎて、小柄なノエルでは文字通り手に余るという感じだ。それに、料理長はさすが手慣れている。

ノエルは特大のボールに椰子の実の中身を入れてかき混ぜる。実の真ん中のエキスと周りの果肉をよくよく攪拌していく。これがクリーム作りのコツだと資料にあった。

この椰子の実は、中身も普通の椰子の実とは違っていた。元から実がクリームっぽい。けれど、とても固いクリームだ。攪拌して、真ん中のシロップ状のエキスと混ぜ合わせるとしっとり滑らかになる。

大きなへらに悪戦苦闘しながら必死に攪拌する。久しぶりに身体強化魔法を使った。甘いクリームの香りが立ち上り、お腹が空（す）いてくる。

「そろそろ、生クリームや砂糖を加えても良い頃ですね」

料理長が椰子の実クリームの様子を見てノエルに声をかけた。

「料理長、では、よろしくお願いします！」

ノエルは手を止めずに答えた。

「味見をしながら入れるのですよね」

料理長はレシピに視線を落とす。

レシピは調べた資料をまとめたものだ。椰子の実は一つ一つ風味や味が微妙に異なり、殻の割り方によってもまた違ってくるので、味見をして好みに仕上げることになっている。椰子の実の風味を生かすために入れすぎに注意する、とある。

「私は一口目は旦那様といただきたいので、味見係は料理長やみんなにお願いしたいです」

「感心な奥方だな」

ルカに褒められノエルは頬を染めて照れた。

「普通のデザートでしたら味見しますけど。なんだか、一緒に体験したくて」

「では、味見係をしてしんぜよう」

さっそく小皿を手に取りおもむろにクリームをひとすくい入れる。ルカは一匙（ひとさじ）口に入れて味わうと目を見開いた。

「ふぅむ、驚きの美味だな。滋味深いまろやかさ。この香ばしさがなんとも言えん。何も入れんでも美味い」

「そ、そうですか、さすがバルダミオの椰子の実。料理長も味見してください」

「では失礼して」

料理長もわくわくした様子で一匙、じっくりと味をみる。

「これは……風味が素晴らしい……濃厚なのに優しい甘み。こちらで働かせていただいて幸運でした」

目を閉じ、しみじみと感動した様子だが、「パンケーキに盛り付けるのでしたら、やはり生クリームが加わった方が合うかもしれません」と付け加えるのはさすが料理人。

待ちかねたようにロベールが小皿を差し出す。

「功労者ですものね」

ノエルはたっぷりと盛った。

「どれどれ……おぉ、美味い、これほどか。こってり甘やか」

ロベールは「美味すぎる。バルダミオに行くか」とぶつぶつ言い始めた。

そのうちに、知らせを聞きつけたセオや、帰国したライザが食料庫に案内されてきた。

食料庫は甘い香りに包まれ、数多の味見係で混み合ったまま、椰子の実クリームは無事にできあがった。


結婚記念日の晩餐は、庭園を常夜灯が美しく照らす中庭を眺めながらいただく。この日のために応接間を選んでおいた。ふたりは並んで庭を観賞できる席に座った。この方が近くに座れて、より結婚記念日らしい雰囲気だ。

ノエルは「デザートは私の手作りなの」とシリウスに伝えた。

「それは嬉しいな。この甘い良い香りはそうだったんだね」

シリウスは優しい笑みを浮かべ、ノエルは期待に胸を躍らせながら「楽しみにしてて」と答えた。

「偶然だね。私も手作りの贈り物なんだ」

言いながら、シリウスは小箱を開けてノエルに見せた。

「精霊石？」

薄青色のしずく型の精霊石が三粒、金の鎖につけられていた。

「先月の視察のときに北部の森で手に入れてね。磨いて金具をつけてみたんだ」

「凄く綺麗。上手なのね、シリウス」

「失敗はできないから、慎重に金具をつけたよ」

「ありがとう。嬉しい」

ノエルはシリウスにペンダントをつけてもらった。

晩餐のご馳走はとても美味しかった。料理長が凝ったメニューに腕を振るってくれたらしい。

いよいよデザートだ。クローシュを開けるとパンケーキが姿を現し、さらなる甘い香りが部屋を満たす。

「美味しそうな香りだ」

「さぁ、召し上がれ」

ノエルが焼いたパンケーキは少しいびつな気もするが、メインは椰子の実クリームだから良いのだ。ノエルは見ない振りをした。クリームの盛り付けも、若干、ぐちゃっとしている。それも見ない振りだ。

――ルカ先生の呪いよ、これは。

クリームの絞り出しに失敗した一番大きいパンケーキは予告通りルカのものになった。二番目はセオがさらうようにもっていった。見た目の悪い子からもらわれていく、という不思議をノエルは体験した。

「いただくよ」

嬉しそうにシリウスが一匙、クリームをすくった。ノエルも急いで後に続く。

ふたりは一緒に、バルダミオの椰子の実を味わった。

「美味しい！」

ノエルは思わず声をあげ、シリウスは目を見開いて言葉もなく驚いている。

まろやかで濃厚な木の実の味わい、滑らかな風味。言葉では言い尽くせない美味だ。ルカは滋味深いと言っていた。滋味という、慈しみの味。

「ノエル、これはただものじゃないよね？」

シリウスは目を細めてもの言いたげにノエルを見ている。

「バルダミオの椰子の実なの」

「そんな難敵に挑んだのかい？」

シリウスが「ただものじゃないはずだ」と苦笑する。

「でも、私だけじゃ駄目だったわ。ルカ先生たちに手伝ってもらったの」

「大変だったね、ありがとうノエル」

「パンケーキはいびつに焼けちゃったし」

「いびつじゃないよ、この形が美味しそうでいいんだ。クリームも最高だね。美味しいだけじゃなくて、優しい味だ」

シリウスが真面目な顔でそんな風に言い、ノエルは胸がきゅんと熱くなる。

――優しい味……。そんな風に言ってくれるあなたが優しいの。

いつだって、優しかった。

「ノエル？」

シリウスが指を伸ばしてノエルの頬を撫でた。

ノエルはほろりと涙をこぼしていた。

「シリウス、私の傷を癒やしてくれたことがあったでしょ、私、すごく嬉しかった。思い出したわ。嬉しかったの、とても」

「そうかい？　当然のことをしただけだよ」

シリウスは溢れる妻の涙を指で拭う。

「あんな風に心配されたこと、なかったから。傷が治ったのもありがたかったけど、優しさが嬉しくて。あんなに幸せだったこと、なかったわ。いつもありがとう」

「ノエル」

「私、生まれてきて良かった。あなたと出会えて良かった。幸せをたくさん、ありがとう」

ノエルは涙を拭うシリウスの手に頬ずりし、目を潤ませたまま微笑んだ。

「私こそ、出会えて良かったよ。ノエルと出会ったころ、可愛くて、会うたびに可愛くて、私もあのころからずっと幸せだったよ」

――そんな風に思ってくれてたの。ロシェ先生……。

ふたりはしばし優しい思い出に浸った。

ノエルは思った。いつかもしも夫婦仲がマンネリ化しそうになったら、また椰子の実のクリームを作ろう、と。


アルレス帝国の皇帝がバルダミオの椰子の実を好んだわけがわかった気がした。本当に癒やしの美味だった。皇帝が平和の治世に尽力した原動力の一つは、幸せの記憶だったのかもしれない。

後日、セオがアルレス帝国の歴代皇帝語録を手に入れたところ、バルダミオの椰子の実を好んだ皇帝の言葉も載っていた。『美味を味わう間は一欠片(ひとかけら)の憂いもなく』や、『まろやかな風味に憂いを忘れる』という、美味を称えるというより、癒やしのひとときを慈しむような言葉だった。

一欠片の憂いもなく慈しみ育まれたときは、確かに誰にでもあった。

残りのクリームは皆にお裾分けしたが、のちにたまたまクリームを味見できた外交部の高官がバルダミオとの国交樹立に活躍したとか。交易交渉の最後の切り札が「五日で椰子の実の殻を割ったクリームを賞味できますよ」だったとか。そんな裏話があったとかなかったとか。

❖ 祝賀パーティーの陰謀

「ルシアン様。またジートを逃がしましたね？」

ハイネが困り顔でルシアンの前に立った。

ジートは、雄の鶏（にわとり）だ。普段は鶏小屋で飼っている。

ハイネは、鶏を鶏肉にするときに情が移らないように名前をつけていなかったが、ルシアンが一羽残らず名前をつけてしまった。でも、構わず鶏肉にしたりしているが。

あれから三年が過ぎ、ルシアンは七歳になった。

ルシアンがジートを逃がすのは追いかけっこをするためだ。

ハイネは、ルシアンと追いかけっこをしてあげられないために強く言いにくい。だが、ジートは凶暴なところがあるので、やはり怒らないといけないだろう。

「ゴメンナサイ……」

この謝り方だとまたやりますね、とハイネは判断した。

「またジートに蹴られますよ、怪我（けが）します！　打ちどころが悪かったらどうするんですか」

「ジートはそんな酷くしない。友達なんだから！」

ハイネはさらに困った。

もう、ジートを鶏肉にはできないだろう。

その日。

ハイネはサリエルに相談をした。

「ルシアン様に、安全に追いかけっこができるようなご友人ができると良いのですが」

「それは私も思っていた。近所に同い年くらいの子がいないのがよくないな」

「左様でございます。マリエ夫人のところの坊やたちは、皆、大きくなってしまいましたしね」

ヴィオネ伯爵家は王都の西にある。王都中心に行くには馬車で一時間かかる。すぐ近所に大農家と牧場があるため人口密度が低い。

歩ける距離に町はあるし、町の方向にいけば民家も増える。だが、ハイネもサリエルも、ルシアンを一人で行かせる気はない。長らく不況だったアンゼルア王国は治安が良くない。

以前のヴィオネ家では、ノエルを町まで遣いに出していたが論外だ。

ハイネは、ノエルを心配して迎えに行ったり探しに行ったりしたことがあるが、ノエルが身体強化の脚力で妙な男たちを撒(ま)いていたのを見てから心配しなくなった。

ルシアンも、身体強化は上手い。ただ、ハイネが案じるのは、ルシアンはノエルよりも人を信じやすそうな気がするためだ。

「友達についてはまだ考え中だが、剣術の師はなんとかなりそうだ。ジェスの師匠が引退して後進の指導をするらしい。たまに来てくれると請け負ってくれた。ルシアンも、走り込みや素振りをするようになれば少しは大人しくなるだろう。今度は、ジェスが剣術大会に出るので見に行こうと思う」

「それはようございます。ルシアン様も喜ばれるでしょう」

「ルシアンの『あの能力』は、どうだい？」

サリエルに尋ねられ、ハイネは苦笑した。

「今日は、豆の蔓を好き勝手に伸ばしてまして……」

ルシアンの魔力は、植物との親和性が非常に高いことがわかってきた。植物に対する感受性も強い。

ルシアンは、「花が水欲しいって言ってる」と水を運んだりしている。

最近では、自分で水を生成してあげることもある。

ルシアンの水をあげた植物は異常に成長が早い。おまけに、魔力が高くなる。ルシアンが注いだ魔力よりも高くなるのは、周りの魔素を吸収する力まで与えてしまうためらしい。

サリエルは密かに案じていた。『これは、諸刃の剣になり得る』と。

植物型魔獣には、ルシアンは近づけてはならないだろう。

ハイネにはその不安は伝えていないが、聡明なハイネも気付いているはずだ。

サリエルが土魔法をかけていない花壇で試しても、やはり成長がとても早い。サリエルの土魔法とルシアンの水と両方だともはや尋常でない。

魔力鑑定の結果、ルシアンは意外に「土」の魔法属性は弱かった。そのため、今のルシアンでは発動ができない。

ルシアンの魔力量は「大」の下くらいだ。魔法を使うのが好きなので、思春期までにもっと伸びる可能性がある。

魔法属性は「水」「風」。「土」は弱で、「火」はわずかにある。

魔法の訓練を続ければ、わずかな魔法属性でも使いこなせるようになるはずだが、まだ少し先の話だ。

むしろ、それは幸いというべきか。もしもルシアンが二つの力を揃って持っていたら、まだ人格の完成されていない我が子には強すぎる力だ。

これは「神の配慮か」とサリエルは背筋が寒くなる。

ヴィオネ家の秘密だ。まだ三人しか知らない。

ルシアンと遊んでくれるジェスはおそらく気づいているが、話せば王宮勤めのジェスには報告義務が生じる。ゆえに、きちんとは説明していない。ジェスも知らないふりをしてくれている状況だ。

このことは、ルシアンの安全のために今のところ隠しておきたい。それで迂闊な友人を作れないというのもあった。

ただ、そろそろルシアンは秘密を守れるようになる年齢だ。

そう考えてはいるのだが、やはり機会を作れそうになかった。


数日後。サリエルたちは、ルシアンの新しい服を作るために町に出た。

服をあつらえるのは初めてだ。

サリエルは、王宮を出るときに衣類を持ってきた。我が子の着替えに使えるだろうと思い、幼い頃の服も運んだ。華美なものは寄付に出してしまったが、王子時代の上等なものを何着も持っていた。

それで不自由なく暮らしていたが、ルシアンの服を新しく作ろうと思ったのは、やはり流行というものがあるだろうと考えてのことだ。

機会があるかはわからないが、剣術大会会場で陛下たちにご挨拶できるかもしれない。いとこたちは年が近いので、お会いできたら親しくなれるかもしれない。それなら、恥ずかしくない格好を我が子にさせておこうとサリエルは思い付き、ハイネも諸手をあげて賛成した。

町の評判が良いという仕立て屋に頼んだ。まだどんどん成長する時期なので、とりあえず晴着一揃えと洒落たシャツを二枚にズボン一着だけにしておいた。

ハイネの執事服も新調した。暮らしが楽になった時にも作り直したが、もっと良い執事服だ。ハイネは恐縮したが、仕立て屋であまり遠慮するのもみっともないと考えたらしく大人しく採寸されていた。

帰りに町を散策した。

ルシアンが一軒の邸宅に目を止めた。富裕な商人の屋敷だ。

悪徳商人ですよ、とハイネがこっそりとサリエルに教えた。

立派な家だが、塀の上部に鉄条網が絡まり物々しい。

「雰囲気が悪いのはあの鉄条網のせいだろうな」

よほど警戒しているのだろう。

ルシアンが「あのトゲトゲはなに？」と訊くので「防犯のためだよ」とサリエルは答えた。

「アンゼルア王国は治安がよろしくないのですよ。大事なものが屋敷にあるのでしょう。泥棒や危険な強盗避けですね」

ハイネが説明を付け足す。

「ふうん」

ルシアンはなにか考え込んでいた。

帰りがけに花屋にも寄った。種や苗も売っている大きな店だ。

サリエルとハイネは香草の種や野菜の苗を見た。ルシアンは花の苗を見ている。

ルシアンが蔓薔薇の苗を欲しがったので購入した。

なかなか上等の苗だ。普段、何も欲しがらない息子なので、サリエルは珍しいなと思いながら喜ぶ我が子の姿に頬が緩む。

子が強請るものを買ってあげるのは楽しい。

仄かにクリーム色がかった桃色の花弁が美しく、ルシアンが育てればそれは見事な薔薇に育ちそうだった。


屋敷に帰ると、サリエルはルシアンに頼まれて、薔薇を植える花壇に土魔法を施した。

他の買った苗も畑に植えていく。

サリエルとハイネは畑の方に向かったために、ルシアンが蔓薔薇に言い聞かせていたのを聞き損ねた。

「ゴラツィ。お前は、蔓薔薇の騎士ゴラツィだよ。大きく、強く、鋭く育って。この屋敷を護るんだ。でも、家族は傷つけたら駄目だからね」

ルシアンは、蔓薔薇の根元に水魔法で生成した水をたっぷり注いだ。

ひと月後。剣術大会当日。

王家から迎えが来た。

陛下たちはジェスから聞いて三人で行くことを知ったらしく、わざわざ迎えの馬車を寄越してくれた。

いとこの殿下たちと顔見知りになれたら嬉しいとは思っていたが、これは想像の範囲外だ。サリエルの想像では他の多くの貴族や貴族令息たちに紛れての話だった。

サリエルは『目立ちたくない』と思いながらも、断る度胸はなかった。本音では気遣いが嬉しいのだから、余計に断れない。

ゼラフィの事件の際、サリエルはシリウスに治癒をしてもらった。あの時から兄たちと少し親しくなれた。

シリウスには、なぜか謝られた。

「辛さを分かっていなかった。すまない」と。

こちらが謝らなければならないだろう。サリエルは、迷惑の塊のような王妃の息子だ。

サリエルにとって、第一王子と第二王子は「本物の王子」であり、遠く眩しい存在だった、羨ましいと思うことさえできないほどに。

第三王子のロベールは、まだサリエルに近しいと思っていた。

それでも、自分とは圧倒的に立場の違う人だ。由緒正しい侯爵家の母と魔導の才能を持つロベールは、神出鬼没で近寄れないどころか滅多に姿を見ることもなかった。

そんな、煌びやかな兄たちと親しく言葉まで交わすことができた。もう十分だ。

一生、あの時の思い出だけで、心の中のアルバムは輝いている。

……などと思っていたのだが、「当日は席を用意している。ルシアンと会えるのが楽しみだ」という親しげな手紙までもらってしまった。

その頃。

ノエルとシリウスは、サリエルたちに会えるのを心待ちにしていた。

ノエルはずっとサリエル王子に良い印象がなかった。『王妃に言いなりのゼラフィの婚約者』という情報しかなかった。

あの事件の後、国王が王妃の味方をやめるまで、王妃に逆らうのは誰でも難しかっただろうとシリウスから聞いた。サリエルは虐待と思うほどに魔法の訓練をさせられていた、という側近の話も聞いた。

サリエルは、自分の身も厭わずに令嬢たちを守るような王子だったのに誰も知らなかったのだ。

ルシアンは、表向き、ヴィオネ家の遠縁の子をサリエルが引き取ったという話になっている。

ただそういう噂をやんわりと流しておいただけで、書類上の偽造などはしていない。ゼラフィの事件の記憶が薄らぐころまで真相がわからなければいいだろう、と王宮内とサリエルの間で決められていた。

あの死傷事件だけではなく、ゼラフィは性格のせいで全方位的に恨みを買っていた。そのためルシアンの安全面を考えての配慮だったが、ルシアンはサリエルに似ているので、いずれサリエルの実子であると知られていくかもしれない。

そういった事情もあり、ノエルたちの方からヴィオネ家を訪れることは控え、サリエルの方からもルシアンを連れてくることはなかった。ゆえに時折様子を見に行く影たちの報告しか知らなかった。

サリエルは近隣の農地に土魔法を施しに行く仕事をし、家族を養っている。

ヴィオネ領の村に視察に行き、村の畑に土魔法を施し領民に感謝されているという話も聞いた。自分の領地だからと、当然、謝礼ももらっていない。

ヴィオネ領の村はあと三年間は税は免除だ。前ヴィオネ伯爵の賠償としてそう決まっていた。その後は、サリエル伯爵に領地からの税収が入る。そう大きい金額ではない。元々、貧しい村だ。

サリエルは「なくても私たちは暮らせるが、国の領地法で決まっているものはもらっておいて積立て、領地の災害などに備えるのは領主の役目だ」と国の官吏に話していたという。

影たちに、魔導具でサリエルたちの姿を写した画像を見せてもらった。三人で穏やかに畑にいるところだった。

執事のハイネは、母親や祖父のようにルシアンを育てていると報告にあった。サリエルが仕事でいないときは遊び相手を務めているという。

ノエルは、ハイネの優しげな笑顔を思い出した。

——そう言えば、執事のハイネは唯一怖くなかったわ。

と。

あのヴィオネ家には辛い思い出ばかりだった。ノエルは、ヴィオネ家の人間を信用していなかった。

両親と姉は自分を害する敵だった。両親たちの味方の使用人もそうだ。見て見ないフリの使用人たちも信用はできない。上辺だけ優しい使用人も同じだ。

気の毒そうな目をして辛そうにした使用人は、少しは安心できるけれど、ほんのわずかしかいない。

ノエルがハイネは怖くなかったのには理由があった。

そんなことは忘れていた。

ただノエルは、町の図書館に行ったりするためサボりたい時、「ハイネに用事を頼まれた」とこれみよがしに他の使用人に聞こえるように言って出かけていた。

そうしておくと咎(とが)められない。実際、咎められたことはない。

それは、ハイネは言いつけたりしなかった、ということだ。

ノエルは、六歳ころから芋運びの仕事をやらされていた。

薪(まき)小屋に下ろされた芋を食料庫と倉庫に運ぶのだが、ノエルが運び残した芋が明くる日にはだいぶ運ばれていたことがあった。

翌年から、裏庭が片付けられ、灌木(かんぼく)が伐採され、領地からの馬車は倉庫まで乗り入れられるようになった。おかげでノエルは食料庫の分だけ運べばよくなりずいぶん助かった。

あれは、誰の指示だったのか。下っ端の使用人ではないことは確かだ。

思い当たることは幾つもあるが、その「誰か」はいつの間にか助けてくれて、目に見えず、耳にも聞こえず、知らないままだった。

いつの間にか部屋に置かれていた火傷の薬はなんだったのだろう。

何度も疑問には思っても、あの頃ノエルはまだ子供でおまけに傷つき疲弊していた。

気まぐれな使用人が恵んでくれたのだろうと適当に解釈し、考えるのを放棄したとしても仕方がなかった。

――そういうのはね、もう少し「犯人」がわかるようにすべきじゃないかしら。

ノエルは今更ながら、そう思うのだ。

迎えの馬車は王家の紋章が掲げられ揺れなど全くなく、座り心地は抜群だった。ヴィオネ家の荷車とは違いすぎる。
サリエルも以前はこの馬車に乗っていたはずだが忘れ果てていた。あるいはここ数年でさらに馬車は進化したのか。
ルシアンが「ちっさい家を引いてるみたい。馬が可哀想じゃない？」と馬の心配をするので、重力制御の魔導具という摩擦をなくして荷を軽くする魔導具があるのだと説明しなければならなかった。

馬車は王家の席にほど近い会場の中までサリエルたちを運び、速やかに王族たちの元へ案内されてしまった。

遠目に貴族たちが見物している。

——目立ちたくはなかったが……。

ルシアンの能力のことがあるので、サリエルはひっそりと暮らすつもりでいた。

ヴィオネ家にはまだ護衛の一人もいない。サリエルが留守をするときのために防犯の魔導具を設置しているが、もしもルシアンが狙われるようになったら十分ではないだろう。

サリエルの土魔法の仕事がうまくいっているので暮らしには困らない。

ただ、土魔法の仕事は、季節物だった。一年中あるわけではなく、種まきや苗の植え付けの前とか忙しい時期は決まっている。

仕事がない時期はなるべくヴィオネ伯爵家の領地に行く。

ヴィオネ領はまだ国の管理下にある。前の領主が悪すぎた。領主の犯罪を見落とした国の責任も問われ、あと三年は税が免除のまま国から派遣された官吏が立て直しを見守っていた。

我が家は、まだ護衛を雇えるほどではない。

サリエルは、腕の立つ信頼できる護衛でなければ要らないと思っている。だが、そういう護衛は安くはない。

もっと遠くの農地までサリエルの土魔法が有名になったら良いのだが。あるいは、他の仕事も開拓する必要がある。

ルシアンを守る最も良い方法は、目立たず地味に落ちぶれた伯爵でいることだろう。そう考えていた。

　とはいえ、親族として親交を持ってくれる兄たちの気持ちはありがたいし、ルシアンには立派な伯父たちと知り合ってほしい。

　サリエルは気を取り直し、挨拶に臨んだ。

　国王夫妻、王弟ジュール夫妻、それにロベール殿下。国王夫妻とジュール夫妻はそれぞれ小さな子を連れていた。

　シリウスのご令息ユーシスはルシアンの一歳ほど年下、ジュール殿下のご息女オディーヌは同い年だった。

　サリエルが挨拶をしたのち、ルシアンも挨拶をした。ハイネは臣下の礼のまま側に控えていた。

「伯父上様、伯母上様、お、初……に、お目にかかります。ヴィオネ伯爵家、第一子、ルシアン・ヴィオネです」

　ルシアンは、途中、わずかに口籠(くちご)もりそうになったが噛むことなく挨拶を終えた。

　立派に挨拶をできてサリエルとハイネは安堵(あんど)した。

　だが、当のルシアンは唇を引き結んで悔しそうな様子だ。馬車の中でも練習していたのに、完璧にできなかったからだろう。ルシアンは負けん気の強いところがある。

　すると、シリウスたちは、緊張してつっかえそうになり気落ちしたのだろうと思ったらしい。

　気落ちはしていない、とサリエルたちは知っている。

　緊張はしているようだが、さほどでもない。ルシアンは、そんな風に繊細ではないのだ。

「普通にしておくれ。親族なのだからね。いつも通りでいいんだよ」

「気楽にしなさい」

シリウス陛下とジュール殿下に口々に言われ、少し緊張していたルシアンは表情を緩めた。

王妃ノエルも「身内なんだもの、気安くしてね」と微笑んでいる。

サリエルとハイネは、少し緊張しているくらいが丁度良いと思っていたが、口に出せる雰囲気ではなかった。

「堅苦しくしなくて良いからね。ロベール伯父さんだよ」

ロベールが親しげに微笑みかけた。

もはや、ルシアンは、素直にいつもの表情になりつつある。

サリエルは、どうか限度を弁えてくれよ、と胸の内で祈る。

ルシアンには社交の経験など皆無だ。もしも王都の中心で他の貴族と触れ合える機会があれば少しは違っただろう。ルシアンには、そんなちょっとした経験もないのだ。

「御本をたくさんありがとうございました。バルカルという人が書いた魔導書がとても面白かったです」

「ほぅ、あれが読めたか」

「父上に習いながら読みました。でも、あの方は『才能のない連中には難しいかもしれないが』とか『やむなく書いておいてやる』とか『頭を床に擦り付けて感謝するように』とか書きすぎだと思います。三回くらい書いておけば覚えます。百回も書くから文字数が余分にかかるんです。よほど感謝されなさすぎた人なんでしょうか。お礼を言ってくれる弟子に恵まれなかったとかですか」

「ぷはは。楽しいな、お前の息子は」

ロベールがサリエルの肩を叩いた。

「本の悪口を言っているわけではなくてですね……」

サリエルは思わず言い訳を口にする。

「バルカルは性格は悪いが、魔導の才能はあったんだ。決まり文句は無視すればいいよ」

「ロベールとばかり親しくしないで、こちらにおいで、ルシアン。息子を紹介しよう。ユーシスだよ。仲良くしてくれ」

シリウスがルシアンを招く。

ユーシスは頬を染めていた。初めて男のいとこに紹介されワクワクしていたのだ。

両親の美麗さを余すところなく受け継いだ可愛らしい天使のような王子は、金茶色のくりくりとした髪に綺麗な青い瞳をしている。

一歳違いだが、この年頃の一歳差は大きく、結構、背が違う。ルシアンがお兄さん、という感じだ。

「アンゼルア王国第一王子、ユーシスです。初めまして、ルシアン」

天使が愛らしくはにかんでいる。

「初めまして！　ユーシス殿下！　ルシアン・ヴィオネと申します！」

ルシアンは歳の近いいとこに興奮状態だった。やたら、はきはきとしている。

「ルシアン。殿下とかはやめてほしい。ユーシスと呼んで」

「ありがとうございます！　ユーシス！　一緒に遊びます?」

「あ、うん、いいよ」

いきなり遊びの誘いでユーシスは戸惑ったが、すぐに頷いた。

「なにして遊ぼう？　追いかけっことか、する？」

ルシアンの敬語は底が尽きてきたらしい。

ユーシス殿下の方から親しげな口調にしてくれたので、まぁ許されるだろうとサリエルは判断した。だが、遊びの誘いまでしてしまうとは、また想像の範囲外だった。実際に遊べなくとも、あとでよく理由を言い聞かせればルシアンはわかるだろう。

がっかりさせるのは忍びないが仕方がない。

「うん！」

ユーシスはもう戸惑っていなかった。

「僕はかなり速いよ。ジートに負けない」

「ジート？」

「凶暴な雄鶏」

「え？」

「え？」

「え？」

全員の「え？」がハモった。

陛下たちの視線がサリエルに注がれる。

サリエルは密かに冷や汗を流した。

「凶暴？」

ノエルが思わず呟く。

「すごいんだ、蹴りを入れてくるから迎え撃ってやるんだ。でも、本気で蹴り返すとジートが可哀想だから、ちょっと加減する。逃げ足はものすごく速くて、うさぎ以上。マリエ夫人とこのうさぎが逃げて迷い込んだ時に三人で追いかけっこ大会やったら、ジートはうさぎに勝ったから。僕は一等だった。畑が荒れて、ハイネたちに小言言われたけど。あん時は非常事態だったんだ。ナスの苗が残らずダメになったけど、後悔してな……あ、してる、してる。追いかけっこ、楽しいよ。うちに来る？」

「う、うん！」

ユーシスは頷いた。

ユーシスの親たちは、護衛付きで行かせようと胸中で計画を練る。

「私にも紹介してくださらない？　ユーシス」

オディーヌが声をかけてきた。

艶やかな黒髪に紺色の瞳の小さな女神のような麗しい少女だ。まだ少女なのに気品がある。

オディーヌとユーシスが親しいのは、遠目から見てもわかった。同じ王宮で暮らすいとこなのだから、幼い頃から付き合いがあるのだろう。

「了解。ルシアン、いとこのオディーヌだよ」

「初めまして、ルシアン、こんにちは、ルシアンです」

「よろしくね。いとことして、親しくお付き合いいたしましょう」

オディーヌがいかにも社交用の涼やかな笑みを浮かべる。

「女の子か……」

ルシアンはあからさまに嫌な顔をしていた。

「何か文句ありまして？」

オディーヌの澄ました顔がにわかに不機嫌になった。

「そのスカート邪魔じゃない？　走れる？」

「じょ、乗馬を習うときはズボンを穿（は）くわ」

「そうしたら一緒に遊べると思います」

「なっ生意気ねっ！」

サリエルとハイネは、必死に微笑みを維持しながら『いとこ同士で仲良くなろう作戦は失敗らしい』と胸の内で嘆いた。被っていたネコがはがれるのが早すぎる。

こんな野生児の甥（おい）では、兄たちも付き合いを考えるだろう。

そもそも、凶暴な雄鶏以外の遊び相手を見つけようとしたのが間違いかもしれない、とサリエルは考え始めた。

残念ながら、ルシアンがやりたかった追いかけっこは阻止され、王族の席に招かれた。

ルシアンは、ハイネが「ジェスの活躍を応援しないといけませんね」と思い出させたので、すんなり付いてきた。

さすが王族の席は特等席だった。子供たちは三人とも、ワクワクした様子で会場を見つめている。ユーシス殿下たちも剣術大会に来るのは初めてだという。

予選通過者が試合に臨んでいるが最初のうちは若干、見応えに欠ける試合もあった。

とはいえ、子供たちにとっては初めて見る生の試合は迫力があったようだ。

ハイネも末席に座らせてもらっている。サリエルが、高齢の執事は家族のようなものですと説明しておいたので配慮してくれた。

サリエルは賑わう会場に、ふと昔を思い出した。

シリウス王の治世になってから景気が上向いているという。魔獣の被害や天災も激減している。

暮らし向きがとても良くなったの、とマリエ夫人が明るく話していた。

未来に希望が持てるのよ、と。

サリエルにとっては複雑だ。自分は、未来の希望を潰していた王妃の息子だ。

あの頃、この大会も、もっと寂れた雰囲気だった。

露店の質が悪い、という陰口が聞こえていた。スリが横行して女子供が来るのも危ないと。

最も酷かった時期をサリエルは知っている。

王妃は、上の王子たちに嫌がらせを繰り返した。

ある時、王妃は、ならず者のような従者と娼婦のような侍女を王宮に入れ、王子たちの担当にした。

第三王子のロベールは、富裕な第二妃が優れた侍女や従者を自分の資産から付けていたので何ら影響はなかった。

第一王子のジュールは、正式に王太子が決まっていないうちは暫定的な扱いで王室管理室がお側(そば)付きを決めていた。おかげで、ジュール王子も無関係で済んだ。

唯一、被害に遭ったのがシリウス王子だった。無能で信用ならない従者はシリウス王子の私物を盗み、侍女は掃除も衣類やリネンの支度もできなかった。

そのうち、留守中にシリウス王子が可愛がっていた黄金リスが逃がされた。

シリウスは王立学園高等部を飛び級で卒業し、留学してしまった。

それから、国の天災が激増した。魔獣の被害も倍々で増えていった。

サリエルは、その様を見ていた。

風魔法の「盗聴」が上手かったために、王妃の悪評と悪事を知っていたのだ。

魔力が低いことを母に詰(なじ)られていたサリエルは、それこそ物心つく前から魔法の訓練をさせられていた。土塊の生成は、かなり早くにできるようになった。「土」に次いで魔法属性が高かった「風」も、簡単な魔法から使えるようになった。

盗聴もその一つだ。おかげで、自分の母親が王宮の嫌われ者だと知っていた。

王妃がシリウス王子を追いやったために国が傾いたことを、サリエルは勘づいていた。

「領地が大雨で大変な被害を受けた」とか「村が魔獣に潰された」という話を聞くたびに胸が突かれたように痛んだ。

国王の体調も悪化の一途を辿(たど)った。王妃もやつれ、化粧を取るとまるで老婆のようだった。

サリエルは、王妃が王子たちにした嫌がらせを手紙に書いて国王に渡した。

それが原因でシリウス王子が国を出て、その途端、天災と魔獣の害が増えたのだ、と書いた。

自分のためだった。国のためなどと綺麗事は言えない、自分が辛くてももう駄目だった。

王妃を悪く言うと従者や文官は左遷されてしまう。だが、サリエルなら、王位継承権を失うくらいだろう。

それは望むところだ。

サリエルの手紙に意味があったのか否かはわからない。シリウス王子が帰ってきたのは三年後だ。ただ留学を終えて戻られただけかもしれない。

サリエルがぼんやりとしているうちにジェスが登場した。

「ジェス！」

ルシアンが応援の声をあげる。

ふと、シリウス王の元に側近が近づく。

「例の古酒は、おおよそ確保できました」

「おおよそか」

「良酒は全て確保ですが、おそらく他にもございます」

「わかった」

サリエルの耳にその声が届いてしまうが、こんな場での報告はさほど機密でもないのだろう。

おまけにサリエルは、こういう時に使われる王家の隠語を習ったので知っている。

『古酒』はくせ者を指す。我が国の古酒は癖の多い酒が多いことにかけている。

『良酒』はこの場合は風味の活きている……悪洒落た言い回しだが息のある「生存者」という意味だ。

要するに、側近の報告によると「例のくせ者はおおよそ捕縛。生存者は残らず捕らえたが、他にも仲間がいるらしい」と言ったところか。

——どうやら、凶悪犯でもいるらしい。治安はだいぶ良くなったのだがな。

すでに国王が把握し手を打っている様子だから大丈夫だろう、とサリエルは思った。

少々気になったのは、「凶悪犯」は隠語では喉が焼けそうに強い『竜酒』という単語を使っていたような記憶があることか。

古酒と呼ばれたくせ者は、どういった者たちだろうか。

剣術大会は、ブラド・バントランが優勝。優勝の常連であるブラドだが、今大会ではだいぶ苦戦していた。

ジェスは、準決勝進出を果たしたが、ブラドに負けて三位だった。

試合後、ジェスが挨拶に来てくれた。

「あんな化け物みたいなのに負けたって、人間では一番だよ！」

ルシアンが、何も考えずにジェスに言っている。

「ありがとうございます」

ジェスは非番の時やサリエルが領地の視察で留守の時に、様子を見に来てくれる。

屋敷には結界の魔導具と、門扉には雷魔法の魔導具を設置していくのだが、やはりジェスが来てくれると安心する。

その化け物みたい、と言われたブラドは、少し離れたところで陛下たちに挨拶をしながら、つい苦笑した。

そんなに強いと言われたら、騎士としては褒め言葉だ。

オディーヌとユーシスは憧れでキラキラした目でブラドを見ていた。

「祝賀会がある。子供たちも隣の広間で過ごす予定だ。サリエルたちも来てくれ」

シリウスが声をかけてくれた。

「ありがとうございます」

まさかお誘いを受けるとは思わなかったが、最後の機会かもしれないと思い、参加させてもらうことにした。大会で好成績を収めた上位十六人と剣術大会の協力者、それに招待客たちが集うという。

祝賀会の会場は王宮の庭園だった。

夕刻の日暮れ間近となり、魔導具の灯りが照らし出す庭園は美しかった。

宴のご馳走と美酒が並べられ、花々で飾られた会場には子供たちの姿もあった。

移動のさい、サリエルとハイネは、ルシアンに「くれぐれも行儀良く！」と言い聞かせることができた。ルシアンは神妙に聞いていたので大丈夫だろう。

すぐに暮れかけていた陽は傾いてゆき、子供たちは明るい広間に移動し、大人たちは酒宴を楽しみ始めた。

楽団の調べも華やぎ宴が最も盛り上がった頃、庭園の端で突然、爆発音が鳴り響いた。

喧騒が不意に止んだかと思えば、悲鳴と怒声でさらに騒がしくなった。

「不審者！」

こんな強者揃いの会場に現れるなんて、勇気があるな、とサリエルは思った。瞬殺だろう。

会場に入るときには、攻撃用の魔導具のようなものは全てチェックされている。毒物もだ。闇魔法を纏っているような毒は弾かれる。
武器の類も持ち込めないし、近衛が警戒をしている。
襲撃するのにこれほど条件の悪いところはないだろう。
子供たちは広間の方で守られている。
だが、庭園の不審者は、魔導具を持っていた。どうやって中に入れたのだろう。
――手引きした者がいるのかもしれないな。あるいは、よほど小さいものか。
小さいものなら、威力はないはずだが。派手に爆発音がしている。
――もしや、ただ、音が派手なだけ、とか。
威力はなくとも、見せかけの炎をあげて音をさせるだけなら小さい魔導具で事足りる。
――まさか……、陽動作戦……。
「子供たちは無事かっ！」
サリエルが叫んで走り出すと、集まっていた騎士らが驚いたように顔を向けた。

子供たちが集められた広間には、絵本や玩具がたくさん置いてあった。飲み物やお菓子もある。
どれも上等で、楽しそうで、美味しそうで、おまけに十分すぎるほど用意されていた。
ルシアンは、もう少し物が少なければ走り回れるのになぁ、と残念に思いながら「秘密基地」にユーシスと潜(もぐ)り込んだ。

秘密基地は大きな木箱を連ねた形で、板を布で柔らかく覆った素材で作られていた。

そのうちにユーシスは、馬車の玩具を秘密基地に引き摺ってきた。ルシアンも騎馬の人形を手に取り、ボールで馬車を攻撃する。綿でできた柔らかいボールが馬車の御者に当たった。

「ルシアン、騎士は馬車を襲ったりしないよ、盗賊じゃないんだから」

ユーシスが文句を言う。

「敵兵だから」

「敵兵がまず戦うのは、国境警備隊だよ」

「そうか。じゃぁ、それ、辺境伯の馬車」

「違う！」

「喧嘩しないのよ、子供ね！」

オディーヌが人形の髪に小さな髪飾りをつけながら「馬鹿ね」とせせら笑う。

「喧嘩はしてない！　同い年だろ！」

「精神年齢の話よ」

ルシアンは言い負かされて黙った。

ハイネは、ルシアンたち三人のすぐ側に控えながら、『どうも変ですね』とわずかに眉を顰めた。

まず、警備が手薄すぎる。

先ほどまで会場の責任者らしき男性と、侍従長と思われる男性が広間の確認をしていた。

その時に警備の者はテラス窓の外と、出入り口のすぐ前の廊下に出された。

広間には十数人の子供たちがいる。

ルシアンと王子たち三人以外に九人の子供たちだ。もう少し年齢が上の子たちは庭園の方にいる。

対して、侍女は三人。子供たちが貴族と王族の子であることを考えると異常に少ない。

それにハイネが見たところ、侍女の人選がお粗末だ。見習いらしい若い侍女ばかりで、ベテラン侍女が一人も付いていない。おかげで、広間が一部、無法地帯だ。

厚紙製の模造剣で三人の子息が遊んでいるが、乱暴ゆえにテーブルのカップを倒している。

それに対処する見るからに不慣れな侍女は、テーブルを片付けるだけで子息たちは放りっぱなしだ。

一方、三人のご令嬢は、ぬいぐるみで山のようになっている一角で楽しそうに遊んでいる。この場所だけは平和で良いが、もっと小さな子が入ろうとするのを押しのけて追い出してしまった。

これも、侍女が幼子を庇（かば）うなりすべきだっただろう。

残りのご令嬢やご令息は絵本を読み始めた。

侍女ふたりは隅でお喋りを始め、カップを片付けた侍女も加わった。お喋りに夢中な侍女三人は子供たちの方など見向きもしない。

ハイネが侍女長なら、三人は教育し直しだ。

——子供たちが危険な遊びでも始めたら、私が対処しないとならないようですね。それにしても、殿下たちのお側付きの侍女や従者はどこへ行ってしまったんでしょう。

つい先ほどまで彼らはいたのだ。一緒に案内されたのをハイネは知っている。

案内係は幾人もいて、子供たちを誘導していた。殿下の従者やオディーヌ姫の侍女にも案内係が声をかけていたのを覚えている。ここに来るはずだ、とハイネは思っていた。

ところが、部屋を見回しても彼らはいない。

——よほどの非常事態でもなければ離れないはずですのに。そもそも殿下から従者が離れたことが非常事態では？

ハイネは確かめに行きたいところだが、ルシアンたちから離れることはできない。身動きが取れない状態だった。

幸い、子供たちは楽しそうに遊んでいた。

ルシアンは、オディーヌが遊んでいる本物そっくりな人形のスカートをめくって、オディーヌにすごい勢いで怒られた。

「淑女になんてことするの！　変態！」

「変態ってなに？　どうなってるのか人形のスカートめくっただけだよ？　本物はやらないし」

「当たり前でしょ！」

人形はよくできたものだった。スカートの中も下着を穿いていた。

ルシアンは秘密基地に戻った。

秘密基地はルシアンが頭を少し屈めれば入れる大きさで、連なった箱は中で繋がっていてトンネルみたいだ。柔らかい布で覆われているので怪我する心配もない。

ルシアンとユーシスは中で追いかけっこをし、人形の着せ替えに飽きたらしいオディーヌも参戦した。

不意に、部屋の気温が下がったような気がした。

背筋が、ぶるりと震えたのだ。

――なんだろ?

ガゴンと、変な音がした。

音の方を見ると、観葉植物が置いてあったところだ。

ルシアンは植物は好きだが、その大きな植木鉢はあまり目を引かなかった。

作り物めいていて、生命力が感じられなかったからだ。死んだ植物みたいだった。

切り花とも違う。枯れて、打ち捨てられたように死んだ植物だ。

それが動いている。手を伸ばすように蔦(つた)を伸ばし、蠢(うごめ)いている。

真っ黒い筋を持った青緑色の葉にやたら太い茎。

先ほど見た時は綺麗な大輪の芙蓉(ふよう)のような花を咲かせていたが、今はその花は萎(しな)びて床に落ちている。

呆気(あっけ)に取られているうちに見上げるほど巨大な怪物となった。

背の高いジェスよりも頭二つ分くらいは大きい。

わさわさと揺れながらさらに大きくなろうとするように、枝の腕を広げている。

腕の他に触手もゆらゆらと揺れている。これも腕なのかもしれない。

胴体の茎がめきめきと太っていく。青緑色に黒と白の斑点が浮いた巨体は寒気がするくらい奇怪だ。

顔らしきものもある。猪の顔に、狼(おおかみ)の口をつけたような顔だ。こんな顔は先ほどまではなかった。花や葉の陰にでも隠れていたのか。

大きな目は青黒く濁っている。ギョロリと剥き出て白目はなく、どこを見ているのかわからない。

頭には枯れた雑草のような髪がぼさぼさと生えている。

これほど醜悪なものがこの世にいるだろうか。

広間は悲鳴に包まれた。

「なんだあれ」

「何あれ」

「助けて」

「お母様」

「化け物」

「悪魔だわ」

子供たちに付いていた侍女たちが慌ててドアを開けようとするが、開かない。

「開きません！」

侍女の叫びで、閉じ込められたことがわかった。

「こちらへ！」

ハイネがすぐに気づいて、ルシアンたち三人と子供たちを奥へ誘導する。

ルシアンは、ユーシスとオディーヌの手を引いていた。

窓辺にあったその奇怪な生き物は、みるみる体を巨大化させた、ように見えた。

だが、すぐに皆は気づいた。

「床に、穴、空いてる！」

すでに準備がしてあったのだ。

この広間は、子供らを襲うために用意された部屋だ。

――なんてことだ。

ハイネは子供たちを背に庇いながら、周りを見回す。

半狂乱の侍女が必死にドアを叩き、開けようとしても、ドアはびくともしない。

テラス窓もだ。

テラス窓の方は怪物が近いので迂闊に近づくのも危険だ。

「落ち着いてください。さぁ、奥の方へ行って。すぐに助けが来ますよ」

蔦のような手が伸びてくると、ハイネは浄化魔法を使った。

蔦の手は、ハイネの浄化魔法が触れるとすぐさま引っ込んだ。

こういう禍々（まがまが）しい物は、浄化魔法が苦手なのだ。致命傷は無理でも、触手を払うくらいの効果はある。

だが、ハイネは魔力量が乏しい。すぐに先細りだろう。

ハイネはなるべく怪物から離れた場所に陣取り、倒したテーブルを盾になるように置いた。立派な椅子も幾つか配置する。

子供たちは、侍女たちより落ち着いていた。すぐに逃げ込むように移動してくれた。

その間にも、動きの鈍かった怪物は徐々に素早さを見せ始めた。

どうやら、眠らされていたために鈍っていたらしい、とハイネは推測した。

この部屋を用意した時に仕込まれたはずだ。それなのに気づかれなかったのは、怪物がその時は封印されていたからだろう。

今、まさに封印が解けたばかりなのだ。

動きが鈍いこの時なら斃せるかもしれないが、ここには女子供しかいない。

ハイネは怪物がまだ本格的に動かないうちにさらにテーブルを引き摺って運んだ。

――変ですね。なぜ助けが来ないのでしょう。王子殿下もおられるというのに。

グググと怪物が穴から根のような足を引き摺り出し背を反らし、天井に向かって枝の腕を伸ばした。


怪物から禍々しい魔力が溢れる。

穢らわしい魔力は、黒い靄が見えそうにおぞましかった。

怪物が「ヒィヒヒヒィイ」と気味の悪い声をあげた。

子供たちと侍女たちはあまりの恐怖に悲鳴をあげ、すぐに静かになった。

ハイネが振り返ると、皆、気絶してしまっていた。

若い侍女たちが目を剥いてはしたなく倒れている様は、若干、見苦しいが、仕方ないだろう。

ハイネは、もう何年も前、シリウス陛下が留学して留守の頃、悲惨な光景はさんざん見ている。

王都の西にあるヴィオネ家にも魔獣が襲いに来たのだ。

可哀想な馬が犠牲になった姿も、牧場の牛が魔獣の小群れに襲われた様も見た。

これくらいで気絶などしない。

それに、幸い、ハイネは、ユーシスやルシアンたちのすぐ側にいた。

子供たちと侍女は怪物の瘴気や威圧にやられたようだが、王子たちの側は禍々しさが薄い気がする。

ルシアンとユーシスは敵を睨むように見つめ、毅然と立っている。オディーヌもハイネの背に隠れながらも凛としていることにハイネは『さすが姫君です』と感心した。

ハイネが、再度、這い寄ってくる触手に浄化魔法を浴びせていると、ユーシスが声をかけてきた。

「ハイネ。あいつは浄化魔法が苦手なの？」

「そうですね、禍々しいですから。浄化魔法とか、光魔法は苦手なはずです」

「わかった」

ユーシスは、ハイネの背後から前に出た。

「ゆ、ユーシス様！」

手をかざし、その小さな手に魔力を集める。

ハイネはすり寄ってくる触手に懸命に浄化魔法を当てる。

そろそろ、もう魔力が尽きてきた。少しくらりとする。

その時、ユーシスの掌から眩い光が炸裂した。

ハイネは息をのみ言葉を失った。

――これは……光魔法、ですね。

シリウス陛下の加護の光を思わせる。

ハイネは、王宮でシリウス陛下が挨拶をした時に遠くから見ていた。

王宮の周りは人で埋め尽くされていたので、遠くからだ。

それでも、眩い光がハイネの方からも見てとれた。

あの光景を思い起こさせた。

――王子殿下が光魔法を持っていることは秘密だったのでは？

基本的に、アンゼルア王国では、王族の魔法属性は公表しなかった。特にまだ少年の王子の稀な魔法属性は公にするかはよく検討されてからになるはずだ。

だが、非常事態ゆえに、小さな王子は魔法を使うことを決めたのだろう。

華奢（きゃしゃ）な体がゆらりと倒れそうになるのをハイネは抱き止めた。

「ハイネ、怪物は死んだ？」

ルシアンが横から顔をのぞかせ、オディーヌも恐る恐るバリケードから様子を見ている。

「いえ、それが……」

視線を向けるとそこにはまだ奇怪な光景があった。

「なに、あれ」

オディーヌが泣きそうに表情を歪（ゆが）ませた。

「怪物が分裂している？」

ルシアンが呆然（ぼうぜん）と呟く。

巨大な怪物が蠢いていた辺りに、紫色の太い蔦を束ねたような植物と、猪に似た生き物と、狼のような生き物、それに、青黒く丈高い蔓葡萄（つるぶどう）に似た草がある。

全部で四体。

どれも動物や植物に似てはいるが、ただ似ているだけで別物だ。

色も赤黒や青黒、紫とグロテスクで、手足や目鼻、顔の形もいびつだ。植物型の怪物の突端(とったん)には顔に似た実が付いているが異様だった。

「どうやらあれは、無理矢理、合体させて作られた怪物だったようですね」

ハイネは、ルシアンたちを背に庇いながら答えた。

子供たちと侍女たちは気絶したままだが、こんなものを見ないで済んで幸いだ。

怪物たちは形を変えだいぶ大人しくなったが、まだ死んでいない。

「合体?」

「まったく、悪魔の所業です。油断してはなりませんよ。近寄らないように、こちらにいてください」

ハイネは、ユーシスをそっと横たえ側で休んでいただいた。奥の方が安全かもしれないが、自分から離すのも憚(はばか)られた。

──それにしても、護衛が一人も来ないとは……。

今回の犯人は用意周到すぎる、とハイネは心中で愚痴をこぼす。

戸口のところに幾人かいた護衛は室内の異変に気づいただろうか。本来なら、ユーシス殿下付きの護衛は、必ず目を離さずに付いているものだろう。

それに、気絶している役立たずの侍女たち。

──ベテランの侍女と護衛はわざと排除されましたね。

よほど内部に協力者が潜んでいなければ排除などできない。

行事のために護衛の配置が変えられたのだとしたら、そこで采配する者に賊の手の者が入っていたのだ。

だが、それだけでは足りない。

——手荒で非合法な手を使ったはずです。

従者たちの身も気になるが、今は案じる余裕はない。

ハイネは、怪物たちが蠢いているのを注意深く見た。

ユーシス王子の光魔法で眩んで大人しくなっているだけなら、やがてまた活発に動き始めるかもしれない。

——早く助けが来てくれないものか。

案の定、怪物たちは、見ている間にわさわさと動き出している。

ハイネは、急ぎ、少し遠くからもテーブルや椅子を運び、子供たちの前にさらに防御壁を築き始めた。

「皆はじっとしているのですよ」

あらかた、運べるだけのテーブルと椅子で壁を作った。

玩具が入っていた小さな棚も引き摺る。

ルシアンが手伝おうとするのを、ハイネはにこりと止めた。

「ルシアン様は、ユーシス様とオディーヌ様をお守りしてくださいね」

これで少しはマシだろうと、ハイネが棚を運び終えたときだった。

ズズズ、と不気味な音が背後で聞こえた。

「ハイネっ！」

ルシアンの声に振り返ると、知らぬ間に蔓葡萄のような怪物が動きを速めていた。

慌てて避けようとしたが気付くのが遅かった。

鋭い鞭のような、あるいは、しなる槍のような植物の触手が、ヒュンっと風をきって伸びてきたかと思うと、ハイネの体の真ん中を貫いた。

血飛沫が飛ぶ。

ハイネはよろける体をなんとか堪え、築いたバリケードの中に倒れ込んだ。

「ハイネっ！」

ルシアンはハイネをバリケードの中にさらに避難させると、水の玉をハイネを襲った蔓葡萄の怪物にぶつけた。

「許さない！」

他の三体の怪物も蠢き始めている。

ルシアンは、自分の魔力を吸った怪物に命じた。

「お前！　あいつらを斃せ！」

蔓葡萄の怪物は、体の向きを変えて他の怪物たちに触手の鞭をしならせた。

猪型の怪物の首元に触手が突き刺さる。

猪の怪物は、首筋から赤黒い体液を迸らせて叫びもがいた。

さらに狼型の怪物にも触手を伸ばすが、相手の方が速かった。

狼の怪物は触手を食いちぎると、蔓をばたつかせる怪物に躍りかかり、果実のような顔を牙（きば）で噛み裂いた。

蔓葡萄の怪物が「ギイェイイ」と、軋（きし）むような断末魔の叫びをあげる。

狼の怪物は、その勢いのままにルシアンの方へ一飛びで来た。

ルシアンは椅子を盾にしながら氷の礫（つぶて）を狼の怪物にぶつける。

醜悪な狼は、涎（よだれ）を垂らした口をあんぐりと開けた。顔に氷の礫を受けても怯（ひる）まず飛びかかってくる。

ルシアンは力任せに椅子で頭を殴ると、狼の怪物は椅子の足に齧（かじ）り付いた。

気がつくと、オディーヌがすぐ傍にいた。

「オディーヌ！　出るな！」

ルシアンは怪物の口中に椅子の足を思い切り押し込む。

オディーヌは叫んだ。

「伏せっ！」

すると、狼の怪物はもんどりうって転ぶように這いつくばった。

「え？」

そのまま、怪物はごろごろと寝転がり、もがいている。

もがく狼に目をやっているうちに、残り一体の植物型の怪物が蠢き、蛇のようにうねりながら狼を押しのけて来た。

「きゃっ」

オディーヌは慌てて下がった。

ルシアンは水の玉を作り、植物型の怪物にぶつけた。蛇に似た動きをしているが、紫色の体躯を見ると筋張った蔦を束ねたものだ。植物系なら、ルシアンの水が効く。

グシャっと水がかかった途端、怪物は動きを鈍らせた。

「お前！　狼を甦せ！」

ルシアンが命じると、蔦の怪物は寝転がっていた狼の腹に巻きついた。

狼が「グオぉ」と呻(うめ)き、蔦の怪物に喰らい付く。

青緑色の血しぶきが派手に飛んだ。

蔦の怪物に締め上げられた狼は、目を剥きながらも蔦を噛みちぎろうとしている。

「気持ち悪いわ……」

オディーヌが口元を押さえながらルシアンの側に座り込んだ。

「オディーヌ、もっと俺の後ろに来い！」

「え、偉そうに！」

そう言いながらもオディーヌは素直にルシアンの背の方に下がり、まだぼんやりと座っているユーシスとの間に入るように座った。

ルシアンは晴れ着の上着を脱いで、ハイネの血だらけの腹に巻く。

血を止めたかったが、どうすればいいかわからない。

先ほどから、ドアをすごい勢いで叩く音がする。

この部屋は結界が張ってあるようだった。

一際、大きな音がしたかと思うと、ようやく亀裂が入りドアが開いた。

「ユーシス！」

「オディーヌ！」

「ルシアン！」

雪崩れ込むように人が入ってきた。

シリウスたちは、奇怪な怪物たちと、白目を剥いて気絶したままの侍女や子供たち、それに急拵えのバリケードに血まみれの老執事と、執事を取り囲むように座り込むルシアンたちを見た。


明くる日の夜。

ハイネの病室に人が集まり、俄に人口密度が高まった。

サリエルとルシアンは元からハイネの病室にいて、そこにシリウスとロベール、ジュールと、それにノエルとユーシスが加わった。

ハイネの傷はシリウスが治したが、出血が多かったために王宮に泊まっていた。夜遅めの時刻なのでオディーヌはもう休んでいなかった。

ユーシスも休ませようとしたのだが、本人の希望でここにいる。

寝台の前に適当にソファや椅子を集めて全員が座ったため多少乱雑だが、ハイネ以外は誰も気にしていなかった。

サリエルとルシアンは王宮が用意した上等だがラフな格好で、ハイネは与えられたガウンを執事らしく襟元まで合わせてぴっちりと着込んでいた。本来ならノリのきいた執事服を着て背筋を伸ばして控えたいところだが、寝台で上体を起こした格好で耐え忍んでいた。

「侍従長と催事の責任者が、呪術師の精神操作にやられていたよ」

シリウスがそう話した。

「そう簡単にはできないことですよね」

サリエルが眉を顰めた。

「もちろんだ。信じ難い失態だ。だが、彼らは精神操作系の魔法を防ぐ魔導具は装備していた。今回、使われたのは闇魔法系の呪術だった。我が国では禁忌のもので、研究されていない。もちろん、防ぐ方法もわからない。ゆえに、侍従長たちがやられた遠因は、我が国がそれらの知識から顔を背けていたためだろう。ユーシスとオディーヌの従者と侍女も同じ呪術の幻惑で誘導され閉じ込められていた。彼らは部屋から出ようとした時に傷を負ったが軽傷だ。すぐに復帰できそうだ」

侍従長たちは療養してもらうことに決まった。治れば職場復帰も可能だ。

あの救出の時。サリエルやシリウスたちが広間の入り口に駆けつけると、侍従長と会場の責任者が呆然と出入り口の前に突っ立っていた。

様子が変だった。虚な目をしている。

問いただすと、「ここで待たなければなりません」とふたりは繰り返すばかりだった。

精神操作系の魔法を受けた様子だ。

シリウスたちは、内部から嵌められていたことを知った。

後の調べで、会場を整備する業者にも敵が紛れていた。

「敵の呪術師は、私が捕らえた。王宮魔導士クラスでないと呪術に抵抗できなかった。最後の悪あがきで死んだふりまでしていた。呪術の『仮死』だ。見張りを焦らせてね。急ぎ、引き出せるだけは情報を絞り取ってから対処した。私とルカが確認した」

シリウスは「対処した」と言ったが、処刑だ。ユーシスとルシアンがいるので気遣い、言葉を選んだ。「確認した」というのは「絶命」を確かめたのだろう。

ルカの名を聞くだけで安心するほどの偉大な魔導士だ。

ルカとは、ルカ・ミシェリー公爵、王宮魔導士筆頭だ。

シリウスは、そもそもの最初からサリエルたちに話した。

「アルレス帝国から『不審者が貴国に入り込んでしまった』と連絡が来たのが始まりだ」

七年も前に、帝国の皇女がとっくに取りやめになったシリウスとの婚約を蒸し返そうとしたことがあった。しかも、夜会の宴でいきなりだ。

その後、皇女の実家だった高官が、勝手に大臣の決裁書に紛れ込ませて署名をさせ、帝国側からアンゼルア王国との交易を取りやめにしてしまった。

帝国は、やむなく様子見をしていた。アンゼルアの方から詫(わ)びを入れてきて、また交易再開となるだろう、と安易に考えていたらしい。

だが、そうはならなかった。

以来、帝国とアンゼルアの交易はほぼ途絶えたままだ。

元より、農業国のアンゼルアは、農産物などの食料自給率は高い。よほど国内では採れない嗜(し)好品(こうひん)以外は自給自足できてしまう。

輸入のかなりの割合を、鉱物や魔導具が占めていた。一方帝国は、鉱物をアンゼルアに輸出していない。

そうすると、交易はごく限られる。

そのまま、すでに七年が過ぎた。

帝国からすれば、アンゼルアはあれほど多くの攻撃用魔導具を輸入していたのに、自前の魔導具で補えているのは謎だっただろう。

アルレス帝国は、一人の高官のために魔導具の交易相手を失った。

しかも、型落ちした古い魔導具を高く買ってくれる美味しい客だった。損害は大きかった。

帝国は高官をクビにし損害賠償をさせ、彼の家は没落した。

もう七年も前の話だ。高官の家が没落して消えたのは四年ほど前だという。

その家の者が「アンゼルアに報復してやる」と周りに愚痴を零したのち、姿を消したという。

アンゼルア王国に入国した記録があるので警戒してほしいと言ってきた。

「情報が入ったので忠告通り警戒し捕縛したが、何人かは見つからないままだった。こちらで入国の記録を精査したところ、帝国からの情報にはない不審者も多数入り込んでいた。しかも、帝国が言ってくるずっと前からだ」

帝国の情報は当てにならないため、捜査の人員をさらに増やして警戒をしていた。

そんな最中に、剣術大会があり、祝賀会が開かれた。

当然ながら、警戒は厳重にしていた。

ところが、侍従長と催事責任者への精神操作は予想より前から準備がされていた。

「どうやらアルレス帝国は、例の元高官に全ての罪をなすり付けて知らないフリをするつもりだったようだが、そんなものでは納得できない規模の侵略行為だった。帝国が今回、我が国を襲撃したのは、アンゼルア王国の戦力調査のためだ」

帝国は、なぜアンゼルア王国が帝国製の魔導具の購入をやめたのか調べた。

騎士団の装備を調べるために密偵も送り込んだ。

ノエルの付与魔法によって作られた投げナイフなどを盗み出したらしい。不明になっているものが幾つかある。軍事機密ではあるが、訓練で使わないわけにもいかない。完全に秘密にはできなかった。

ただし、出所はわからないだろう。どこかに付与魔導士がいることは分かっても、詳細は不明のはずだ。

帝国は長年、自分の国の型落ち装備がアンゼルア王国軍の戦力だと思っていた。

だが、今はわからない。

「アルレス帝国は、それが知りたかった。あの怪物にどれくらい抵抗できるか試そうとした。被害がどれくらい出るか、見るつもりだった。帝国は、あの怪物には相当の自信があったのだろう。だから、自分たちが関わっていることを隠そうともしなかった」

帝国は、アンゼルア王国がさらに隠れた武器や戦力を持っていないか知りたかった。

魔導具の交易が打ち切られてから計画を開始。

アンゼルア王国王宮に密偵を潜ませる。

呪術についてアンゼルア王国が無知であったために、侍従長を操ることに成功。

今回の祝賀会で担当する者も、侍従長の推薦で決まることも知っていた。

ふたりを使い、業者にも工作員を忍ばせ、広間に怪物を潜ませる。

祝賀会当日。

侍従長と催事責任者を操って、広間には子供と無力な侍女が数人しかいない状況を作り出す。

呪術師は、会場案内係に紛れてユーシスとオディーヌ付きの従者や侍女を閉じ込める。

やがて怪物が目を覚ます。時間がくれば封印が解ける。

すっかり目覚めたときが終焉だ。怪物の瘴気と禍々しい威圧で人間を無力化。すぐさま、喰らい尽くす。

魔力を持ったエサをたっぷりと食べると、怪物はドアの結界を解いて外に出る。

その時には、侍従長と催事責任者がドアの前で殺されるのを待っている。

出た途端、怪物はふたりを喰らう。

証拠隠滅、完了。

これらは、帝国の計画通りなら、怪物が目覚めて大して時間もかからずに済んだだろう。

怪物は侍従長らを襲うと、騎士たちを蹴散らして逃走。

庭園では陽動作戦で騒ぎが起こり、怪物の襲撃や逃走を助ける。

帝国から派遣されていた工作員が、怪物を一旦、封印して魔獣の森にでも逃がす、という予定だった。

怪物を待っていた工作員はすでに捕まっている。

王宮周辺を捜索していた衛兵と騎士団が捕らえたのだ。

帝国の作戦は、工作員に自白剤を使って聴取した結果、おおよそ判明している。

「ユーシスたちの従者や侍女は、当初の計画ではそのまま広間に入れて怪物の餌にする予定だったようだ。だが、王族付きの侍女と従者は戦闘能力が高いことに気づき、急遽閉じ込めたらしい。怪物が目覚めたときに餌の確保に手間取ると、計画に支障が出ると判断したんだな。アルレス帝国は、証拠はあらかた消せるだろうと踏んでいた。怪物も逃走させられるだろうと考えていた。帝国の一貴族がやった犯罪だと思わせられる、そんな見通しだった」

「侮られたものだな」

ジュールが憎々しげにぼそりと口を挟む。

「怪物が甦されるとは露ほども思っていなかったらしいな。怪物のエサに、魔力を持った子供を与える状況を作ったつもりだったからな。高魔力のエサを喰らった怪物は、無敵だとでも思っていたのだろう」

シリウスの声に憎悪が滲む。

帝国の誤算は、怪物は老執事を怪我させるしかできなかったことか。

「ユーシスとルシアン、オディーヌとハイネのおかげだよ」

シリウスの言葉にハイネは情けなさそうな笑顔を浮かべる。役に立ったとは到底、思えなかったからだ。

シリウスは、ユーシスたちから話を聞き込んでいた。

子供たちが冷静でいられたのはハイネのおかげだろう。

閉じ込められたとわかってすぐに、怪物から一番遠い部屋の奥へ集まったのも良かった。

「あの怪物は、闇魔法や呪術を使って作られていた。まだ胎児や萌芽の頃に『呪術』や『闇魔法』の『呪縛』で合成された生き物だ。今はまだ解析中だが、我が国も呪術を禁忌にせず研究はしておくべきだろう。そうしないと防げない。侍従長たちが装備していた魔導具は、今回の精神操作には効かなかったのだからな」

ロベールが調べた結果を述べ、シリウスとジュールも頷いた。

「ところで……」

と、シリウス王はルシアンを見つめた。穏やかに微笑んではいるがその目は思い詰めたように真剣だ。

「サリエルとハイネたちも、今回のことでわかっただろう。ユーシスは光魔法属性持ちだ。魔力量は特大。それから、オディーヌは『動物』の感応者だ。動物ならどれも言うことを聞かせられる。このたびのは半魔獣だったので思うようにはいかなかったらしいが。魔獣にも少しは効くようだな。それで？　ルシアンは『植物』の感応者だな？」

シリウスの問いかけに、ルシアンがそっとサリエルに視線を移し、サリエルは頷いた。

「そうです」

「おかげで助かった。ユーシスの光魔法であの生き物を合成していた『呪縛』が解け、ルシアンとオディーヌがあれらを無力化した。そうでなければ、帝国の計画通りだった」

「ゾッとします」

サリエルが眉間に皺(しわ)を寄せる。

「ハイネも助かって良かったよ」

シリウスは、顔色の回復した執事の顔を見て密かに安堵した。

ハイネは重体だった。

ハイネに縋っているルシアンや、くたりと座り込むユーシス、彼らの間で気丈に振る舞うオディーヌを助け出したのち、オディーヌとユーシスは問題なく回復した。

オディーヌは、若干、怯えてショックは受けていたが、酷くはなかった。

ユーシスも魔力回復薬を飲んですぐに元気になっている。

ただ、ハイネは高齢で傷が深かった。

ルシアンはハイネの側を離れようとしなかった。

「帝国の連中に復讐してやる」

とルシアンは呟いた。

子供の戯言ではない、本気の呟きだった。

「帝国中の植物を使って、潰してやる」

ユーシスとオディーヌから聞き出した話で、ルシアンにはそれが可能なことがわかっていた。

ルシアンに「なぜ、帝国の仕業だとわかったんだい?」と尋ねた。

「あの歪んだ植物たちが『バグアド』と言っていた。あの植物たちはそう呼ばれていたんだ。

『バグアド』は、帝国の言葉で『怪物』でしょ。帝国の連中は、自分たちが作った『子供』らを、怪物って呼んで蔑んでいたんだ」

シリウスは、ルシアンが植物たちの言葉が聞けることを知った。

幸い、ハイネは治癒で助けることができた。

「もう少し、お側でお仕えできてようございました。子供たちは、いろんな愛情があった方がよろしいですからね。厳しく深い親の愛も、無条件に優しい祖父母の愛も然り。これからは友情も育んでいただきたいです」

ハイネはそんなことを言っていたという。

シリウスは、そんな「いろんな愛情」が自分とノエルには足りなかったような気がした。

怪奇生物は、帝国製の生物兵器だ。何種かの魔獣や動植物を合成させることで複数の能力を併せ持っている。

だが、光魔法に弱いことはわかった。

急遽、立ち上げられた対策本部は、検討の結果、光魔法の魔力を充填用の魔石に詰め込んで光魔法の魔導具を作ることを決めた。

合成生物を「呪縛」から解呪し、元の「生き物」に戻してから、まだ動きが鈍いうちに斃す、という方針も固めた。

対策本部は、王宮魔導士らを中心に禁書庫で呪術を調べ、防ぐ魔導具の開発に着手している。

禁忌の魔法は法律で研究すらも禁止されていたが、シリウスの代になって、非常事態時は禁書での研究と対策ができるように法改正をしてあった。

ルカ・ミシェリーとセオ・ミシェリーのふたりの凄腕魔導士が監督しているので情報の流出は

あり得ない。

帝国からの工作員や密偵たちは、残らず捕らえ地下牢行きだ。決して帝国には戻さない。

帝国は、なぜ計画がうまくいかなかったのか、皆目わからないだろう。

情報は、渡さない。

白目を剥いて気絶していた侍女たちが重要な場面を知らないことは確かめた。元より大した情報もないが、侍女たちには契約魔法でなにも話さないように誓わせた。

子供たちは訳が分かっていなかったので丁度良い。

帝国は、さぞ戸惑っているだろう。戸惑っているうちにこちらはよく備えておいた。

だが、シリウスは「あの国は、もう恐るるに足らず」とわかった。

アンゼルアが呪術を禁忌にしたのには理由があった。

迂闊に使えるものではないからだ。

——人を呪わば穴二つ、という諺は帝国にはないのだな。

真っ当なやり方で豊かになる方法を捨て呪いに頼るようになっては、あの国に未来はないだろう。

◇◇◇

サリエルの予想に反して、あれから、いとこたちとルシアンは頻繁に会っている。

茶会に誘われて一緒に行ったこともある。

先日はユーシスと少し遅れて行ったら、オディーヌが他の令嬢たちに「私のいとこたち、格好良いでしょ」と自慢しているところだった。ふたりで赤面した。

ユーシスはともかくとして、ルシアンはオディーヌに始終、貶されていたというのに。

「デリカシーの欠片もない」とか「紳士の風上にも置けない」とか「マナー以前の問題」とか。

マナー以前の問題と言われたら、ルシアンはどこを直したらいいのかわからない。

シリウス陛下が、ヴィオネ家に騎士たちを派遣してくれることになった。

ルシアンを守るためらしい。

あの時、ルシアンは結構、強いとわかったのだが、それでも派遣が決まった。

ジェスが担当することが多いが、ブラドの時もある。他の若い騎士の時もある。

あるいは、「影」と呼ばれる裏任務の誰かが知らないうちに護衛をしてくれているらしい。

裏庭の野菜畑の辺りはジートが見回りをしているので、若干、騎士たちの仕事と重なる。

ときおり、騎士の足をジートが蹴りつけたりしているが、さすが王宮の騎士は丈夫なブーツを履いているのもあって涼しげな顔で耐えてくれている。

ジートは人を見て蹴りを入れるか決めるらしく、被害に遭わない騎士もたくさんいる。蹴りの基準は皆目わからない。ルシアンは蹴られるので人柄は関係ない。ハイネは「仲間だと思ってるんですよ」と慰めてくれるが、慰めになってない。

あれからひと月も過ぎた今日は、ユーシスたちが遊びに来た。

ユーシスとオディーヌにジートを紹介してあげた。

ジートは、オディーヌにすりすりと擦り寄って「可愛いわ」と褒められた。

ジートのどこが可愛いのか、ルシアンはオディーヌに「頭と目は大丈夫か」と本気で尋ねた。

ちなみに、ジートは、ユーシスのことは無視だ。サリエルやハイネに対するジートの態度と同じだった。

オディーヌがジートにお手と伏せを教えているのを見ながら、ユーシスがこっそりルシアンに話しかけた。

「オディーヌ、最近、少し落ち込んでたんだけど、治ったかも」

「ふぅん。なんで落ち込んでたの？」

ルシアンもひそひそ声で尋ねた。

「失恋だってさ。ブラドが結婚しちゃったから」

「ブラドって、剣術大会で優勝した騎士の？」

「そう。ブラドは超格好良いから。王都中の女性はブラドに惚れてるとか言われてた」

「そっか。格好良いし、強いもんな。完璧だよね」

「男はそれだけじゃないって、父上は言ってた」

「他になにがあるの？」

「相性と、経済力と、優しさだって」

「国王陛下が経済力って言うの、ズルくない？」

「父上は経済力はないって言ってたよ。貧乏国の国王だから」

「うちの国、陛下がそんなこと言うくらい貧乏なんだ……」

ルシアンが思わず遠い目をする。

「これからは豊かになるんだよ、これから！」

「う、うん。あのさ、ブラドとは、オディーヌは歳が違いすぎない？」

ルシアンは逸れていた話を元に戻した。

気になったのだ。ルシアンは剣術大会の時にブラドとは間近で会ってるが、父サリエル伯爵よりも少し年上だろうと思った。

「障害がある方が恋の炎が熱く燃え上がるんだ、とか言ってた」

「ぷっ。意味がわかんない」

「言ったら駄目だよ？」

「そうなの？　本人に解説してもらったら駄目なの？」

「ぜったい、駄目だからね」

ユーシスに真剣に言われて、ルシアンはコクコクと頷いた。

ジートは、オディーヌに躾けられて、無事にお手と伏せを覚えた。オディーヌの言うことしか聞かないだろうけど。

それから、屋敷に入ってハイネお手製の焼き菓子を食べた。

今日はジェスが来ていたが、毒味係は喜んでジェスがやっていた。

ジェスはハイネの手料理が結構好きなのだ。

「まぁ……見た目は素朴としか言いようがないですけど、やけに美味しいのね、このサブレ」

オディーヌが一口食べて驚いた顔をしている。

あまり気が進まない様子で食べ始めたのに、一口食べたら次々と手を伸ばしている。仕草は上品だけれど、食べる量は令嬢らしくない。

ユーシスもぽりぽりと気に入った様子で食べている。

「ハイネの焼き菓子は、庭の香草が刻んで入ってるから美味しいんだよ」

ルシアンが教えた。

このサブレには、甘くクリーミーな風味の香草が入っていてかなり美味い。ヴィオネ家のハイネの焼き菓子は、実はご近所でなかなかの評判だった。

ハイネは「ルシアン様たちのおかげですけどね」と苦笑している。

ハイネ曰く。庭の香草畑は「サリエル様の土魔法とルシアン様のお水で、ちょっと普通じゃない香草になってますから」らしい。

ルシアンは、ずっと幼い頃からこの味に慣らされてるのでよくわからない。

頻繁にヴィオネ家に来るジェスは、特にキジバトの香草焼きと、豚肉の煮込みがお気に入りで「一年中三食これでもいい」と真顔で言うくらいなので、やむなくハイネはジェスの来るときはどちらかを必ず作っている。

ハイネが料理によって調合している「ヴィオネ家特製ブレンド香味」が旨いらしい。ジェスに「他の追随を許さない味」と褒め称えられている。

ハイネは、ジートに蹴られた気の毒な騎士には、肉の香味焼きと新鮮野菜を挟んだパンの弁当をプレゼントして喜ばれていた。

　おかげで、ユーシスたちが頻繁に遊びに来るようになったり、ヴィオネ家を担当する騎士の希望が多かったりするのだが、ハイネは知らないふりをしておいた。

　最近ハイネは、ルシアンが植えた美しい蔓薔薇が、実はかなりの危険物だと知った。麗しくも可憐な大輪の花と艶やかな葉に隠れてよく見えなかったが、尋常でないトゲが生えているのだ。

「ルシアン様……。私の老眼のせいではないと思うんですが。ゴラツィのトゲは、普通のバラの五倍くらいもありませんか」

「そう？　硬さはミスリルくらいにしてって頼んであるんだけど」

「過剰防衛って知ってますか？」

「悪いやつしか刺しちゃダメだって言ってある」

「はぁ」

　ハイネは眉間を揉んだ。

「あのね、目にいい果物があるっていうから、今度、苗を買ってもらおうかと思うんだ。ハイネの老眼が治るかもよ」

「ルシアン様が言うと、本当に治ってしまいそうで怖いですね。治ったら、マリエ夫人に縫い物でも習いましょう」

「もっと男らしい趣味が良くない？」

「では、ルシアン様の冒険談でも執筆しましょうか。きっと、第一章くらいは私でも書けるでしょう」

「第一章？」

ルシアンが首を傾げる。

ハイネはしばし言葉に詰まるも朗らかに答えた。

「私の目の届くところで冒険してくだされば嬉しいですが。男の子は自由に羽ばたいていくものですからね」

老執事は穏やかに微笑んで、幸福そうに目を細めていた。

闘いは突然に！　開拓村の秘密

時は七年前に遡る。

アンゼルア王国はアルレス帝国と決別し、ノエルは付与魔導士としてそれを支えた。

これはその当時の話。国王夫妻が結婚して間もない頃のこと。

◇◇◇

ノエルは満足気に使いやすく整えた作業場を見回した。

——こんな感じでいいわ。

これから付与魔法を施した武器の新作を作るのだ。

ノエルは夜会で、胸がデカいのが取り柄の皇女に馬鹿にされた。

——もう一つ取り柄があったわ。人の心の弱みを察して抉ってくるのが上手かったわね、あの皇女。

ノエルは自分では図太いつもりだった。でも違ったのだ。黄金リスという魔獣に似ていると言われただけで落ち込んでしまったし、それをずるずると引きずった。

あの皇女の悪意はノエルのコンプレックスを直撃した。

実際にはシリウスはノエルと黄金リスを繋げて考えたことなどなかった。ノエルに会った頃は飼っていたリスを思い出したこともなかったという。ただノエルの健気（けなげ）さに惹（ひ）かれたのだと、後になってシリウスは打ち明けてくれた。

ノエルとシリウスは入学試験の時に出会った。

シリウスがノエルの実技試験監督をしたのが最初だ。

シリウスはあの時、見るからに緊張した様子のノエルに違和感を感じた。なぜなら他の受験生たちは得意技をする実技試験はもっとリラックスして受けていたからだ。

それなのにノエルはあまりにも必死なように見えた。

手元の資料によればノエルは魔法属性は四つも持っている。魔力も豊富にある。得意技をするだけなら楽勝だろう。もっと魔力に乏しい子たちでさえもずっと楽々と試験を受けている。

土塊の生成でも、水の生成でも、火魔法で水を温めるのでも、小さな竜巻でも、どれも魔力が少しでもあればできる。学園の側でも鬼ではない。魔力量に応じてできる限りの魔法を使えていれば合格だ。

ノエルはそういう情報を持っていなかったし、奨学生に認められなければ家出するか死も覚悟していた。

そんなノエルが結界の付与という希少な魔法をやってのけたのだ。強烈にシリウスの印象に残り、ノエルの様子や境遇も心配だった。

守りたいと思い、自らノエルの担当を買って出た。

黄金リスに妻がちょっと似ていると思ったのは、皇女に可愛がっていたリスのことを思い出させられてからだ。

それはともかくとして。ノエルの心を抉った皇女は良い仕事をしてくれた。シリウスを怒らせたし、実家の父親を唆(そそのか)して大臣を騙(だま)させ、交易の停止という暴挙に及んでくれた。おかげでアンゼルア王国は理不尽な交易を止めることができた。

以前からノエルは帝国の「事故品混じりの魔導具」の酷さを騎士団長から聞いて知っていた。不良品率は一割から二割という凄まじさ。あり得ない。桁が違うだろう。だが、最初の取り決めでアンゼルアは文句を言えないようになっていた。不良品率も含めての契約だった。『そんな契約をした国王はクソだクズだ』とノエルは口には出さないまでも思った。本音では皆、思っていただろう。

攻撃魔法の魔導具ゆえに、事故品は使用する騎士の安全に直結する。

鑑定の魔導具を使い、鑑定士や王宮魔導士たちが総出で帝国からきた魔導具を確認する。その過程でも魔導士がうっかり大怪我をすることがあったという。

確認漏れがあれば今度は騎士が怪我をする。手や足を失った魔導士や騎士がいた。亡くなった人もいた。

そういう裏話を王宮魔導士だったこともあるセオ教授から聞いた。

ノエルは帝国の不良品の話を聞いてから少しずつアイデアを貯(た)め込んでいた。

ただ、付与魔法品は「ノエルができる魔法しか付与できない」という制限があった。

――私の魔法属性は「風」「火」。「土」もある。それに「水」。「土」と「水」は弱いながらも鍛(きた)えてあるから使いこなせるわ。でも、やっぱり「風」と「火」を使うのが楽々できて気持ち良いけどね。

ノエルは混合魔法も得意だった。器用なのだ。

おかげで雷魔法も得意だ。雷は、火と風の混合魔法の進化形だ。

――だから雷魔法付与の投げナイフはじゃんじゃん作れたのよね。雷魔法は魔獣に効くっていうから。ちょっと調子に乗ったわ。魔獣の中には雷よりも火の方が苦手なやつもいるみたいだし。魔獣でも雷魔法を使えるものは雷魔法が効きにくいらしい。あとは単純に、火の方が苦手なものもいる。

植物型魔獣や毛皮の厚いやつは火の攻撃の方が効くのだ。

そういう魔獣に使えるように「高威力の火魔法付与の投げナイフ」。それから「カマイタチ付与の弓矢」。

カマイタチは風の攻撃魔法だ。突き刺さっただけで魔獣の体が切り刻まれる物騒な弓矢をノエルは考えた。

投げナイフは刃の長さを少し長めにしてみようと思う。この辺は使う騎士と相談だ。

――これで行くわ。まずは準備ね。

とりあえず、攻撃魔法訓練場でカマイタチの練習をする。付与する魔法に熟練しておくことが上手い付与魔法を施す基本なのだ。

ノエルは訓練に励みながら考えた。

――なんか……的をこんなに攻撃するくらいなら魔獣をやっつけた方が良くない？　そうすれば、ちょっとは国の役に立つわ。魔の森が広がっちゃったところはまだ魔獣が多いし。

シリウスが王位についてから魔獣の被害は激減した。国神の加護が篤くなったようなのだ。

だから町や村にまで魔獣が襲いにくることはめっきりと減った。

──でも手遅れになって、瘴気を帯びた魔の森ができ上がったところはやっぱり魔獣が住み着いてて駄目なのよね。そこに行ってカマイタチと炎爆の練習をすればいいんじゃない？　王都から近い魔の森は騎馬ならそれほど掛からないわ。四時間くらいで着くかしら。

脳裏に地図を思い浮かべて考える。

ノエルは「日帰りで行けそうね」と結論するとすぐさま行動に移した。

周りの側近たちに目的を告げて「魔の森に行くから」と宣言し、騎士団長に会いに行った。

ノエルはすっかり自分の計画に夢中になって忘れていた。

肝心の夫に相談する、ということを。

ノエルが騎士団長の執務室で計画を滔々（とうとう）と話している最中に、ノックと同時にドアが開き、不機嫌顔のシリウスが入ってきた。

「あ、シリウス。今日は大事な会議じゃなかったの？」

「長引いたので中休みを挟んだんだ。頭を冷やして冷静に資料を読み返す時間が必要だったのでね。でもおかげで、余計に頭に血が昇る報告を受けてしまった。妻が魔の森に行くとかいうとんでもない報告をね」

シリウスが何かを抑え込んでいるような口調でそう述べ、ノエルが座っているソファの隣にどかりと腰をおろした。

「とんでもない？　ちょっと計画があって行くことにしただけよ。攻撃魔法の練習をするの」

ノエルはシリウスの様子に少々の違和感を感じたが、とりあえず簡単に説明をした。

「そんなことを私が許すとでも？」

「え？　なんで？」

ノエルは素で驚いた。

「新婚の妻を危険な魔の森にやる夫がどこにいる！　私は少なくともそんな夫ではない！」

「そういう危険な森の近くにも村があったりするわ」

「そういう森の近くの村には開拓のために屈強な男たちがいるんだ。うら若く美しい王妃じゃない！」

「若くて王妃だけどそんな美人でもないし、それに攻撃魔法を持ってるわ。魔獣をばんばんやっつけて攻撃魔法の修行をして、炎爆付与の投げナイフを作りたいんだもの。それからカマイタチ付与の弓矢も作るの。いいアイデアでしょ？　魔法の修行したらすぐに作って、騎士団の弓が得意な騎士に渡すわ」

「そのために訓練場というものがあるんだ！」

「魔力が勿体ないじゃない？　的も。あの立派な的を一つ壊すたびに、あぁ勿体ないって思うのに疲れたっていうか」

「うちはそこまで貧乏じゃない！」

「あのね、貧乏とかそういう話じゃなくてね」

「あー、シリウス陛下、ノエル王妃。つまり、安全な感じで魔の森に王妃様が行ければいいんですよね？　私が直々にお守りしますので、どうか安心して王妃様を預からせてください。王都にいるよりも安全なようにしますから」

「ロマン騎士団長。しかし……」

「王妃様のお気持ちがとても嬉しいのです。だから私が万全を期します。それに新婚さんの陛下の気持ちもわかりますからね。陛下も、頭ごなしに妃を抑えるようなことはなるべくしたくないでしょう？」

「それはそうだが」

シリウスが思い悩む顔をする。

「ふたりして、何言ってるの？　私は攻撃魔法の練習がしたいんであって、がっちり守られてたらできないから騎士団長さんは側にいなくていいわ」

「わかった。ロマン団長、妻をよろしく頼みます」

「ご安心ください」

「聞いてる？　シリウス。私、本気なんだけど」

「聞いてるし、私も本気だからね、ノエル」

ノエルは、シリウスのかなりマジな顔に『仕方ない、これで手を打とう』とやむなく頷いた。


五日後。

騎士団長の都合を無理やりつけて、北の魔の森に向かうことが決まった。騎馬で七日の距離だという。

ノエルはもっと近い森ではないことに驚いた。

理由を聞くと、近場の森はどこも領地の中にあり、地元の領軍との話し合いで騎士団が行く時期は決まっているという。今はどの領地の森も時期ではない。

それから、危険すぎて行けない森もある。例えば西にある魔の森は腐竜が出る。

腐竜が生態系の頂点で他の魔獣の狩りをするのでバランスが取れている。魔獣が溢れることはない。ゆえに定期的に騎士団が見回りをするだけでいいという。

そういう森は幾つかあるらしい。

そんなわけで北の魔の森が選ばれた。

もうすでにすっかり段取りがされていて、今更取り消しもできない状態だった。

「手間をかけさせてしまったのね、ごめんなさい」

ノエルがしょんぼりとすると、ロマン団長はノエルを慰めるように首を振った。

「丁度、北の魔の森には小隊が視察に行くことになっていたんですよ。だからなんの問題もないです。その日程に合わせて行きますからね。私にしてみれば執務よりも遠出と狩りの方がずっと好み……」

とロマンが話し始めたところで、代わりに執務を押し付けられた副団長に睨まれ黙った。

ノエルは今度は副団長にお礼をしておこうと思った。

――でも僻地(へきち)にある魔の森に小隊が行くって、なんか不自然な気がするんだけど。ただの視察ならせいぜい分隊規模よね。やっぱり私のせいかしら。

ノエルはもしも自分のせいなら小隊にもお礼をしなければならないと思い、探ってみることにした。

王妃が魔の森に向かう事情は騎士団の幹部に伝えられた。

ノエルの新作「カマイタチ付与の弓矢」と「炎爆付与の投げナイフ」が楽しみな彼らは沸いた。

王妃にどこよりも安全な状態で魔獣を攻撃してもらおう、と誰もが思っていた。

ノエルの方では「せっかく行くんだから、もう訓練とかじゃなくて頑張って狩りをしよう」と闘志に燃えていた。

双方に若干の思惑の違いはあったが、一行は準備を整え北へと出発する。

王宮は馬車を用意しようとしたが、ノエルは「騎馬の方が速いから騎馬で行くわ」とそれを却下。騎士団長の愛馬に一緒に乗せてもらう。

出発の見送りに来たシリウスがなんとも言えない辛そうな顔をしていたが、ロマン団長は笑顔で「奥方を大船にお乗せしたと思って安心してお待ちください」と馬を走らせた。

ノエルも騎士団長の大熊のような筋肉に包まれて笑顔で夫に手を振った。

一行が出発したのち、シリウスはどんよりと突っ立っていた。

付いて行きたくても国王の立場では到底無理だ。無表情ながらも心痛なオーラが全身から溢れている。見物にきた宰相や側近や王弟たちは慰めの言葉もかけられなかった。

旅の途中、ノエルは自分が思いの外皆に知られているのを知った。

「陛下とのロマンス、新聞で読みました」

と泊めてもらった領主邸の奥方やご令嬢に言われたときは顔から火が出るかと思った。

――新聞社ー、何やってくれてんのよぉ。

なんとか笑顔でやり過ごし旅を続けた。

騎馬のおかげで速かった。七日後には魔の森に到着した。

ノエルは緊張と闘志で体を強張らせながら馬から降り立とうとして……騎士団長にヒョイと下ろしてもらった。

目の前には禍々しい魔の森が広がっていた。騎士団の騎士たちの顔も険しい。

ノエルが付与魔導士であることを知らない団員らもいるが、彼らには魔力量大の王妃が攻撃魔法を連発して魔の森を開拓すると言ってある。いたく感心されている。

騎士団の隊長より上の騎士たちはノエルの正体も今回の目的も知っていた。皆、契約魔法で秘密を守ってくれていた。

ノエルはいそいそと荷物を取り出す。

後から物資を積んだ荷車も来るらしいが、すぐに必要な荷物は騎士が軍馬に積んで運んでいた。その荷から長剣を取り出した。

ノエルが貯金から購入した長剣、かなり良いものだ。

これに、雷魔法を思い切り込めて作った。ただの雷撃というより、もう雷嵐みたいなレベルの雷が込められている。

それに耐えられるだけの長剣を手に入れて作った逸品。今回のノエルの我儘を聞いてくれたロマン騎士団長へのプレゼントだ。

他にも以前より高威力な炎撃付与の剣も何本か持ってきた。

準備の五日間の間に作ったものだ。

「騎士団長、これ使ってみてください。付与の魔力を綺麗に纏っているのは確認済みです。セオ教授にもテストしてもらってあります」

「ほぅ、長剣ですか。ありがたいですな」

ロマンが手に取る。とても良い品だ。それに手に取るだけで魔力がほのかに感じられるほどに付与が込められている。

「かなりの危険物です。セオ教授に『そこらの訓練場ではロマンに使わせるな』ってしつこく言われたので、ちょっと気をつけてください」

ノエルの話を聞いていた幹部クラスの騎士たちは「ちょっとじゃなく十分に気を付けてくださいよ、団長」「振り回しちゃ駄目ですよ」と口々に言ってきた。

「やかましい、わかっておる」

ロマンはノエルには馬鹿甘だが、団員たちには厳しかった。

長剣を手にしたロマンはギラリと目を輝かせる。いつもノエルに見せる穏やかな顔とは違って、副団長が言っていた団長の二つ名「殺戮（さつりく）の鋼熊」を思わせる眼だった。

ノエルはそっと視線を逸らせた。

騎士団長がどうやら獰猛（どうもう）モードに入ってしまったようだが「私のせいじゃないわよね」と知らないフリをすることにした。

騎士団一行とノエルは森の下見が終わったのち開拓村の近くまで向かった。

森での討伐作業は川辺に野営地を築いて行うことになっていた。良い水場も見つけた。

これから開拓村に向かうのは、討伐とは関係のないある目的のためだ。

開拓村に入る前にノエルと騎士団幹部たちは密かに打ち合わせをしていた。

この北の開拓村は不穏な噂が流れていた。

『開拓村の連中はサボっている』

『国から支給される物資を横流ししている』

ノエルがこの事を知ったのは偶然だ。騎士団長とシリウスにとっては想定外の事故だった。

騎士団長と副団長が話しているのを小耳に挟んでしまったのだ。ノエルの攻撃魔法訓練が終わったのちに騎士団小隊を件の開拓村に向かわせるという話だった。

ノエルはその時、小隊派遣の事情が知りたくて風魔法の「盗聴」を使っていたので単なる偶然とは違うかもしれないが。

これに関しては、王宮では今のところまだ証拠が十分ではない。ただ、少しずつ集まった垂れ込み情報などから噂が真実味を帯びてきた。

それゆえに、まずは下調べをしていた。

証拠隠滅をされては困るのでこっそり斥候を向かわせた。もうすでに斥候の調査は進んでいるはずだ。

その結果、黒だと分かれば小隊が向かって捕縛する。報告待ちではあるが黒の可能性が高いと踏んで騎士団は動いていた。

大掛かりな捕物になるはずだ。おかげでノエルたち一行は大所帯だ。騎士団の小隊だけでなく魔導士隊の分隊もいくつか同行している。

捕縛の隊がこれだけの規模になったのは、村総出で不正をしている可能性が高いからだ。実際はどうであっても皆捕まえて取り調べることになっていた。

ただし、捕物はノエルの訓練が終わってからで、騎士団到着後三日後くらいの予定だ。その頃なら、斥候の調査で関係する商人や村長周りの人間関係などもある程度洗い出してあるはずだった。騎士団は早めに到着して備えている。

今回、開拓村の調べとノエルの訓練が重なったのは、捕縛の隊と一緒に向かえば行きの道中、ノエルが安全だからとシリウスが利用したのだとわかった。

ノエルは騎士団の私物化ではないかと憤った。

とはいえ、近場の森は事情があって選べなかったし、遠い森に行くのなら騎士団の都合に合わせるのは仕方がない。

開拓村の捕物をやっている頃には、ノエルは騎士団長と護衛の者たちと王都に向けて出発している。

開拓村の不正の話はノエルの訓練とは関係がない。絶対に関係ないようにしてくれ、とシリウスは騎士団に話を付けていた。

騎士団長も、むさ苦しい開拓村の罪人たちとノエルを会わせるつもりなど毛頭なかった。

それがシリウスと騎士団長の考えだった。

ところが、ノエルは知ってしまった。

「それなら、私の訓練の前に連中を捕まえた方がいい可能性もあるのね？　逃げられたら困るし。スッキリした状態で魔の森で狩りをすればいいわ。そうしたらさらにスッキリするでしょ。私も手伝うわ」

とんでもなかった。

かなりモメたがノエルは引かなかった。

タイミングによっては連中が逃げたり証拠隠滅されても困るので、先にとっ捕まえるのは騎士団としても良い。ノエルの手伝いは論外としても。

それでとりあえず斥候の報告を受けてから方針を決めよう、ということに落ち着いた。

当然、シリウスには内緒だ。

騎士団一行が開拓村が遠目に見える辺りまで近づくと、斥候の騎士が姿を現した。

今の彼の服装は狩人の格好だ。身のこなしは騎士のものだが、調査のときは田舎の狩人を装うという。

斥候の騎士は、乗馬服姿の王妃と騎士団長の登場にさすがに動揺を隠せない様子だった。斥候の頭の中は疑問符だらけだろうな……と皆は察して同情した。斥候はわずかに固まったがすぐに気を取り直した。さすが熟練の騎士だ。

騎士団長と幹部たちが報告を聞く。

「黒です」

斥候は前置きなしに告げた。

「証拠は？」

「音声情報を録音できただけです。証拠としてはもう少し欲しいところですが。商人と裏取引をしている現場は目撃しました。会話を聞いた限りではもう何度もやっているのがわかります。あとは、裏帳簿のようなものを捕縛したあと探せばいいかと」

「まぁ一件でも横流しの現場を押さえてあるんなら捕まえられるな。見たところ、開拓もまるきり進んでいないようだしな」

団長が忌々しげに答え、周りの隊長も頷く。

開拓村の仕事はまずは魔の森が広がらないようにする作業だ。

魔の森は、魔獣が増えるごとにじわじわと広がっていく。魔獣が増え人が襲われ村が放棄されると魔の森の拡大が早まる。特に人死にが多く出ると瘴気が増えて、魔獣はより生きやすくなる。

魔獣が増えると瘴気が増える下地ができ、さらにそれが魔獣の増加を加速させる。悪循環が延々と続く。

この過程が進むと森に異変が起きる。

森の木々が「魔の森」に変化する。瘴気を吸いすぎた木々が黒ずみ、木の実は魔獣の餌になる。

そこで、騎士団は魔の森の魔獣を間引きしていく。集中的に魔獣を討伐し森に火を放って縮小させる。

魔の森が形成されると魔獣がまた激増していく。

ただ、魔の森は簡単には燃えない。一本一本の木が燃えにくい。乾燥する季節であってもなかなか燃えない。それでもそれ以上広げない効果はある。

開拓村の最初の仕事は、定期的に魔の森に火を放つことだ。それから、魔獣が増えないように間引きもする。

地道に続けていくと、魔の森は潮が引くように後退していく。気の長い作業だ。

ところが、森の下見をした限りでは魔の森に火を放った痕跡がない。おまけに魔獣がかなり増えている。間引きをサボっているのだろう。

それなのに王宮からの物資は受け取っているのだ。

騎士団は、斥候からの報告を聞いて情報のすり合わせをした。

「あの連中は毎日宴会をするためにここにいるんですぜ。まともな狩人なんか一人もいやしません。どこに行っちまったんだか。ならず者ばかりだ。俺が狩りの獲物を持って狩人協会の支部に行ったら驚かれたくらいです。あの支部も機能はしてません。受け付けもいなくて、そこらに屯してた奴に『自分で食え』と言われて終わりですよ」

斥候の騎士は悔しそうに首を振る。

「宿も潰れてました。魔獣の間引きなんてしてやしません。肉が食いたくなった時に森の端にちょいと狩りに行くだけです。それで支援物資を横流しして金を手に入れると、それで酒や娼婦を買うんです。『また騎士団が間引きに来てくんないかな』と村長が何度も言ってるのを聞きました。自分たちでやる気はないんですよ」

「そうか。俺たちによほど間引きしてもらいたいんだな。望み通り間引いてやろうじゃないか」

騎士団長がこめかみの血管をぴくぴくさせている。

この北の森は何年も前にそうとう苦労して竜種を討伐し、ようやく開拓村を作るまでになったのだという。その時は他の魔獣もだいぶ減らして、瘴気濃度が落ちたという話だった。

ところが、開拓村が何年も間引きをサボったためにまた魔獣が増えていた。

「許せないですよね、やっちゃいましょう、騎士団長！」

ノエルがそう言うと、騎士団長はとても良い笑顔で頷いた。


この魔の森は少々特殊なのだ、と団長はノエルに教えてくれた。

他の魔の森はどれもどこかの領地に属している。管理している領地には国から補助金も出る。

だがこの森は近隣の領地のちょうど領境にあった。その上面倒な森なので、双方の領地が管理を拒否した。

そういう事情で国から文官が派遣され村長として管理を任されていた。

今回、横領行為をしたのはこの村長だ。

騎士団とノエルと王妃付き護衛たちとで開拓村に入っていく。ノエルの護衛はシリウスが付けた裏任務の影たちだ。

ノエルが手伝うなど誰も認めたくはなかったが、王妃が言い張るのを押し留められる者がいなかった。

騎士団長は「私が一緒の方が連中を油断させられるでしょ」「シリウスには言わなければいいわ」というノエルの甘言につい従ってしまった。

一行が村の中ほどまで来ると村長がやってきた。

ずいぶん焦った様子だ。額に汗が光っている。

年寄りというほどではないが、年配の男だ。こんな開拓村を治める割に腕や肩は細身だ。隊長たちの話によると、以前は王宮に勤めていたが不正がバレてこの村に飛ばされたという。以来、もう何年も開拓村の村長をやっている。

前国王の頃に決まったことだ。他に村長のなり手がなかったにしても酷い話だ。

不正に対する罰金はここを治める報酬から支払われることになっていて、そろそろ払い終える頃らしい。

——でもまた捕まりそうね。今度は鉱山行きかな。あ、違うわ。だって、開拓村の村長は……確か。

ノエルは思い出した。

魔の森の管理は国防に関わるのだ。

村長がノエルと騎士団長に近づいた。

「これはこれは、騎士団の皆様がどういう御用で？」

両手を擦り合わせて阿(おもね)るように尋ねてきた。村長の目線はノエルと騎士団長とを行ったり来たりしている。

ノエルが王妃であることがわからないのかもしれないがかなり不躾だ。ノエルは上品な乗馬服姿だった。

本当は女性騎士風の格好や狩人風が良かったがなかったので、なるべく質素な乗馬服を選んだ。髪は今はゆるく一つに縛ってある。どう見ても開拓村で浮いている。

騎士団最高幹部の騎士服姿である騎士団長もある意味浮いているが浮き方が違う。

「王妃様が魔の森で討伐を行われる。王妃様は攻撃魔法の達人なのでな。今夜はここに泊まる」

騎士団長の「王妃様」という言葉に村長の濁った目が思い切り見開かれた。

「さ、左様でございますか。こ、こんなむさ苦しいところへ」

「野営よりはマシだ」

「そ、そうかもしれませんが」

「王妃様はお疲れだ。休ませてもらおう。おい、行くぞ」

騎士団長の掛け声に「おぉ」と皆が力強く答えて突き進む。

村長はあわあわと見ているしかできない。

ノエルと騎士団長と幾人かが村長の家に入っていく。

こんな僻地の開拓村の割に屋敷と言っていいくらいの家だ。石の土台に立派な巨木が柱に使われている。開拓村の本来の仕事もしないでなんでこんな家に住んでいるのだ。

村長を放っておいて中に入ると若い女性がいた。美人だ。おまけに胸、胴、腰のメリハリが見事だ。

「あんたたち、なんなの？」

残念ながら顔だけ美人だった。仕草も話し方も蓮っ葉で品がない。

「騎士団だ」

騎士団の隊長が答えた。隊長はまだ若く男前だ。

美女の視線が隊長に移った途端、満面の笑顔になった。

「あら、そうなの？　どうぞゆっくりしていってぇ、ねぇ」

と隊長にしだれかかってきた。ふっくらした胸は隊長の腕に押しつけられている。

騎士たちの顔に『なんなんだ、この女は』という表情が浮かぶ。

——もうホント酷いわ、この開拓村。

王都から離れて目が届かないとこんなになってしまうのか。

ノエルたちは、女性には構わずに捜索をした。

外でも捕縛作業が始まったらしく喧騒が聞こえてくる。女性や家の中にいた使用人や、用心棒みたいな男たちもおかしいとわかったらしい。

抵抗を始めようとしたが、騎士団長のひと睨みで大人しくなった。

——団長さん物騒な長剣、持ってるし。そりゃ命惜しいって思うわよね。

ようやく捜査もおおよそ終わった。証拠がぼろぼろ出てきたのだ。村長は金貨を貯め込んでいたし、明らかに殺された人骨も多数出てきた。これらの人骨が斥候の言っていた「まともな狩人がいない」理由なら惨(むご)いことだ。

村長が人骨を魔の森に捨てなかった理由はノエルにもわかる。

人の遺体を食わせたりすれば魔獣は人の味を覚えてより凶暴化する。もしも村長がこれらの犠牲者を魔獣に始末させていたらこの開拓村を襲いに来ただろう。だから裏の倉庫に放置されていた。

これらとは別にすでに魔の森の有様も記録されている。証拠としてはもう十分なくらいだが、あとは裏取引に応じていた商人を念入りに「尋問」すればもっと出てくるだろう。

騎士団長と隊長、それからノエルは家の外に出た。

捕縛は完了していた。

「ドーソン。貴様の家の裏庭から殺害された被害者の人骨が出てきたのはどう釈明する？　それから、魔の森の管理は数年にわたって何もされていなかったな」

ドーソンとは村長の名だ。

「そ、そんなことは……」

「森は視察済みだ。貴様は終わりだ」

「く、くそっ！」

ドーソンの顔が歪む。知っているのだろう。この罪は単なる横領とは違う。魔の森の管理は国防なのだ。責任者による故意の放置は国家反逆罪と決まっている。

つまり、極刑だ。

一緒に捕まった取り巻きたちの顔色も蒼白だ。彼らに関しては極刑か否かはこれからの取り調べ次第だろう。

「さて、王都で取り調べを……」と騎士団長が罪人たちを護送する手筈に入ろうとしていると、ドーソンがもがき始めた。

「貴様、何をしている！」

「ローラ！　あれをやれ！」

ドーソンが声を張り上げた。

いつの間にか出てきていたあの美女が、怯えた顔で狼狽えている。

「何をしている！　お前も同罪なんだぞっ！　みんな道連れだっ！」

その声に応えるかのように女が動いた。

「おい！　その女を捕らえろ！」

騎士団長の命令に部下たちが捕らえる前に女が何かを放った。

石のようなものだ。鈍く青く光っている。

――魔導具？

それが地面に打ち付けられた瞬間、青みのある灰色の光が瞬いた。

「皆っ、避けろっ！」

「退けっ！」

騎士団長と隊長らが声をあげ、騎士たちが一斉に退いた。

騎士団は帝国製の魔導具の不良品でさんざんな目に遭っているせいで、魔導具の危険を知っている。

村長の魔導具はただ光が瞬いただけで何も発動していないように見えた。

だが、魔導具というものはしばしば時間差で発動したりするのだ。

騎士団が魔導具から離れて固まっているうちに罪人どもは勝手に動き始めた。

捕縛した罪人は手を縛られているだけで歩ける。危険な魔導具の側に縛りあげたわけではない。

そんな非人道的なことはしていない。

だが、魔導具の危険など一般人はよくわからないのか呆(ほう)けたのちにそろそろと逃亡を図り始め、むしろ騎士たちから離れて魔導具の方へと歩み寄る。

騎士たちは魔導具の様子を見守ったまま動かない。

それが命の分かれ目だった。

「なんだ、あれは……」

あまりにも突然にやってきた。

危険は空からやってきた、地面に落ちた魔導具ではなく。

ゴゥっと、生臭い突風が吹いた。

次の瞬間、魔導具の近くにいた罪人たちが残らず消えた。

「蛇竜！」

斥候が叫ぶ。

「皆！　頭を下げろっ！」

「なんてこった！」

「竜を呼ぶ魔導具だったんだっ！」

騎士たちは魔導具から離れていたおかげで最初の一撃から免れた。

だが、これで終わりではない。

蛇竜は名の通り、蛇のような首と顔を持つ竜だ。凄まじく速い。狙われた獲物は自分がなぜ死んだかも気づかないうちに絶命しているほどに。

蛇竜は天空で方向変換をしたのち、今度は騎士団とノエルたちに狙いを定めた。

人間を前に喜んでいるのか、ギェェエェと不愉快で耳障りな声で叫ぶ。

竜が大口を開けると丸呑み前の蛇のようだ。

斧(おの)のような歯と死神(しにがみ)の鎌のような歯と、二種類の歯が見える。どちらも見るからに鋭い。あれなら数十人の罪人を一度に屠れるだろう。おまけに彼らはほとんど一列状態で並んでいたのだ。

「結界を張るわっ！　来て！」

ノエルは堅固な結界を張り騎士たちと護衛を守ろうとする。

その前に騎士団長が立ちはだかった。

蛇竜が突風の速さで襲いかかる。

騎士団長が長剣を一閃(いっせん)。

雷が爆発する。

稲光が辺り一帯を照らす。

一瞬、まるで真昼のようだった。

ドゴンっと地響きを立てて竜の体が地面に打ち付けられた。わずかに遅れてダンっと蛇竜の首が落ちた。

その信じ難い光景に皆の目が見開かれた。

「竜の首が……」

「たった一太刀で……」

さらにもう一頭の竜が風のように舞い降りてくる。

団長は巨体を踊るように翻し、太刀を浴びせる。

雷が瞬く。稲光が全てを雷色に染める。

ズダンっと竜が地に落ちる。

蛇竜と騎士団長の攻防は、魔導具が効く範囲にいる竜が残らず呼び寄せられ、その全てが団長の長剣の餌食となるまで続いた。

日が落ち、辺りが静まり返る頃には村長家の前は竜の死骸に埋め尽くされていた。

「ねぇ、この竜、美味しいの？」

ノエルがこっそりと尋ねる。

「ばっちい罪人を食った竜も混じってますからね」

魔導士隊の隊長の声が、夜の帷の中で呑気に答えた。


明くる日。

ノエルたちは昨晩は空き家となった村長の家などに泊まった。住人が残らずいなくなってしまったため泊まる場所はいくらでもあった。

ノエルはあの光景を目撃したならトラウマになっていたかもしれないが、幸い護衛に囲まれていたためにほぼ見えなかった。それにその直後にはもう竜以外に注意を向ける余裕などなかった。

騎士たちは開拓村のサボりに腹を立てていたし、悲惨な光景は見慣れているので特に思わなかったらしい。

そんなわけで死んだ村長ら罪人たちはもはやノエルや騎士団の記憶からは閉め出されていた。

今朝は早くから通信の魔導具で知らせを受けた近くの領の役人が検分の手伝いに来た。

斥候が、王宮にも開拓村の村長が「黒」だと知らせてあったので増援が来るはずだった。

ノエルと騎士団長と護衛とそれから幾人かの騎士は、計画通り魔の森で攻撃魔法の訓練をするために出かけた。

村長たちを捕縛したらスッキリとして狩りをする予定だった。

スッキリどころか、残らず竜にやられてしまった。最悪の結末だ。

村長にあの魔導具を売りつけた商人と作った職人も捕らえられることになる。そうとう重い罪になるだろう。

「では、やりますかな？」

森に到着すると、昨晩の騒ぎが嘘のように森は陰気で静かで不気味だった。

どの木々も黒ずんでいて、生きたまま朽ち果てて黒いゾンビになったようだ。

騎士団長に尋ねられノエルは頷いた。

予定では魔獣の間引きをするはずだったが、開拓村が魔の森を焼く作業を全くやっていないことがわかったので炎爆を連発して燃やすことになった。

ノエルとしては役に立てるならどちらでも良い。

「あの村長がサボって悪化した分を取り返してやるわ」

「力強い妃ですな」

ノエルは魔力を丁寧に掌に集める。大魔法を放つときの基本だ。

こんな準備が必要な高威力の魔法なんて久しぶりだ。学生の頃以来だ。

あの時はまだ大きめの魔法を放つのは得意ではなかった。

魔力の「溜め」が十分にできたところで炎爆を思いきり放った。

人の頭よりも一回り大きいほどの炎の塊が出現し稲妻のように飛んでいく。

……と辺りを揺るがす爆音を響かせて盛大に大爆発した。

――しまった、一発に魔力を使いすぎた。

軽くフラッとする。

このくらいならまだ大丈夫だが、少し休んだ方がいいかもしれない。

気を取り直して周りを見ると、騎士団長や護衛の皆も含めて呆然と爆発した地点を見ている。

地面が抉られて浅い池のようにへこんでいるのがわかる。その部分だけは木々が四散していた。

「王妃様……。地面までは削らなくていいですよ」

騎士団長が控えめに言う。

「ですよね。一発目なので魔力配分を間違えました」

とりあえず、魔力回復薬を飲んで次に挑む。炎爆を乱発して森を燃やす作業だ。

五発ほど炎爆を放った。だが、燃えない。

燃えにくいとは聞いていたが、確かに燃えない。

「まるで岩でできているみたいに燃えないのね」

「さすがに岩よりは燃えますよ。ですが、瘴気が水分を封じ込めるのだとか。瘴気自体が燃えないのもあって燃え難いという説が有力ですな」

「水分が邪魔なのね」

「古くからある魔の森はもっと燃えないんですよ。もう何代も魔の森が続いているようなところはほとんど諦められています。今、開拓しようと頑張ってるところは新しい魔の森です。前の国王の時に魔の森になってしまったところですな。新しい魔の森は瘴気がそれほど染み込んでいないのか、一応燃えるんです。ここは新しい魔の森です。ですから、根気よく燃やそうとしていればもっと縮小できていたでしょうな」

騎士団長は悔しそうだった。

――あの連中は極刑で良かったかも。

ノエルは今更ながら腹が立った。

――それにしても、木の水分が問題なら手はあるんだけど。

しばし考えた。何かできそうな気がするのだ。水気をなんとかするだけなら容易だ。

「騎士団長さん、ちょっとお耳を」

ノエルはロマンにこっそりと伝えた。付与魔法を使うとなると知らない騎士たちには見せられない。

「ほほう。ノエル様ならではですな」

騎士団長が熊のように厳つい顔をにっこり綻ばせた。

団長と幾人かの護衛でノエルは作業を始めた。

魔の森の木に風魔法の「乾燥」を付与するのだ。

付与魔法の利点は「付与された魔法は周りの魔素も吸収して動力源にする」こと。要は、魔力を節約して魔法を発動し続けられるようなものだ。

樹木のように巨大でしかもデコボコしたものは付与し難いのだが、一部だけでいい。

一部でも燃えれば木にはダメージだろう。

なるべく根本近くに施していく。

どんどん作業を進める。ノエルは幸いにも風魔法は属性が強いので付与は容易くできる。

準備ができたらしばらく「乾燥」の効果が進むのを待つ。その間にお昼を食べる。お腹がいっぱいになり魔力回復薬が効いたところで炎爆を乱発した。

その結果、効果覿面（てきめん）だった。

燃える燃える。

燃えるのはノエルが細工した根本の辺りばかりだが、それでもどんどん燃えて木々が倒れていく。

「すごい……」

「いったい、どうやったんですか」

周りで魔獣狩り作業をする騎士たちに思わず尋ねられた。

「えへへ。ちょっと根本の方を乾かしてみただけ」

ノエルはさらに奥の加工した木にも炎爆を放つ。

この木は根本の火が上の方にまで上っていき、よく燃えている。

ふとノエルは、燃え上がる炎が笑顔のように見えた。木の笑顔に見えたのだ。

気のせいかもしれない。でも、心に残る光景だった。

——そうだわ。木は、魔獣と違って、後から魔の森の木にされてしまった。

足があったら逃げたかっただろう。

でも逃げられず、黒ずんだ魔の森の木になった。

辛かったのかもしれない。瘴気まみれの木になるなんて望んでいなかっただろう。

——可哀想に。あの開拓村の連中がサボっていたために。

ノエルはそれからも時間と魔力の許す限り作業を続けて、残りは明日に持ち越した。

魔の森を縮小させる作業の三日目。

今日で訓練は終わりだ。訓練以上の成果があったと思う。魔の森が本当に削られていったのだ。付与魔法で「乾燥」を付与する作戦が効いている。

魔の森は相変わらず「笑顔」で燃えていく。ノエルの気のせいかもしれないが、もう炎が笑顔にしか見えない。

今度も木に生まれ変わるのなら、来世は幸せで平和な森の木になることだろう。

そんな気がする。

そろそろ帰り支度を始めたところで、開拓村の方から一群の騎馬が近づいてくるのに気付いた。

ノエルは彼らの中の一人がすぐにわかった。

「シリウス！」

シリウスの馬はノエルたちのところに走り込んできて止まった。

「どうしたの？　お仕事は？」

ノエルもシリウスに走り寄った。

「会いたかったよ、ノエル。色々あったようだね？」

最後のセリフは騎士団長たちを睨みながらだった。

「そうなのよ！　とんでもない村長だったわ！　森も可哀想なことになってたわっ！」

ノエルは怒りの報告をした。

「わかった、わかった。君が無事で良かったよ。本当に心臓に悪い。もう遠くには行かせない」

シリウスがノエルを抱き寄せて髪を撫でる。

「そんな……。せっかく今回の遠出が上手くいったから、また行こうと……」

「『また』だって？　『上手くいった』？　どこが上手くいったというんだ！　危険な目に遭って！」

「危険じゃなかったわ、一つも。私せっかく結界張ったのに掠りもしなかったのよ」

「結界を張るような事態になることからして危険だったんだろう！」

「結界くらい張らせてよ！」

「あー、陛下、王妃様。また落ち着いたらお話し合いをするということで、そろそろ帰還の準備を……」

騎士団長に諭されて、ようやくふたりは言い合いをやめた。

帰りは騎士団とは別になった。

シリウスは、途中、ルカ・ミシェリー公爵領にある転移の魔導具を使ってここに来ていた。

ノエルたちは七日かかったが、シリウスは三日で着いたという。だがシリウスたちは行きはかなり無理をして来たので、帰りはそこまで急がずに四日で帰る。

ノエルは『騎士団長さんたちも一緒の方が賑やかな旅で楽しかったかも』と思いはしたが賢明にも言わなかった。

帰りの道中は何泊か途中にある領主邸に泊まらせてもらった。宿でも良かったのだが、地元の領主に招かれるのでシリウスも断ることはなかった。

そのたびにノエルは「新聞、読みましたわ、素敵なロマンスですわね」と夫人たちに言われ赤面した。

ノエルたちの婚姻と前後してふたりのなれそめと題した記事はたくさん出たのだ。ノエルは幾つかは目を通したがそれきり恥ずかしいから読まなかった。特に今回話題の記事は見ていない。まさかそんなに読まれているなんて知らなかった。

「あのですね、その……色々と違いますわ」

ノエルはお茶の席で必死に打ち消しておく。記事を読んでいないので何を打ち消していいのか分からないのが悩みどころだ。

「あら、違うとは？」

可愛らしい感じのご夫人が首を傾げる。ノエルよりもずっと年上なのに愛らしいのだ。

「シリウスは生真面目ですごくお堅い先生だったんですもの。卒業の半年前に結婚を申し入れてもらえましたけど、『共にいてほしい』ってごくシンプルなものでしたし」

「まぁ、素敵。私たちは政略結婚でしたから結婚申し込みなんてなかったんですもの」

「まぁ、そうなんですね。でもすごく仲良しのご夫婦にしか見えませんのに」

「うふふ。でしょう？　結婚してみたらとっても優しくて。当たりクジを引いた気分ですわ」

夫人から惚気話を聞いているうちにシリウスが視察から帰ってきて出発することになった。

馬車ではなく騎馬なのはその方が速いからだ。

暇乞いの挨拶を終えるとシリウスの馬に乗るために抱き上げられそうになりノエルは慌てた。

「シリウス。一人で乗れるわ」

夫人の前では恥ずかしいので一人でよじ登ろうとしたが、あっという間にシリウスに抱き上げられてしまった。

「あらあらまぁまぁ」

夫人の楽しげな声がする。ノエルは顔が熱くなる。

せっかく熱愛ロマンスを否定しておいたというのに。

ノエルは必死に微笑みを作って夫人に手を振った。その後ろでシリウスがノエルの乱れ髪をそっと手ですいて直し、愛しげに見つめているなんて知らずに。

おかげで熱愛ロマンス疑惑は悪化していた。

その後、おまけに北部の貴族夫人ネットワークでその話は瞬く間に広まったが、王都に向かうノエルは幸い気付かなかった。


転移の魔導具はルカ・ミシェリー公爵邸の中にあった。

ルカはあらゆる意味で有名だ。

偉大な魔導士は宮廷魔導士筆頭という地位にある。おまけに公爵。

領主会議では議長を務めている。本音ではルカは嫌がっているが、公爵家は持ち回りで議長を務めると決まっているために断れなかったらしい。

ノエルは、ルカの弟君であるセオ・ミシェリー教授にはずっとお世話になりっぱなしなので、ルカ公爵とはほとんど面識がないにもかかわらず恩人のような気がしていた。

ルカの妻は先の国王の姉だ。フィシスという麗しい女性だとシリウスから聞いた。

「変わった伯母上なんだ」とシリウスに言われてノエルは少々緊張していた。

お会いするのは初めてだ。

城のように立派なミシェリー公爵邸の豪奢な応接間でノエルはフィシスに紹介された。

艶やかな銀の髪に青緑色の瞳をした小柄な夫人だ。ご年配のはずなのにとても若く見える。失礼ながら、小柄なところがノエルにとっては親近感を感じてしまう。

「あらまぁ、可愛いのね」

と初っ端フィシスに言われるも、彼女はほぼ無表情だ。

シリウスから『伯母上はお愛想の笑みは苦手で無表情に見える』と聞いていなかったらさらに緊張したかもしれない。

ノエルは指先まで気を付けながら挨拶をした。王妃教育で習ったマナーだ。

「そんなに堅苦しくしないでお喋りしましょう。男どもは片付けて」

「え？」

片付けるというのはなんだろうとノエルが内心首を傾げているうちにご当主のルカがやってきてシリウスを誘ってどこかへ行ってしまった。

シリウスは一緒にいてノエルをフォローする気満々だったのだが、いかにも後ろ髪を引かれた顔で連れ去られた。

ノエルの方ではフィシスが静謐（せいひつ）な雰囲気の女性だったのでさほど不安でもなかった。こんなにも高貴で年齢も違う女性の話し相手が務まるかは心許ないが『微笑んでただ相槌（あいづち）を打つ』という会話における伝家の宝刀はノエルでも使える。

「さぁ、若い娘さんと話すのは久しぶりだわ。新聞のロマンスは読みましてよ、楽しかったわ」

まさか公爵家でも読まれているなんて露ほども思っていなかったノエルは一気に顔を熱らせた。

「あ、あれは、その、少々脚色されてるみたいで……」

思わずしどろもどろに言い訳をする。

「あら、私、知り合いのお嬢さんに確かめたのよ。とても真実に即した記事と聞いたわ。学生の頃の王妃様は可愛くて有名でシリウスが気を揉んでいたんですって？　インタビューでもシリウスが『私より先に結婚を申し込まれたりしないか心配だった』ってあったわね」

——シリウスー！　なんなのそのインタビュー！

ノエルは上手い言い訳の言葉も浮かばず頭を沸騰させ「ゆ、有名ではないです」とだけ呟いた。

変な噂は幾つも流されたが、可愛いで有名なんてそんな喜ばしい話は絶対に初耳だ。いったいどこの令嬢と勘違いしてるんだろう。

「うふふ。そう？　今回の王妃は良い子みたいで良かったわ。前の王妃は悪かったもの。あの王妃とは会った？」

「いいえ。お会いしませんでした」

「それは幸運ね。話にならないのよ。神殿の鳩の方が賢いんじゃないかって思うくらい」

「そ、そうですか」

ノエルの脳裏に神殿で可愛がられて肥え太った鳩たちの姿が思い浮かんだ。

「あんな女を選ぶなんて、弟もどうかしてたわよね。だって、性格も、頭も、家柄も悪いのよ。お顔立ちは、まぁ綺麗だわ。でも同じくらい綺麗な女はたくさんいるわ。バラも、ユリも、ダリアも綺麗よ。どれを選んでも良かったのよ。それなのに顔しか取り柄のないあの女を選んだ。よほど閨（ねや）の作法が良かったのかしら？」

ノエルは「閨」という言葉につい赤面した。

フィシスは「あらま、ウブね」とノエルの髪を白いほっそりとした指でさらりと撫でた。

その仕草があまりに綺麗で、色っぽくて見惚（みと）れた。

同性でも色気に当てられることがあるのね、とノエルは思った。

「綺麗ではない女でも、巧みな話術や仕草で男を虜（とりこ）にすることもあるわ。でもあの王妃は、本当に何もなかったのよ」

とフィシスは肩をすくめた。

「か、会話って難しいものですわ」

ノエルはたった今も上手く会話できていない気がしてそう言った。

「あらでも、あなたは少なくとも私の話をよく聞いて理解してくれているわ。ねぇ、あの女とは会話が成立しなかったんですのよ。人の話を聞かないし、多少聞いたとしても理解しないんですから。あの女は観劇がそれは好きだったのよ。特に歌劇ね。あれもこれも、どれも観たって自慢げに言うのだから。でも、だから感想を聞いてみても、ただあらすじを喋るだけよ。しかも途中のあらすじがどうも変なのよ。寝ていたのかしらね。感想っていったら、違うでしょ。ねぇ、ノエル。そう思わない？」

「思います。でも、私、舞台って観たことがなくて」

「まぁ、シリウスはあなたを観劇に誘わないの？」

フィシスは訝（いぶか）しげな顔をした。いかにもシリウスが情けないとその表情が言っている。

ノエルは慌てた。

「忙しかったので。本当は、一緒に外国に行ったらサーカスとか帝国の大劇場とか行こうって言ってたんですけど」

「忙しさを理由にするなんて、あの子も駄目ねぇ。いいわ、じゃぁお喋りで劇を楽しみましょうよ。例えば、あの女の観た歌劇の一つは悲恋だったわ。私も観た舞台でね。本当は美貌の俳優たちの甘ったるい愛の会話といちゃいちゃぶりを楽しむ劇なのだけれど、あらすじだけで我慢してね」

フィシスにそう前置きされて、ノエルはこくこくと頷きながら「はい」と答えた。

「両親を叔父に殺された美しい少女が主人公よ。彼女は叔父によって別邸に幽閉されるの。成人したら叔父と結婚させられることになっていたわ。でもね、彼女は逃げ出すことができたの。隠し通路を知っていたから。それで裏木戸から出てよく散歩に行くのよ。そこで若い男と出会うの。綺麗な池のほとりでね。王立劇場の舞台の素晴らしさったらなかったわ」

きっと絵みたいな舞台ね、とノエルは想像した。

俳優たちの愛の会話を楽しめるかは別として実物を観てみたくなる。

「男はね、薬師見習いなの。将来有望ね。でも今は貧乏。家が貧しいから。だから技術を磨くために伯父の家に行くのだと娘に話すのよ。彼女と彼の逢瀬(おうせ)は短い間だったわ。一夏の恋ね。彼は粗末な指輪を彼女に渡して薬師になったら迎えに来ると伝えるの。彼女は待ってるわ、と微笑んだ。でも、彼女は待てないことを知っていた。叔父と結婚しなければならないから。それなのに微笑んで彼と別れたの。彼女は叔父と結婚式を挙げる前の夜に、彼と出会った時に着たワンピースを着て、彼のくれた指輪に口づけをしてバルコニーから身を投げて死ぬの」

ノエルはあらすじを聞き終えて眉間に皺を寄せた。

「胸糞の悪い悲恋ですね」

思わず感想を述べてしまった。

フィシスは目を丸くしてから「ホホホホ」と軽やかに笑った。

「面白い感想ね。そうかしら。胸糞が悪いって叔父のこと？」

「叔父が第一位ですけど。そのご令嬢もどうして彼に相談しなかったのかしら」

「彼が貧しかったからでしょうよ」

フィシスが即答した。

「でも、それでも彼が帰ってきたら大ショックじゃないですか」

「でしょうねぇ。でも、彼が帰ってきたときに、彼女が叔父の妻になってるのとどちらの方が心の傷が深いかしら」

フィシスに問われノエルはしばし考えた。

「彼の人柄とか価値観にもよるので答えは難しいです。でも死んだら取り返しがつかないわ」

「そうね。ただ、彼女は楽だと思わない？　苦しみはもうないわ」

「ええ、まぁ、それは……」ノエルは口籠もってから答えを続けた。

「どちらも悲惨なのですから、どちらにもならないようにすべきですわ」

「どうやって？」

フィシスが楽しそうに尋ねる。

ノエルは思考を巡らせ言葉を探した。

王妃としてどう答えるかなど、そんな見栄や建前はもうノエルの中には残っていなかった。うっかり夢中になっていたのだ。

ノエルはあれこれと考えながら尋ねた。

「恋人について行って伯父様のお世話になるのはできないのかしら」

「彼は伯父の家で居候して修行をするのよ？　そこに女を連れて行くの？　劇の中でも彼の両親が必死に願って修行が叶(かな)った、という台詞を彼がいってたわね」

「……駄目だわ。却下ね」

ノエルは渋い顔で首を振った。

「そうね。常識的に考えて無理でしょうよ」

「彼女には他に頼れる人はいないんですよね？」

「いたらとっくに頼ってるわね」

「彼女の両親を殺したのは確かに叔父なんですね？」

「劇ではそう暗示させてたわね。不自然な事故で両親は亡くなってるのよ。なぜもっと調べないのかと歯痒(はがゆ)くなるような事故ね。叔父の人柄はやりかねない人よ。きっとやっただろうなと思うような人。誤解とかではなくて、本当に性悪なの。叔父は公には疑われていないけどね」

馬車の事故を装ったか、盗賊を使ったのかもしれないとノエルは考えた。

事件の調べが十分でない領地はたくさんある。王都内でもあるくらいだ。残念ながら不自然でなく信じられる設定だ。

「彼女と叔父が住んでいるのは元々は彼女の屋敷ですよね。彼女は別邸の隠し通路を知っていたくらいだから、本邸に忍び込めるんじゃないかしら？」

「あり得る話ね。別邸に隠し通路があるくらいだもの。本邸には逃げる通路を作ってあるでしょうね」

「そうしたら……金目のものを盗んで逃げてどこかで彼が帰ってくるのを待つというのは？」

「悪くないわね。ただ叔父は宝物庫はしっかりと自分と用心棒とで管理してるわ。彼が戻るのは劇の中では早くても三年後。それほどの金目のものを盗むのは難しいわねぇ」

「それなら当面の生活費分だけ盗んで働けばいいわ。職業斡旋所で仕事を見つけるの。食堂の給仕でも子守でも」

「それなら身分証がいるわね。叔父は抜け目のないやつだから厳しいわよ。あと、ご令嬢は生粋の箱入り娘」

ノエルは身分証がないと職業斡旋所は利用できないことを思い出した。

身分証の再発行は「訳あり」の彼女には無理だろう。

「馬を盗むのはどうかしら？　一頭でも売れば一年間は暮らせるわ。その間に身分証の要らない仕事を……。箱入り娘には難しいかもしれないのね」

ノエルの言葉が尻すぼみになる。

「そうね」

「わかったわ。まず叔父に睡眠薬を飲ませるわ。薬は薬師の恋人に貰うんです。眠れないからと言い訳をして」

「フフ。報復の始まりね」

　こんな不穏な会話だというのにフィシスの声は楽しげだ。

「それから、叔父の足の骨を叩いて砕きます」

「あらまぁ。それで？」

「死なない程度に階段から落として事故を偽装します」

「優しいこと。死なない程度に、ね」

「目の前で愛する人が惨殺されてたらわかりませんが、少し微妙なのでその分を加減したんです。足が砕けているなら動けないし、上手くすれば結婚しないで済むでしょう。介護しているフリをして時間を稼ぎながら彼が修行を終えて迎えに来るのを待つんです」

　箱入り娘にできるか？　は多少疑問だが、ノエルは働き方や馬の盗み方はわからなくても男の足を鈍器で叩くのはできるだろうと考えた。あとはやる気の問題だ。

「なるほどね、ノエル。あなたは勇ましいわ、戦う王妃ね」

　フィシスにそう言われて、ノエルは「え？」と固まった。

　どうやら失敗したらしい。戦う王妃などノエルは求めていない。なりたくない。

「私なら修道院に逃げ込むわ」

　フィシスの答えにノエルは「その手があった……」と項垂れた。とんでもない謀略を語ってしまったかもしれない。

　――あーでも、大人しく修道院に引っ込むのも悔しい気がする。それに修道院って過酷な環境のところもあるし、そう簡単には出られないって言うし……いやでも箱入り娘には修道院の方がいいのかしら。

ノエルが悶々と考え事に浸っているうちにフィシスに「ふふ」と笑われて我に返った。

「もしも修道院という逃げ場がなかったら……あるいは修道院があまりに遠くて行けないような場所だったら、どこかで毒キノコか毒草を採ってきてスープに入れておくかもね。寝たきりになるくらいのを選ぶの。不審死されるよりは調べられないでしょ？　叔父は騒ぎ立てしたくないでしょうし」

「何も抵抗しないでバルコニーから飛び降りるより健全な気がします」

ノエルは未だ脱力したまま答えた。

「『健全』ねぇ……。きっと実際には世間の多くの意見は叔父と結婚しておけ……でしょうけどね」

「そうかしら。世間って結構、女に冷たいのね。性悪な仇に純潔を奪われるというのに」

ノエルは思わず眉間に皺を寄せた。

「まぁね。だって何もできない貴族令嬢には選択肢なんてほとんどないもの。一人で街歩きもしたことがないのよ？　そんな娘が家を失えば即、娼館行きでしょうよ。人買いに攫われたらもっと悲惨ね。だから劇の少女は身投げをしたのだし、観客の貴族たちはそれで納得したわ。舞台では人気の歌姫が会えない恋人への想いを美しくも哀れに歌いあげたわ。窓から身を投げる場面では女性の観客はハンカチが足りなくなるまで泣いたのよ、素直にね。ノエルみたいに『胸糞が悪い』なんて言わずに」

ノエルが気まずそうにすると、フィシスは「素敵な答えだったわ。嫌味じゃなくてよ」と笑った。

「ところでね、ノエル。前の王妃はなんて答えたと思う？」

「前の王妃様ですか。お会いしたこともないから、なんとも……」

「想像力を働かせてちょうだい。噂くらいは聞いたでしょう？」

「私の想像で良かったら」

とノエルはしばし考えた。

王妃のことは悪い印象しかない。無理やり王妃になったと皆に言われていた。ノエルも捕まって冤罪を被せられそうになったのだ。

――我儘で自分の感情に忠実な人よね。

「恋人の男性に付いていっていってしまうのかしら。先のことを何も考えずに、とにかく逃げて付いていくんです」

「そうね、まぁ少しは近いかしら。正解は、恋人を叔父に紹介して認めてもらう、よ」

「え？　でも……。王妃は劇を観たんですよね？　叔父は兄夫婦を殺してまで娘と結婚しようとしてませんか？」

ノエルは首を傾げた。

「そうよ。まぁ、叔父の一番の目的は兄の財産でしょうけどね。美しい姪を手に入れるのはついでかしら」

「姪の幸せを認める人ではないですよね？　舞台を観れば違う結論になるのかしら？」

「ノエル。元王妃の感覚をまともだと思わないことね。あの劇を観て、恋人を叔父に会わせようと思う人間なんていないわ。おかしいのよ。そんなことをすれば叔父はまず間違いなく恋人をならず者に殺させるか、あるいは薬師の修行を邪魔して路頭に迷わせるくらいはするでしょうよ。恋人を愛しているのなら絶対にありえない選択ね。王妃はそういう人間だったのよ。自分の欲望のためなら最愛の人に最悪な選択を強いる。自分のことしか考えられないように生まれついていたのか。そう育ってしまったのか。劇だけじゃなくて、現実でもそうだったでしょう」

　フィシスの言う通りだ。王妃の愛した国王は苦しみ抜いて死んだのだ。

　ノエルは空恐ろしくなった。先の王妃は麗人の顔をした悪魔のような気さえした。

　お暇をする間際になってフィシスはノエルに顔を寄せた。

「ノエルには感謝しているのよ、あの子たちを解放してくれたから」

　ノエルは意味がわからず戸惑った。

　フィシスはさらに耳元で囁いた。

「魔の森の木々は燃やされて喜んでいたでしょう？」

「あ……。はい」

　ノエルはあの微笑む炎を思い出した。

「やっぱり気づいていたのね」

　フィシスが満足げに頷く。

「気づいていたというか、気のせいかもしれませんが。木々が燃えていく炎が笑顔に見えたんです。何本も何本も燃やしましたけど。もう笑顔にしか見えなくて」

「気のせいじゃなくってよ。あの子たちはあなたに感謝を伝えたかったのね。北の魔の森は新しい森だったわ。だから、森は苦しんでいたわ。古い魔の森は、もうあれは森じゃない。木でもない。瘴気に冒されて違うものになってしまったのね。でも北の魔の森は違った。元に戻りたいのに戻れない。死にたいのに死ねない。私の愚弟のせいよ。馬鹿な弟。愚弟の尻拭いをありがとう」

フィシスは優しくノエルに微笑みかけた。

「い、いいえ、私はすべきことをしただけですから」

「お礼に、私の秘密を教えてあげる。お礼になんかならないかもしれないけど。私、植物の感応力者なのよ。不完全だけれどね、大して力はないの。ただ感じ取れるだけなの。幸か不幸か。無能だから無責任でいられたのは幸福ね。ルカのただの妻でいられたわ」

フィシスは肩をすくめ、話を続けた。

「うちの王家にはね、時折変わった能力持ちが生まれるのよ。私は少しだけ『それ』だったのよ。たくさんの植物の物語を聞いたわ。魔の森の物語は苦しいだけだったけれど。耳には聞こえない物語は素敵よ」

素敵と言いながらフィシスの微笑みはなぜかノエルを切なくさせた。

「ねぇ、ノエル。今度はどこにそんな能力の子が生まれるのかしらね。私はでき損ないだったけれど、これから生まれる子はすごい子になるかもよ。私は無能で良かったの。でもその子たちは自分の能力を喜んで使うわ、きっと。だって、『それ』をするためにその子は生まれてくるんだもの。そうしたら大切にしてあげてね」

「はい、もちろんです」

「ふふ。あのね、私がルカに惚れたのは、彼は私が森の声が聞こえると言っても笑いも驚きもしなかったからなのよ。淡淡と『植物の感応力者ですな』ですって。なんてことないように言うの。だから私、彼に結婚の申し込みをしたのよ」

ノエルはフィシスに出会い不思議な心地で王都に帰った。

懐妊がわかった時はフィシスとの会話が思い浮かんでならなかった。

七年前のことだった。

あの捕物騒ぎの後。北の魔の森は二つの領が共同で管理することが決まり、数年後にはさらに魔の森は後退し、かつての森の姿を取り戻すことができた。

❖ 開拓村の秘密、森の狩人の物語

ノエルは先の開拓村調査で活躍した斥候の騎士に付与魔法品を贈った。

変装した衣服の下に着られる防御力を付与したシャツ。薄手だが夏の暑さを和らげる風魔法も付与しておいた。冬用は風魔法ではなくほんのり暖かい火魔法を付与した。二枚で一セットだが、洗い替え用にもう一セット作った。

ナイフで刺されたくらいなら弾けるし、剣も致命傷を防ぐくらいの防御力はある。

それから小さいけれど攻撃力の高い小型投げナイフ、雷撃付き。

雷撃を付与した短ブーツ。潜伏中の斥候は大っぴらに武器を持てないので体術を使うと聞いたので作った。

大喜びしてくれたという。作った甲斐(かい)がある。

村長家の裏庭で見つかった人骨は八人分あった。

そのうちふたりは行方不明になっている狩人協会の受け付け係だろうという話だ。あとの六人はおそらくあの北の森で働いていた狩人ではないかと見られている。

何度かあの村長に関して王宮まで陳情に来た者たちがいたという。だが、村長ドーソンは前の王妃に関わる者だった。

前王の王妃が我が物顔で人事に口を出していた頃。王妃の叔父が能力もないのに近衛の隊長を務めていた。ドーソンはその叔父の友人だ。だから不正で一度捕らえられたドーソンが恩赦を受けて村長となった。

そのようなわけで、王妃が幽閉されるまでは陳情を受け付けられなかった。

ノエルが唇を噛み締めてそれらの話を聞いていると「すまなかった」とシリウスが沈痛な表情を浮かべる。

「どうしてシリウスが謝るの?」

「誰になんと言っていいか分からないくらい辛いよ」

シリウスはそう言うが、これは、この出来事を辛いと思えない者たちによって引き起こされたのだろう。

王宮に陳情に来ていた元村民からも証言を聞いた。イネスという二十代後半の女性だ。

綺麗な新緑色の瞳に焦茶の艶やかな髪をきっちり結い上げている。中背の体は痩せすぎているように思えた。

イネスは見るからに思い詰めた顔をしていた。

「レベルは高くありませんが錬金術師です。魔獣向けの攻撃魔導具を作る仕事をしています」

と彼女は自分のことを話した。

イネスの家族は行方不明だ。だが開拓村には怖くていけなかった。家族にも決して行くなと言われていた。

ドーソンが村長になり開拓村にやってきたのは七年前だが、元あった村が消えたのは十二年ほど前だという。

王国というのは厄介だ。国王が代替わりすると国が変わってしまう。

イネスの村もそれで潰れた。ロキ村という名の小さな村だった。

前の国王が即位し美人の誉高い王妃が選ばれた。子爵家の令嬢だったが侯爵家に養女に出されてから王妃となった。そんな誤魔化しをしても新聞に載れば皆呆れるばかりだ。

それから国に災厄が訪れた。魔獣はどんどん増えていく。

相応しくないものが国の頂点に立っているんだな、とわかる。こんな僻地の魔獣だらけの森が側にある村だからこそわかる。

すぐにわかるのだ、村人たちの犠牲者の数で。

村を捨てて逃げていく村人たちが増えて人口は半減した。

イネスの家族、マルクもどうしようかとばかり言っている。

――どこにも行きたくないくせに。

イネスは、母を産褥で、父を魔獣にやられて失った。その後、父の友人が親代わりになってくれた。

マルクという屈強な狩人で村長と遠縁なので村では役付だった。その頃の村長はドーソンとは何ら関係はない。

村が傾いて村としてやっていけなくなっていた。魔獣が増えすぎたのだ。

それでリヴラス領の領主に「もう村は存続できない」と申し出た。

ロキ村はほぼ領境にあったが、わずかにリヴラス領よりだったのでこういう時はリヴラス領に相談を入れる。

リヴラス領主は村民を自領に受け入れた。

それからの五年間は時折、元の村人が村があったところに行って狩りをしていたが、ほとんど放置状態だった。どんどん魔の森が広がって村を飲み込んでいった。

ようやく騎士団が来てくれたのはそんな頃だった。

騎士団長ロマンたちが何か月もかけて竜種などの魔獣を討伐し、元村があったところに開拓村が作られることになった。

それが七年前だ。

ドーソンがやってきた。

ドーソンのことはリヴラスの領主は情報を集めて知っていた。ろくな男ではないかもしれないと案じていたが、ドーソンはリヴラスの領主には愛想が良かった。

元村民の狩人が二十人ほど開拓村に移った。

しばらくして、移った狩人たちからリヴラスの領主に相談があった。

ドーソンは、魔獣の間引きをしている狩人に報酬を与えなかった。狩人協会の支部もいつの間にかなくなっていた。獲物を狩っても卸すところがない。

リヴラス領の領主は「あのドーソンは王妃の叔父の知り合いらしい。王宮に陳情を入れても無視されるし、それどころか捕まる怖れがある」と教えた。

そのため、開拓村にいた狩人たちのうち半分はまたリヴラス領に戻った。村人の中には王都に移り住んだ者もいた。

その時に事件が起こったという。

実際には事件なのかよく分からなかった、とイネスは語った。

「リヴラス領にいた元村民たちは、ドーソンのことで王宮に陳情に行ったら危ないって知っていました。リヴラスの領主様に聞いたからです。でも、その話を聞かないで王都に移った村人も少しいたのです。その村人が、開拓村のことを陳情してしまったんです」

それを聞いたマルクが「危ないかもしれない」と心配した。

イネスはマルクとリヴラス領に移って暮らしていた。

マルクはしばしば開拓村に行っていた。それでドーソンが危ないやつだと知っていた。ならず者を集めているのも知っていた。

マルクは開拓村にいる村人を心配した。

「王宮にロキ村のものが陳情に行ったとドーソンに知られたら、元ロキ村の者は報復されるかもしれない」

それでマルクは急いで開拓村に向かった。

村にいる狩人たちに危ないと知らせるためだ。

「マルクはそれきり行方不明なんです」

イネスはシリウス王が即位し、前の王妃が隠居したと聞いてから陳情に来ていた。

ノエルは話を聞いて胸が痛んでならなかった。シリウスもだ。

それで、情報を集めた。開拓村から逃げられた者がいるかもしれない。生き残りを探した。

ひと月ほどして「マルクが助けに来たので逃げられた」という狩人がようやく見つかった。彼らはドーソンから離れるために他の領地で働いていた。

話を聞くことができた。

「あの時、元ロキ村の村人は十人くらいはいた」と三十代ほどの逞しい狩人は言う。

「開拓村は、魔の森を焼いたり魔獣の間引きをする仕事をしていなかった。歯痒かった。だが、いつしかロキ村の狩人たちの多くもどうでも良くなっていった。それでも生きていかなければならないから。開拓村には狩人以外の仕事も少しはあった」

十人の狩人のうち六人はドーソンの下働きをやるようになり、残りの四人は狩人を続けていた。

魔獣を狩ったら日持ちのする素材だけ取っておき、開拓村に来る商人に売った。リヴラス領に運ぶこともあった。ドーソンたちには近づかないようにしていた。

そんな時に、マルクがやってきた。

元ロキ村の村民が王宮に陳情をしてしまったので、ロキ村の村民は報復されるかもしれないと聞いた。

狩人仲間たちを急いで探して情報を伝え、逃げた。

その時逃げたのは四人だけだ。狩人を続けていた仲間だ。

ドーソンの家で働いている者とはもう付き合いがなかった。

マルクは「彼らにも一応、知らせてくる」と言ってドーソンの家に向かった。

マルクと別れた四人の狩人たちは他の領に逃げ込んだ。

「マルクはうまく六人に知らせたら森に逃げ込むから大丈夫だと言っていた」

狩りの腕の良いマルクなら森を突っ切って逃げられるだろう。ドーソンたちは森の奥までは入れない。だが、もうあれから一年以上は経つ。

八人の遺体のうち、ふたりが狩人協会の受け付け係らしいと衣服の名札からわかった。残りの六人は元ロキ村の村民かもしれない。あるいは違うかもしれない。村民のうち逃げることができた者もいるかもしれない。

ドーソンは他にも誰かを殺害している可能性は高い。

イネスは、マルクがドーソンたちと争って負けるとは思えないという。それに、知らせを伝えてうまく逃げるだけならマルクなら容易いはずだった。

なぜなら、狩人仲間には遠くからでも鳥笛を使って合図を送る手段がある。それを使って誰かを呼び出し、伝言をしたら逃げるだけだ。

マルクはきっとうまくやれただろう。

イネスは「マルクはどうして帰って来ないんでしょう」と言い置いて帰った。

ノエルはふと思い出した。

——わかる……かもしれない。

最近、ノエルは知り合っていた。植物の声を聞ける感応力者の女性に。


フィシスは自分のことを「でき損ない」という。そんなことはないとルカは伝えるが本人は信じないとルカはため息をついていた。

フィシスの能力はただ「聞くこと」に特化しているだけだ。

フィシスの夫ルカ・ミシェリーはノエルにそう教えてくれた。

フィシスは国神の加護を持っているために大抵のところは安全に行けた。数人の護衛を連れ気軽に草原や森の「物語」に耳を澄ませに行った。気になるところへは何度も足を運んだ。

フィシスが魔の森の物語を知っていた理由だ。

ノエルは、ミシェリー領の屋敷で暮らすフィシスに手紙を書いた。事情を説明して知りたいことを伝えた。

フィシスから返事が届いたのは十日後だった。

ノエルの手紙を読んですぐに記憶を辿り、返事を書いてくれたのだ。

フィシスからの返答は悲しい知らせではあったが、イネスに内容を伝えることにした。

最後まで王宮に陳情に来ていたのはイネスだけだった。開拓村に残っていた村人は他に身内などがいなかった。だから開拓村に残ったとも言える。

フィシスが植物の感応力者であることは秘密なため、要旨を書き写して渡した。

イネスには『樹木の精霊のお話を聞ける方がおられるのです』と説明をし、秘密にするよう頼んだ。

イネスは溢れる涙を堪えきれない様子だった。

「わかってはいたんです。マルクは、私の作った魔導具を使ったんですね」

と彼女はぽつりと呟いて帰っていった。


フィシスからの返答でわかった。

フィシスは魔の森で瘴気に曝(さら)され、魔に捉えられていった木々の声や嘆きを聞いていた。

あるとき森に逃げ込んできた狩人の最期を手紙に記してくれた。

ロキ村の狩人たちの多くは魔導具を持って魔の森へ入る。

魔獣を斃すためでもあるが、もう一つの理由があった。

人を食らった魔獣は人の味を覚えると村を襲いに来る。ゆえに、もしも森の中で怪我をして、もう村には帰れないと悟った時、その攻撃用魔導具を使う。

イネスの作る魔導具にはわずかだが光魔法が込められている。

込め方がある。光魔法属性を持つ植物型魔獣の素材はそのためのものだ。

それで、もう終わりだと悟った時に自害するのに使われる。そうすると光魔法を纏った遺体は魔獣に食われなくて済む。

ちょうど、マルクが行方不明になった頃。

魔の森に一人の狩人がやってきた。

狩人は酷い怪我をしていた。ドーソンたちがやったのだろう。

狩人は自分の命が尽きるときに故郷の森の木に話しかけた。

もう自分は終わるんだ、と。

六人の村の仲間のうち、ふたりは助けられた。残った四人はもう元の村人じゃない、ならず者になっていた。

仕方がない。

好きな娘がいたけれど、気持ちは決して伝えられなかった。

自分は二十歳も年上で、おまけに魔の森で無理をして狩りをした。

うんと早くに死ぬだろう。だから、何も言わないんだと。

若葉色の綺麗な瞳をした子だったと狩人は言い、この森の木も、昔は春に同じ色の葉を芽吹かせただろうと傷ついた手で幹に触れた。

それから、狩人は魔導具を使って亡くなった。

マルクに助けられた狩人ふたりはおそらくどこかにいるのだろう。

四人の元ロキ村の村民は殺された可能性が高い。

他のふたりの身元不明の遺体も、また他の狩人かもしれないし流れの商人などかもしれない。

ノエルはここのところずっと気落ちしていた。

最近は付与魔法の仕事以外は何もやる気が起こらないらしく、ソファでただ座っていることが多かった。

「シリウス。前の王妃は、ドレスをあつらえるのが大好きだったそうね」

ノエルはぼんやりと呟いた。

「そうだね」

シリウスはノエルの隣に腰を下ろし妻の髪を撫でた。

結婚の儀で幸せにする、生涯守ると誓ったのになかなかうまくいかない。

災厄の王と言われた前王の後始末は悲惨なものばかりだ。

ノエルには言えないようなものもある。全てを話せば妻の心は病んでしまうかもしれない。

「私、二度とドレスは作らないわ」

「ノエル。そう極端なことを言わないでくれ。ドレスに罪はないよ。ドレスを仕立てる職人たちにもね」

「ドレスを一着作るお金があったら、開拓村に役人を視察にやるお金があったのよ」

シリウスは慰めるようにノエルを抱きしめた。

「だが、王妃に国王が籠絡されている状態なら結果は同じだったよ。ノエル。あの女はろくでなしだったが、仕立て屋と劇場と宝飾品の職人は潤った」

シリウスの言いたいことはわかる。けれど、頭でわかるのと心が受け入れるのとは違うのだ。

「もう言わないで。今はとても無理」

「すまない」

「謝らないで。済んでしまったことで、シリウスのせいじゃないわ」

「もうこんな悲劇は起こらないようにする。それに私たちの子供の世代はきっともっと賢いだろう。できるだけ良い世の中にして継がせてあげることを誓うよ」

あれから日が過ぎてロキ村は少しずつ復興している。本当は風光明媚（めいび）な良いところだ。
魔の森はリヴラス領と隣のメレス領とで世話をすることになった。
ロマン団長が狩った竜の素材はロキ村の復興に充てたという。
ノエルのお腹には小さな命が宿っている。

　王弟ジュールのところには可愛らしい小さな女神が生まれている。

　サリエルとゼラフィの子はルシアンと名付けられた。


　三年後。

　王宮の庭園には幼児と妃たちが戯れていた。

　快い日だった。

　芝生の上は転んでも安全だ。

「アマリエ。見て、オディーヌがビオラを摘んでくれたわ」

　ノエルが小さな花を見せた。

「ノエル、ユーシスもよ。可愛い花束。将来有望ね、きっとモテモテよ」

　アマリエが「ありがと」とユーシスの髪を撫でた。

「アハハ、そう？　オディーヌは今日は紅薔薇の妖精みたい。ねぇ、シリウス。オディーヌは緋（ひ）色（いろ）が似合うわよね」

　シリウスは心中で苦笑し、顔では朗らかに微笑んだ。

「とても良く似合ってる」

「ノエルが贈ってくれたんです」

　アマリエがシリウスに笑顔を向けた。元女性騎士のアマリエは背が高く少々しっかりした体躯だが、黙って座っていれば可憐な女性だった。

「ノエルは見立てがいいからね」

さりげなく妻を褒めておく。

——あんなにショックを受けてたのになぁ。

ノエルは一時期、本当にドレスを買わなかった。侍女が苦労して、古いドレスをレースやフリルでデザインを変え、着回しをしていた。

ところが、ジュールのところにオディーヌが生まれ歩けるくらいに育つと、あっさりドレス節約生活をやめてしまった。

オディーヌを着せ替え人形のように着飾らせてジュールの妻アマリエと喜んでいる。今日のオディーヌの服は遊び着だが、レースや金糸銀糸の刺繍(ししゅう)をあしらった幼児向きのドレスがあるのだ。

——幼児はすぐ大きくなるのになぁ……。ノエルは自分で稼いでいるけどね。

オディーヌはそこそこ我儘に育っている。

シリウスは、若干、心配していた。

父親であるジュールも蕩(とろ)けそうに愛娘を可愛がっているのだ。寡黙なジュールが娘にだけは口数が多い。

ジュールは前の王妃を「顔を見ると本気で吐き気がするほとおぞましい女だ」と毛嫌いしていた。まさか愛娘を甘やかしてああいう風にはすまい……と思う。

シリウスは自分の息子は厳しく育てようと思っている。王家の帝王学はしっかりと復活させた。

幸い、ノエルは息子を着せ替え人形にする趣味はないらしい。

ふと気づくと、オディーヌが小鳥に近づいている。

すぐに小鳥は飛び立つだろう。

ふたりの母親は何かお喋りに夢中になっているようだ。遊び疲れたユーシスは母の膝で微睡んでいる。

——鳥が……飛び立たない？

オディーヌは小鳥に手を差し伸べた。小鳥はふわりと飛んでオディーヌの掌に乗った。

鳥は何かを話すように囀っている。

オディーヌは小鳥に微笑みかけて頷いた。

——まさか……。

オディーヌが小さな手を掲げると、小鳥は軽やかに舞い上がる。

「あら、可愛い鳥ね」

アマリエが朗らかに鳥を見上げた。

「ケーキの屑をあげれば良かったわ」

ノエルが日差しに目を細めて鳥の行方を見つめた。

小さな鳥は可憐な声で歌うように囀り、彼方へと飛んでいった。

シリウスは『何も案じる必要はなさそうだな』と、天の園のようなひとときの出来事から我に返ると思った。

騎士と婚活とお節介な人々「退治したのは誰？」

ルシアンたちの屋敷に一番足繁く訪れる人といえば近衛のジェスだろう。

騎士たちの中でも目立つ長身に、見事に均整の取れた屈強な体躯。顔は強面としか言いようがないが、精悍に整っていてよく見ると男前だ。

ルシアンは、ジェスはブラドよりも格好良いと思っているのだが、世間の評価は違うらしい。

ある日の昼食時、ルシアンはハイネと父サリエルの会話を耳にした。

「ジェス殿が、先日領地で見合いをするために里帰りされたそうですね」

ハイネは綺麗な所作で魚の切り身をカトラリーに掬い取った。

ルシアンはハイネを見て育ったので幼い割に綺麗に食事をする。厳しく躾けられたサリエルも同様。

おかげさまで男三人の割にむさ苦しくも見苦しくもない食卓だった。

「ジェスの領地は西の魔獣の森が近かったな」

「危険地帯だそうですね。王都からそう遠くはなく騎馬で日帰りできると仰ってましたが。ジェス殿の馬は王都でも一二を争う駿馬でジェス殿の乗馬の腕前もかなりのものらしいので、普通はもう少しかかるのでしょうね」

「ジェスの栗毛の馬は確かに良い馬だな。ジェスは二十九歳だったか」

サリエルがゆっくりスープを味わってから尋ねた。

「そのようです。もう結婚など諦めているのにご家族がしつこいなどと仰ってました」

ハイネがわずかに気の毒そうな表情を浮かべた。

「なぜ諦めるんだ？」

「なんでも、見合いをしても相手の御令嬢に一目顔を見られた瞬間に断られるとか」

「そんな失礼なことをする女がいるのか」

サリエルが呆れて思わずフォークの手を止めた。

「その場で断られるわけではございません。その場で察するんだそうです。御令嬢が泣きそうな顔になるので。ジェス殿は、ご自分の顔が強面すぎるのがいけないと、そう仰るのですよ」

「そこまでか？　ジェスの強面は三日もすれば慣れると思うがな」

サリエルが眉間に皺を寄せそんなことを言う。

「私もそう思います。男なら半日、女性なら三日くらいで慣れるだろうと思われます。一目で断ってくるような御令嬢は結婚されなくて正解です」

ルシアンは『なんか、父上たちすごい話をしているな』と思いながら聞いていた。子供ながらにジェスの顔はそんなに問題があるんだろうかと思い浮かべる。悪い顔ではないと思う。どちらかというと格好良いだろう。

何がいけないんだろうか。

「でも、父上。マリエ夫人のところのララは、ジェスのこととても素敵だって言ってたよ。ジェスは女から見ても大丈夫なはずだよ」

ルシアンがふたりに教えた途端、サリエルとハイネが目を見開いた。

「本当か？　マリエ夫人のところのお嬢さんが？」

サリエルは思わず息子を凝視した。

マリエ夫人のご令嬢がルシアンと親しく会話する仲なのは知っている。彼女は卵を買いに来るという。

令嬢の他にも、ヴィオネ家にはマリエ夫人の知人の娘が家事手伝いに来ている。サリエルの収入が上がってから来てもらうようになった。

週に四日程度で、朝から昼過ぎまでだ。長時間でないのはルシアンの秘密のことがあるからだった。

それ以前からもヴィオネ家とマリエ夫人の大牧場はなんとなく付き合いがあった。

「うん」

父に尋ねられルシアンははっきり頷いた。

「ララ嬢といえば、末のお嬢様ですね」

ハイネが記憶を辿る。

「どのお嬢さんかわかるのか」

「ええ。マリエ夫人がしばしば自慢がてら教えてくれますので。ララ嬢は、マリエ夫人がもう子供はたくさんいるからこれ以上は要らないかしら、と思って四年ほど経ってすっかり油断してたら身籠られたという記念すべき末のお嬢様だそうです」

「自慢話なのか、それは」

「娘たちの中で一番の器量よしだとか」

「それは確かに自慢だな」

「ララが器量よし？」

ルシアンが尋ねる。

「違うのか？」

サリエルは息子に尋ね返した。

「よくわからないから聞いただけです。器量よしって美人ってことだよね」

ルシアンが首を傾げる。

「ララ嬢はかなり可愛らしいお嬢様かと思われます。私もそれなりに審美眼を鍛える環境にいたこともございますから自信はございます」

——へぇ。

サリエルはマリエ夫人を思い浮かべてからまだ見ぬララ嬢を想像する。

——……無理だな。

早々に諦めた。

サリエルは『マリエ夫人を二十キロくらい痩せさせて三十歳くらい若返らせた姿を見られればいいんだが』とマリエ夫人が怒りそうなことを思った。


その後。

サリエルは「週に二度ほどはララ嬢はうちの卵と香草を買いに来られます」というハイネの情報から、待ち構えてララ嬢をこっそりと盗み見た。

残念ながらサリエルには審美眼が足りないのか、ララ嬢が可愛いか否かよくわからなかった。

それらの話をルシアンはユーシスたちと会った時に伝えた。

当然、ユーシスとオディーヌからノエルたちへとすぐに知られた。

ルシアンは秘密の話とは思わなかったため、口止めもしなかったからだ。

◇◇◇

最近、ノエルとアマリエは浮かれていた。ふたりして相次いで第二子を身籠ったのだ。

ノエルは六年ぶり、アマリエは七年ぶりの御懐妊だ。

周りも喜んでくれたが、ノエルとアマリエは複雑な心境だ。

——そんなに喜んでくれるのなら、そもそも旦那たちをもう少し暇にさせてあげてよ。

おおよそふたりの第二子懐妊がなかなかなかった理由はわかっている。シリウスとジュールが忙しすぎたのだ。

——人間の女が妊娠するチャンスは月に一度、年に十二回だけってわかってるのかしらね？

結婚してすぐの頃は「新婚さんだから」と多少は気を遣ってもらえた。だから第一子は結構、早くできた。

でもその後はふたりの旦那は超多忙だったのだ。ノエルたちは国が荒れた状態だったことを知りすぎるくらい知っていたので何も言えなかった。

ともあれ、懐妊に伴いノエルたちの公務は激減されてしまった。万が一のことがあったら大変だと視察もほとんどなくなった。

はっきり言って暇だ。

そんなおりに、ルシアンやユーシス経由で何やら興味深い話が流れてきた。

当然、今日のティータイムの話題はそれだ。

「ジェスってジェス・メルローのことよね？」

とアマリエが尋ねた。

ジュールの妻アマリエは、ノエルとサリエル、ルシアンの血縁関係ももちろん知っていた。

「ええ。よくサリエルたちの担当をしてる騎士よ」

ノエルが頷く。

「メルロー家ねぇ。私が騎士やってたころ少し有名だった家ね」

「そうなの？　なんで？」

ノエルは興味を引かれて身を乗り出した。

ジェスはふだんは陛下の近衛だ。なにも問題はないはずだろう。

「メルロー家は西の伯爵家でしょう。魔獣が多いって有名よ。そういう領地は領兵が領地を守っているわ。領軍を維持する補助金も国から出ているし、場合によっては税金の免除とか色々と配慮されてる。メルロー家も、魔獣被害多発地域の一つね。騎士団も領兵では手に負えなくなったら手伝いに行くけれどね。基本は領兵が領の守りを固めているわ。それでね、そういう領地は領主と領兵たちとの関係が大事なのよね。領主が領軍の長も兼ねているところは多いわ。で、メルロー家は兼任はされていないいんだけど。領主と領軍との関係が良くないという問題のある家だったのよ」

アマリエの口調が徐々に熱を帯びたのは、あまり良い話ではないからだろう。

「ジェスの家がねぇ、意外だわ。ジェスは生粋の騎士っていう感じの騎士だもの」

「わかるわ。生真面目で強くて武骨よね」

アマリエが「そうそう」と頷く。

「騎士仲間だったのね」

ノエルはジェスの経歴を思い出した。

ジェスは前の王が剣術大会のジェスの活躍を見てサリエルの護衛にと騎士団から引き抜いたのだ。

元からの近衛ではないし、近衛の平均よりも高身長だ。

近衛は式典で整列したときの見栄えを考えて身長をおおよそ揃えて選ばれている。容姿端麗も近衛の条件の一つだ。

前の近衛隊長はさらに家柄重視、実家の資産まで重視で、おまけに隊長へのおべっかと付け届けで待遇を決めるという近衛の人事の私物化をしていた。

もちろん、これらは昔の話だ。

どちらにしろジェスは平均的な近衛とは少し毛色が違う。魔獣退治に駆り出される騎士団よりの騎士だった。

「騎士団も、魔獣の多い領には遠征するけど。メルロー伯爵領にもしばしば駆り出されたのよ。なにしろ、魔獣危険地帯だから。メルロー家は魔獣に慣れていたわ。領兵たちも、領民たちもね。

ただ、先代領主だけ慣れてなかったんだわ」

「前の領主に問題があったってこと？」

ノエルが眉を顰める。

「そうよ。騎士の立場からするとね。領地の安全は魔獣が増えているような非常時には最優先事項だわ。領兵たちの装備から待遇から、なによりも大事にすべきよ。それがわかってないのよ。だから領兵たちが疲弊してたわ。ジェスはそんな領兵と領主との間に立って苦労している様子だったの。まだずっと年若い学生だったというのに」

アマリエの口調が自然と荒くなる。

「それって、シリウスが国を出ていて魔獣の害が増えているときね？」

「ええ、一番問題が大きかったころはね。でもあの領地は領主が存命のころはずっとそういう状態だったみたい」

「亡くなったの？　前の領主」

「そうなのよ。夜間に外壁の修復箇所を見に行って魔獣にやられたと聞いたわ。もう何年も前の話よ。今の領主はジェスの兄上ね。父親と領軍とのいざこざを長年みていたからか、悪しき前例を踏まえて良い領主様みたい。騎士団と、メルロー家領軍との連携打ち合わせのときもごく穏やかだったらしいわ」

「良かったわね。領主が死んでるのだから良かったって言うのもなんだけど」

「言っていいわ。あの領地で領兵をないがしろにするなんてあり得ないもの！」

アマリエが辛辣（しんらつ）に言いきる。

騎士からすればそう言いたいだろう。

「そうよね！」

ノエルも遠慮なく頷いた。

「ねぇ、それで、ジェスはメルロー伯爵家次男よね。マリエ夫人の大牧場のお嬢さんはどうなのかしら。ジェスのご実家から許しが得られる？」

アマリエが尋ねた。

「ルシアン経由の情報だけど、マリエ夫人の家は子爵位を持ってるらしいわ。ほら、前の国王陛下の時に、一時期だけ陸爵を大盤振る舞いした時があったでしょ？」

「あぁ、魔獣が異常に増えた頃ね。狩人たちに頑張ってもらおうと、功績を挙げた者に男爵位を授けまくったやつ」

「それよ。王妃が自分ちの子爵家が傾いたのに平民がぞろぞろ男爵になるのは面白くないからって、あっという間に打ち切りになったやつよ」とノエルは眉間に皺を寄せて話を続けた。

「あの時に子爵になったんですって。元々は、男爵位を持った大地主だったのね。それで嫡男のご主人は大牧場の跡を継ぐまで狩人業をしてたらしいわ。大物を狩って実家の陸爵をしてもらったという話。それにマリエ夫人のところはかなりの大規模大牧場で、ちょっとした豪商並みに手広くやってるらしいわ。『ファロルの乳製品』って聞いたことあるでしょ」

「あるある。すごいわ、有名じゃない？　美味しいのよね」

アマリエが目を輝かせる。王都のクリーミーな味を愛する女性の間で有名な名だ。

「絶品よね。色々手間かけてるらしいわ。餌とか乳牛のお乳の清潔に気を付けたりとか」

ノエルは美味しいもの好きな侍女たちから得た情報を教えた。

「もしかして結構な資産家？」

アマリエが身を乗り出す。

「そんなボロ儲け的な経営はしてないらしいけど、裕福な牧場だと思うわ」

「ご実家の説得材料にはなるわね。伯爵家の出でも次男は爵位は貰えないもの。ジェスは騎士爵もちだけど。あとは本人次第ね」

「ジェスがララ嬢との愛を育むのなら、力になるわ」

アマリエがそう言い出し、ノエルも便乗した。

「私も！」

のちに、ノエルはシリウスから、

「ちゃんと本人たちの了解を得てから走り出すんだよ」

と言われたので話を聞くことにした。


ジェスと都合をつけて会うのは数日後になった。

その間にアマリエは騎士団の友人たちとお喋りし、さりげなくジェスの情報を集めた。

幸い、ジェスとの共通の知人友人は多くいたので簡単に色々と聞き込めた。

聞いた話によると……。

「ジェスは、以前は可愛い嫁さんと温かい家庭を築きたい、と普通の男の願望をよく語っていた」

「ジェスの兄は政略結婚の割に気の合う妻を娶った。大人しく控えめながらしっかり者で兄を支えるできた妻で兄は幸せに暮らしている」

「兄の家庭を見て結婚願望が強かった」

「それがいつの間にか『もう俺は結婚は無理』と悲観するようになった」

『これは何かあるわ』

　とノエルとアマリエが睨んでいたところ、ジュールがジェスの情報をくれた。

「ジェスの悪質なデマを流している女がいる？」

　ノエルは思わず声を荒げた。

「そうよ、ジュールからの情報だから確かよ。ジェスが乱暴者だとかすぐ怒るとか、根も葉もない噂を流されてるらしいわ」

「なんてことよっ！」

　ノエルは思わず拳を握った。

「腹立つわね！」

「ジェスは陛下付きの近衛よ！　そんなデマを流していいと思ってるのかしら！」

「ジュールも手を打つって言ってたわ。でも、噂がすでに広まってるのよね。ジェスのお見合いがうまくいかなかった理由もそれかもしれないの」

　アマリエが眉を顰めた。

「気の毒に……。どうしてそんなデマを？」

「これもジュールからの話なんだけど。ジェスは以前はサリエル王子の護衛だったでしょ？　それでその時にお見合いした相手が、サリエル王子の立場が微妙になった頃にお断りしたらしいのよ。でも、今はジェスは陛下の護衛だわ。出世したわけよ。だから、断ったくせに、また婚約の打診をしたらしいの。でも、メルロー家は受け付けなかった」

「当然よね」

ノエルが頷く。

「それが気に食わなくて噂を流したらしいわ」

「自分勝手ね！」

ノエルとアマリエは「これはなんとかしないとね」と頷き合った。

数日後。

ノエルとアマリエはジェスとの面談に臨んだ。

ふたりの妃を前にしてジェスは恐縮した様子だった。

「私の婚活のことでお話があるということですが……」

と、いかにも居た堪れないという顔をしている。

たまたま時間があったのでこの場にいあわせたシリウスは、ジェスにいたく同情していた。

――気の毒に……。ノエルたちにはやはり何か公務をしてもらった方がいいんだろうか。暇だから人の恋路だの婚活だのに首を突っ込みたくなるんじゃないか。

そんな思索に耽るシリウスの存在など歯牙にもかけず、ノエルとアマリエはご機嫌だった。

「気楽にお喋りしましょう。忙しいのにごめんなさいね」

ノエルは少しも『ごめんなさい』という感じのしない明るい声で「このお菓子、美味しいのよ。ファロルの生キャラメルがたっぷりなの」と見るからに甘そうなキャラメルプディングを勧める。

「こってりして美味しいわよ。どうぞ召し上がれ。甘いものはお好きかしら？」

アマリエがにこりと微笑む。

「大好きというほどでもありませんが、男のくせに甘味は食する方です」

ジェスは生真面目に答え、勧められたケーキにフォークをいれた。

一口食べて目を瞬かせる。

「まろやかで美味しいです」

ジェスは素直に感想を述べる。強面の顔が気のせいか緩んでいる。

「でしょう？　それでね。単刀直入に言うと、ジェスはもう婚活はやめたの？」

ノエルは普通なら聞きにくいことを何ら捻りもなく尋ねた。

「……私はやめたつもりなのですが、実家の兄が諦めてないらしいです」

ジェスは困り顔で答えた。

「ジュールの方から、御令嬢の嫌がらせのことは聞いた？」

ノエルがジェスの様子をうかがいながら確認をした。

「はい。私の不徳の致すところです」

「そんなことないわ。嫌がらせの件は完璧に向こうのせいよ！」

アマリエが叫ぶ。

「私の亡き父が決めた見合い相手だったんです。ああいう御令嬢を決めたのがそもそもの間違いでした」

ジェスは淡々と答えた。

「まぁ、それは一理あるけれど。でもやはり先方のせいだわ。デマを流すなんて許されないわ」

「ですが、それを信じさせてしまった自分も……」

「もぉー、そんな後ろ向きにならないでよ、ジェス」

アマリエが王弟妃の仮面を脱ぎ捨て始めた。

「噂を流した令嬢が上手だっただけよ。そんなデマを真に受ける令嬢も迂闊だったと思うわ」

ノエルは自分も一時期、心ない噂に悩んだことがあるし、自信喪失病のようになったこともある。ジェスの気持ちがわかるような気がした。

「噂の件はジュールに任せるとして。正直なところ、本当に結婚願望は消滅しちゃったの？」

アマリエに尋ねられて、ジェスはしばし考えた。

「正直なところは……。貴族令嬢との見合いはきついと思われてなりません」

ジェスはわずかに目を伏せてようやくそれだけ言った。

「わかるわ」

アマリエとノエルはうんうんと頷く。

「じゃぁ、もしも、貴族令嬢らしくない良い相手が見つかったら？」

ノエルが探りをいれた。

アマリエたちの調べで、ララ嬢の情報が入ってきていた。

どうやら貴族令嬢らしからぬお嬢様らしい。いや、お嬢様という感じでもないようだ。

お淑やかなお嬢様が理想というならアウトな相手だ。

「そういう気さくな方がいいですね。兄には私の気持ちは伝えてありまして。それで、商家のお嬢さんを探そうと言ってくれてます。ただ、兄のツテではそういう方面はあまり情報がないので日にちがかかりそうです。私としては幾ら日にちがかかっても問題ないですしね」

ジェスは少々、疲れた様子でノエルたちに答えた。

ノエルとアマリエは密かに頷きあった。

これはいける、と。

様子を見ていたシリウスは、またふたりの暴走を阻止しなければと心中で決めた。

◇◇◇

貴族の情報は、経歴くらいならすぐに手に入った。その程度なら秘密でもない。

ララ・ファロル嬢は中等部までは貴族令嬢の通う女学園に在籍していた。高等部からは魔道学園に変更している。

どうやら女学園で虐めに遭ったらしい、との情報が入ってきた。

女学園では男爵家などの下位貴族の令嬢が虐められるのはよくあることだった。ララは実家が男爵から子爵に陞爵(しょうしゃく)してさほど経っていなかったため、虐めの対象となったようだ。

魔導学園の高等部では薬師科に所属し成績は良かったという。卒業後は実家の仕事を手伝っている。

現在二十二歳。そろそろ行き遅れのお年頃だ。

ノエルとアマリエは護衛の影にララの様子と容姿を調べて来てもらった。

ルシアンからの情報も聞いている。

「ララの顔、よく見えないんだ。いつも髪はボサボサで顔にかかってるし、猫背で俯いてるから。ハイネは可愛いと言うけど、よくわからない。父上が言ってた、『ちゃんと髪を顔からよけて、俯いてる顔をあげてくれないと可愛いかどうかわからない』って」

「それからマリエ夫人はララはとても働き者だと言ってた」とルシアンは話を続けた。

「だから女らしくしてないんだ。マリエ夫人のところは大牧場ですんごく忙しいらしい。人も何人も雇っているけど、家族みんなで働いていて。ララもいかにも働いているって感じだよ。いつもはズボン穿いてる。それで牧牛犬っていうの？　マリエ夫人のとこは牛を飼ってるけど、牛を追う犬が働いていて。そのデカい犬の面倒見てるし、敷き藁を替えたりとかなんか色々やってて髪にも藁がついてたり。ジートの方が綺麗にしてるくらい。うちに卵と香草を買いに来るときはワンピース着て来るんだけど、藁のついた髪はそのまんまだし。あと、ララはちょっと太めだと思う」

――……改善するとなったら時間が必要そうね。

ハイネが「可愛い」と言うのだから素材は良いのだろう。

ノエルとアマリエは覚悟を決めた。

侍女や侍女長たちは「磨けば光るかもしれない」と見通しを立てた。

影たちの報告も悪くはなかった。ルシアンからの情報と変わりはない。働き者で、家族や他の使用人たちとも仲が良い。

　ノエルとアマリエは、マリエ夫人が王都中央の店に視察に来るという日に約束を取り付けて会うことになった。ノエルたちが「お嬢様に良い縁談の話があります」と連絡をつけると、ご主人の子爵も来るという。

　ふたりは少々の緊張と期待で胸を膨らませながら約束の日を迎えた。

　マリエ夫人は噂通りふくよかで感じの良い女性だった。ファロル子爵は厳つい男性だった。長身で屈強な体格で、顔も強面だ。ジェスが可愛く見えそうなほど迫力がある。

　ノエルとアマリエは、『このお父さんの顔に見慣れてたら、ジェスは大丈夫ね』と納得した。

「ファロル家のお嬢様がうちの近衛を格好良いと褒めてくださったそうですけど、本当ですの？」

　ノエルは、幾らかの雑談で場が和んで来た頃を見計らってそう尋ねた。

「まぁ……娘の片思いの騎士様をご存知なのですね」

　マリエが目を見開いた。

「やっぱり、ララお嬢さんはジェスに片思いをされていますの？」

「それはもう……。無理に決まってますから、完璧な片思いですわ。七年も前からですのよ。あの子が十五の時からですもの。忘れもしませんわ。『ヴィオネ家のお屋敷にとても素敵な騎士様がいらっしゃったの』と目を輝かせて」

　マリエはそっとため息をついた。

　七年も前からとはずいぶん年季が入っている。ルシアンが赤ん坊の頃からではないか。

ノエルとアマリエは想像以上に重い片思いと知り、少々驚いた。

「そんなに最初から諦めてしまってますの？」

「ハイネ殿から聞いておりますから。ジェス様は近衛隊の騎士様ですよね？　ご実家は由緒正しい伯爵家だとか。我が家は決して悪い家とは思いませんけれど。さすがに近衛の騎士様と娘とでは釣り合いを考えてしまいますわ。もしも、娘と少しでも想い合うような機会でもあれば可能性もあるでしょうけど。あの引っ込み思案で引きこもりで、奥手で社交性皆無な娘ではとてもじゃないですが無理でしょう」

マリエはいかにも絶望的と言いたげな苦悩の表情で首を振った。

マリエの言うこともっともだと、ノエルとアマリエは思う。近衛の騎士となんら接点もない子爵家が、婚約などを申し込むのは難しい。

しかも、ファロル家が子爵に陞爵したのはまだ新しい話だ。

「それなんですけどね。もしも……、もしもですよ？　可能性があるのでしたら、ララ嬢は頑張ってくれるかしら？」

アマリエが身を乗り出した。

「可能性、あるんですか？」

マリエが尋ね返す。

「ええ、まぁ。それはこれから詰めていく予定ですわ」

「もしも可能なら、あの子は喜びますわ。でも、実は、ララは女学園で悪質な虐めに遭いましてね。ララが大人しくて何も言い返さないのをいいことに、延々と嫌味を言い続けたり罵倒したりと。相手が高位貴族だから訴えにくかったらしくて」

「陰険ね！　学園はそれで何もできなかったんですの？」

アマリエが怒りの声をあげる。ノエルも隣で頷いた。

「学園側も、下位貴族の令嬢が虐めに遭うという噂を払拭しようと躍起なんですけどねぇ。ただ、ララを虐めた令嬢のグループは他にもやっていて……。『悪質な女たち』と有名になって良い縁談がどれも流れたらしいですわ。こちらとしては胸がスッとしましたけどね」

マリエが苦笑した。

「あら、その話は聞いたことがありますわ。性悪女たちがうっかり高官の令嬢を口汚く罵って性格がすこぶる悪いことが広まったとかいう。おかげで二十代を半ば近くなっても行き遅れてるんですって？」

噂に聡（さと）いアマリエが記憶を辿る。

「ええ、その方たちですわ」マリエが頷き、「まぁでも、うちのララも行き遅れてますけど」とまた苦笑した。

「嫁がない理由が違いすぎますから、同じにしたらお嬢様が気の毒ですわ」

ノエルは慰めるように答えた。

「ありがとうございます。でも、うちのララはあの頃のことをまだ引きずってる気がしますわ。元から大人しくて引っ込み思案だったのが悪化してしまって。人が苦手なんです。家族とか幼い頃から知ってる使用人以外の人の前では、俯いて顔をあげようともしないんですから。もうこのまま我が家で暮らせばいいとも思ってるんです。無理に嫁がなくても娘一人くらい、養えますからね」

「まぁ、そう仰らないで。しばらくお待ちくださいな」

ノエルとアマリエは子爵夫妻を宥(なだ)めた。

メルロー伯爵が来られるという情報を掴んだノエルたちは「ジェス殿の件で」と面会の約束を取り付けた。

特に魔獣の多いような地域は騎士団や、あるいは武器の補助の件で国防部に相談に来るのだ。

税の相談などで領主や領主代理が王宮を訪れることはよくある。

忙しい伯爵に雑談は必要ないだろう。

元より、前置きなしに話をする予定だった。

ヴァレンテ・メルロー伯爵は美男だった。

ジェスを少し優しげに繊細にしたような感じだ。基本は兄弟なので似ているが、雰囲気が違う。背丈は弟のジェスの方が高いようだ。

ノエルたちが「ジェス殿の婚約者に、ファロル子爵家のお嬢様はいかがかしら?」とド直球で尋ねてみると、伯爵は目を見開いた。よほど意外な相手だったらしい。

「まさか、あの『ファロルの乳製品』のファロル子爵ですか?」

「ええ、そうです。末のお嬢様が二十二歳でまだお相手がいませんの。ヴィオネ家でジェスを見かけて『格好良い』と一目惚れされたとか」

「えぇっ、え？　本当ですか」

品よく知的な伯爵が思わず声を上げた。

——そこまで驚く？

その場にいた全員は思った。従者と侍女長たちもだ。

「それで、メルロー伯爵がよろしければ、お話を進めたらどうかと思うのですけれど……」

ノエルが言いかけると、

「ぜひっ！」

と伯爵が食い気味に答えた。

伯爵は「実はファロル家の燻製肉に興味がありまして。うちの領地で狩れる牛型の半魔獣の件で」といきなり商売の話になっている。

「そういうお話もぜひ進めてくださいな。先方にはお伝えしておきますから」

ノエルは熱心に答え、アマリエも同じくらい熱心に頷いた。

伯爵が賛成してくれるのなら、もう障害は一つもないような気さえした。

——いやまだ難関が残ってるけどね。

とりあえず、「ファロル家の準備ができたら話を進めましょう」と伝えた。

何しろ、ララ嬢には若干の「問題」がありそうなのだ。重度の奥手だという彼女の性格も含めて。

帰り際、メルロー伯爵はノエルたちに期待を込めた視線を向けた。

「ジェスのためにお気遣いただき心より感謝いたします。私は、弟には、常に頭から離れないくらい恩を感じてるんです。死んだ父には苦労させられましたから。特に弟は何かと重荷を背負ってくれたんです。兄として不甲斐ないばかりでした。弟にはどうしても幸せになってほしいと願っております」

「お任せください。吉報を待っていてくださいな」

ノエルとアマリエは受け合った。

メルロー伯爵は和やかに帰った。

その日。シリウスは同席した従者から三人の会話を詳しく聞いた。

魔獣の多い領地で尽力する伯爵のことを、シリウスは気にしていた。

報告を詳細に聞いて考え込んだ。

——伯爵はよほど苦労されたのだな。結婚することが必ずしも幸せとは限らないのだがな。

シリウスはノエルと出会えて良かったが、誰もが結婚して幸せになるものでもない。

——愛妻家の伯爵にとっては、弟に良い伴侶を見つけることが償いのようなものだったのか。

「どうしたの？　シリウス」

ノエルは話がうまく進んでいるので機嫌が良かった。

シリウスはそれに水を差したくなかった。

「いや、別に関係のないことを考えていた。ジェスの婚活がうまくいけばいいと思うよ」

「ええ、そうね」

シリウスが公務のことで考え込むのはよくあるので、ノエルは気にしないことにした。

シリウスはそのまま物思いに沈んだ。

――メルロー伯爵は学生の頃は非常に優秀で有名だった。

伯爵の方が二学年ほど年上だったが、あまり人のことには注意を向けないシリウスの耳にも入った。

だが、卒業後、領地に戻ってからの評判は芳しくなかった。

そのことに違和感はあった。あれほど優秀な人物だったのに。

彼の父である先代伯爵は「愚物」と言われていた。特に騎士団からの評判が最悪だった。

魔獣の多い危険地帯となれば、国としても注意を向けざるを得ない領地だ。

そのメルロー家の当主が愚物では困る。

――もう亡くなった人ではあるがな。ともあれ、切れ者の兄にそこまで「恩がある」と言われる弟か……。兄弟の父親は、傍目（はため）から見る以上に酷かったのだろうな。

先代伯爵が亡くなったのはシリウスの立太子が決まる前だ。

前の王の時代が終わる頃。

シリウスは新聞報道でその記事を読んだ。ゴシップ誌の類にも記事は載っていた。どれも死んだ領主には辛辣なものばかりだった。

前の領主は「カード遊びが好きだった」という。要するに賭（か）け事だ。

そのくせ、領地で必要な予算には難癖を付ける。

領主邸の外壁が魔獣に壊されたとき、長男のヴァレンテは領地の左官に割増料金を払って優先して修繕させた。

領主はそれが気に入らなかった。

『金を余分に払う必要などない！』と散々に文句を言い、外壁の進捗状況をいちいち見に行った。

領主が事故にあったとき、彼は少々酔っていたようだ。

自室のテラス窓から出てバルコニーから外壁の修繕の様子を見ていて、闇蝙蝠（やみこうもり）に喉を食いちぎられた。悲惨な事故だ。

メルロー領では、蝙蝠よけの薬草は品薄状態だったと記事にある。

蝙蝠よけの貴重な薬草を栽培したり里山の整備をして増やそうという案もあったらしいが、「ただの草に金をかけるな」とその案を潰したのは死んだ領主本人だという。

たちの悪い嫌われ者の領主が死んだということもあり捜査はされたが、領主邸の主だった者は疑いようのない状態だった。

長男夫妻は別邸の自分たちの部屋にいたことが確かめられているし、次男のジェスは王都にいた。

本邸の領主は一人だった。領主夫人は何年も前に病死している。使用人たちも皆行動は確かめられたのだろう。そもそも領主の部屋には鍵がかかっていた。

世間は伯爵が死んだことなどすぐに忘れた。

惜しまれる人間ではなかったからだ。

◇◇◇

「自分のためには頑張れなくても、愛する人のためなら必死になれるものなんですよ」

と年配の侍女は言う。

だから、その線で話を進めましょう、と。

ノエルとアマリエも賛同した。

全ての下準備が終わるとファロル家に連絡を入れた。

『例の件で、よろしければララ嬢とお話をしたいと思います』

ララはファロル家の侍女とともに訪れた。

ララの髪は整えられ、ワンピースも上等なものだ。ただ、やはり猫背気味で俯いている。調べた情報のままの令嬢はどうしても冴えない印象だった。

もとよりお洒落な令嬢ではなさそうだ。服は似合っているとは思えない。今の彼女の体型では着ない方が良いレモン色のワンピース。いわゆる膨張色だ。ララはマリエ夫人ほどではないが太めだ。長い前髪がだらしなく見える。

麦わら色の艶やかな髪は綺麗なのに勿体ない、とノエルとアマリエは思った。瞳の色は灰色がかった水色で水晶のように澄んでいた。

「こんにちは、ララ」

「よろしくね」

「は、はい、お、お初にお目にかかります。ふ、ふぁ、ファロル家末子、ララ・ファロルと申します」

ララは噛みながらも優雅にお辞儀をした。マナーはしっかり身に付いているようだ。噛みまくったのはいただけないが。

ノエルとアマリエは、なるべくララの緊張を和らげようと親しく微笑んでみせた。けれど、ララは哀れなくらいに怯えていた。

――まさかこれほどとはねぇ……。

先の遠さにさすがに不安になる。

ジェスのことで……とララを呼び寄せたのは良かったが、よほど頑張って無理して来たのだとわかる。

「あのね、ララ。ジェスのことで少し相談がありますの。ジェスが嫌がらせをされていた件はご存知かしら」

ノエルが話を始めた。

「えっ！」

俯いていたララが勢いよく顔を上げた。

「悪質なデマを流されていたのよ」

アマリエが深刻な口調で話す。

「まぁ……ジェス様が？」

「そうなのよ。気の毒に」

「ど、どんなデマを」

ララはもう俯いてはいなかった。クラリスの言う通りだ。愛する者のためには必死なのだ。

「ジェスが乱暴者で目下の者を怒鳴りつける癖があるとか。喧嘩でよく相手を怪我させているとか。それから、試合でも卑怯(ひきょう)な手を使ったとか。女性に横暴な態度だったとか。根も葉もない嘘を流されたの。それも真しやかに。そんな乱暴な騎士が陛下の近衛をできるわけがないわ。真っ赤な嘘よ。ひどすぎてお話にならないわ。王宮でも犯人を捕らえに動いているわ。悪質ですもの。でもね、その嘘がすでに令嬢の間に広まってしまったのよ」

アマリエは悲しそうな表情を作った。ノエルもだ。

演技ではなくノエルは本気だ。ジェスがあまりに気の毒だったからだ。

アマリエの話し方は少し大袈裟(おおげさ)な気もするが、内容は本当だった。

ララは目を見開いて絶句した。唇が震えている。

「なんてことを……」

その唇が小さく呟いた。

「そんなデマを流した理由がまた有り得ないのよ」

とアマリエは説明をした。身振り手振りも交え、ジェスとお見合いをした令嬢が自分から婚約を断ったのにジェスが出世したらまた婚約話を持ちかけて、断られた腹いせにデマを流した。そんな事情をララに伝えた。

話し終えるとララの目が険しくなった。

「なんて自分勝手なの」

ララは思わず心中を吐露した。

「ホントそうよ。それでね、ジェスは年齢的に結婚も考えていたのだけれど、なかなかうまくいかなかったの。ご実家の方でも、ジェスが傷ついている様子だったので貴族令嬢はやめて商家のお嬢様を探していたのよ。それでこのタイミングで、ララさんが、ヴィオネ家でジェスを見かけて褒めていたと聞きましたの」

「あ、あぅ、ぁ、あの、その……」

ララがまた俯いてしまった。耳まで真っ赤だ。

「ねえ、ララさん。ジェスのことは、ただ単にファンなだけ？　ちょっと格好いいと思ってるだけかしら。それとも、本当にお好きなの？」

ノエルが畳み掛ける。

ララは口をぱくぱくさせている。もうその様子だけでわかるような気がした。

「よろしければ教えていただけないかしら？」

ノエルが重ねて尋ねると、ララは再度、顔を上げた。

「とても、と、とても、お慕い、しております」

ララは勇気を絞り出すように答えた。

「ララさんがジェスを最初に見かけたのは、七年も前なのでしょ？」

アマリエが話を振る。

「は、はい、そう、なんです。母からヴィオネ伯爵家に可愛らしい坊やが来たのよと聞いて。卵を買いにお邪魔した時に、可愛い赤ちゃんを少しだけ遠目にでも拝見させていただけないかと様子をうかがっていたら、ジェス様をお見かけしたんです」

ララは恥ずかしそうにいう。

「まぁ、そうなの」

ノエルとアマリエは微笑ましく相槌を打つ。

「ハイネさんとサリエル様とジェス様とで子守りをされていたんです。ハイネさんが一番、慣れてらっしゃって。サリエル様は二番目ですわ。ジェス様は逞しい腕で、壊れそうな小さな赤ちゃんを、とても気を付けてそうっと抱き上げたんです。まるで繊細なガラス細工の宝物を抱き上げるように。その姿があまりにも優しそうで……世界中の優しさを集めたみたいに優しそうで。なんだか胸が温かくなってしまって。私、その時に女学園で嫌なことがたくさんあったんですけど。それで何もかも嫌になりそうだったんですけど。こんなに素敵で優しい人がいるのなら、もう少し頑張ってみようって。そう思ってしまって」

ララは朱に染めた顔で打ち明けた。

まさしく恋する乙女だった。

――本当の恋なのね……。

ただ見た目に惚れたとか、近衛の騎士への憧れとか、そういうことではなく。本当に本気の恋だ。

ノエルとアマリエは頷き合った。

「今日の、ララさんへの相談というのはね。悪質なデマの件でジェスは傷付いたの。本音では婚約とかお見合いはもう嫌になってるくらい」

ノエルがそう話し始めると、ララは今にも涙を溢しそうになった。

実際のところはジェスは「傷付いた」というより「女に嫌気がさした」という感じだ。だが、今は言葉選びは大事だ。ララを説得してやる気を出してもらわなければならない。

ノエルはララの様子をうかがいながら話を続けた。

「そうなっても仕方ないわ。そもそも噂というのは本人があがいても駄目なのよ。他の第三者が『違う』と声をあげないとね。それで、ジェスのことを誠実に思ってくれているララさんに協力をお願いしようと考えたの。ララさんならジェスを信じてくれるでしょう。ララさん、ジェスのために手を貸してくれないかしら？」

ノエルはララに尋ねた。

「はい！　私、なんでもいたします。やらせてください」

「そうこなくちゃ。でね、こういう場合、どうしたらいいと思う？」

「ど、どうしたら……？」

ララが戸惑う。

「あのデマを流した女はね、ジェスの婚活を邪魔したのよ。自分が断られたから、ジェスの婚約を台なしにしてやろうって思ったんでしょ。このままじゃ思う壺(つぼ)よね」

アマリエは身を乗り出してララに話しかけた。

「そ、そうですね」

「もしもジェスに、可愛くていちゃいちゃ愛し合える相手が見つかれば、あの女の思惑を潰したことになるわ。ざまぁみろってなると思わない？」

アマリエはララを目力で捉えそうなくらいに見つめて問う。

「き、きっと、なり、ます」

ララはアマリエに頷いて答えた。

「じゃぁ、協力してくださるかしら？」

ノエルがにこりと微笑む。

「は、はい！　私、自分の知ってる中で一番麗しい商家のご令嬢をご紹介します」

ララは泣きそうな顔でそう宣（のたま）った。

——なんでそうなる……。

ノエル、アマリエ、後ろに立つクラリスまで脱力して崩れそうになった。

「あのね……。ララさん。どうしてそうなるかなぁ。ジェスといちゃいちゃ愛し合える相手って言ったでしょう？」

ノエルは脱力したまま尋ねた。

「ララさんは、ジェスのことをお慕いしてるんじゃなかったのっ！」

アマリエが思いきり吠（ほ）えた。

「でも、私では、ジェス様の隣になんて立てませんわ……。私は醜くて、デブで、根暗で、豚の方が魅力的で、生きてる価値もないような人間なんですもの」

ララはアマリエの迫力に押されてボソボソと答えた。

「それって、ララが女学園のころに言われたことねっ？」

「え？　ええ……」

ララはさらに戸惑った。アマリエたちが虐めのことを知ってるなんて思わなかった。

「ララさんは醜くないわ。デタラメじゃないの！　そんな嘘を真に受けたら、それはジェスの嘘を信じ込んだ令嬢たちと同じよっ！」

アマリエにすごい勢いで言われ、ララは目を見開いた。

「デタラメ……」

「ねぇ、ララ！　話術って、貴族夫人の武器だわ。でも、それを悪用して人を貶める嘘をつくってどう思う？」

ノエルが尋ねると、ララは「許せません」と即答した。

「許せないなら戦うべきだわ。黙って泣き寝入りなんて、連中を付け上がらせるだけよ。それにね、ララ。あなた以上にジェスが好きで尽くしたいと思っている令嬢なんて、本当に見つけられる？　ジェスは、政略結婚ではなくて想い合える夫婦に憧れているの。そんな風にジェスを愛せる令嬢を知ってる？　あなた以上によ」

ララはそんな令嬢はいないと断言できる。

七年の間ずっと慕い続けた。

ヴィオネ家に卵を買いに行く役目は、何をおいても自分が行っていた。一目会いたくて。遠くからちらりと見掛けるだけで良かった。それだけで幸せになれるくらい好きだった。

「ララ。私は元騎士なのよ。だから、女の割に背が高いし、筋肉質でしょう？」

アマリエがララの前に立って見せた。

「え？　そ、そうなんですか？」

ララは驚いてアマリエを見上げた。

「ジュールの隣に立てるように気を付けてるのよ。ヒールの高い靴は履かないわ。それから、髪型もふんわりさせないで編み込みで結い上げるようにしたり。ドレスのデザインもなるべく華奢に見えるものにしてるのよ。夜会は女の戦場だもの！」

「女の戦場……」

「そうよ。ちょっと気を抜けば餌食にされるのよ！　悪口嫌みの標的になるの。でも、できる限り自分を綺麗に見せて、堂々としていれば返り討ちにできるわ！」

「素敵だわ……」

ララはアマリエに見惚れた。

「ララ。私は小さくて貧弱なのがとても嫌だったけど、侍女たちがいつも素敵にしてくれるのよ。目一杯、頑張って、あとは腕のよい侍女に任せるの。きっと素敵になれるわ」

ノエルは本当は、自分が貧弱だというのは辛い。コンプレックスはそのまま消えずにあるのだから。

それでも言いたくない気持ちを抑えつけて、堂々と言ってのけた。

――もう、乗りかかった船よ！

「王妃様……」

「ララ！　最後のチャンスだと思って死に物狂いで挑戦してみない？」

アマリエが女騎士らしい力強さで声をかけた。

「頑張りますっ！」

ララは思わず答えてしまった。

ララを変身させるプログラムは侍女長にも手を貸してもらい作った。

ララは頭の上に本を載せて背筋を伸ばして歩く訓練を毎日一生懸命やっているらしい。ダンスの練習も姿勢を正すのに良いため行っている。

その後、マリエ夫人によると、ララは王都のファロル家の店で接客訓練を受けることが決まった。マリエは「以前からララがやる気になったらやらせようと思ってましたの」と嬉しそうだ。

いきなりの接客仕事は大丈夫なのかと心配だったが、周りの支えもありララの誠実な対応は客の評判も良いという。

ノエルの侍女クラリスはダイエットの献立を料理長にも相談して作った。これもマリエに渡しておいた。

マリエは「娘を生まれ変わったみたいに綺麗にさせますわ」と張り切っていた。

ノエルたちはファロル家からの進捗状況を聞いてジェスとのお見合いの日を設定した。


ひと月後。

今日はジェスとララのお見合いの日だった。

お見合いは昼からだが、お洒落の仕上げをするためララは早めの時間にやってきた。

ファロル家では、クラリスからの指示通りに徹底的に髪と肌の手入れをしていた。

この日のためにあつらえたドレス姿のララを見て、ノエルとアマリエは「似合うわ！」「可愛い！」と興奮気味だ。

一か月ではダイエットの効果は不十分だが、ララの見た目はかなり変わり始めていた。

特訓のおかげで猫背と俯き癖もだいぶ良くなった。元々、牧場で働いているときにその癖はなかった。自信のなさから人前に出ると猫背になり俯いてしまうという精神的なものだった。

ララは「ジェスとのお見合い」という目的のために必死に顔を上げた。たった一か月とは思えないほどの激変ぶりだ。

クラリスが仕上げにかかった。ララの顔立ちを見ながら髪を整え化粧をほどこす。

「とても綺麗ですわ。頑張りましたね」

「まだダイエットをもう少し続けないと。あちこちのお肉が邪魔なのですけど」

ララが気恥ずかしそうに答えた。

ララは自信なさげに言うが、トレーニングも同時に行ったおかげで体がかなり締まって見える。

今日のワンピースはほっそりして見えるデザインと色にしたのも良かった。

「ふふ。もう一息ですわ」

その頃。
ジェスは美しい庭を見渡せる応接間でララが来るのを待っていた。
「やけに緊張しているね、ジェス」

シリウスが声をかけると、ジェスは「……はい」と消え入りそうな声で答えた。

――それはそうだよな。

と、シリウスは子爵夫妻と伯爵夫妻の姿をチラリと見て思う。

今日はただの顔見せの予定だった。今回のお見合いは政略的な意味はないはずだった。どちらの家もふたりの幸せだけを望んでいる。そうはっきりと聞いていた。

ジェスは二十九歳、ララは二十二歳だ。ふたりともよい大人だ。

ゆえに、とりあえず紹介し合い、昼食を一緒にとセッティングしたのだ。どちらも気が合わないと思えば断れるように「ただの昼食だ。気楽にするように」とシリウスは伝えていた。ララの側から断ることはなさそうだが、ジェスの心中は不明だ。

ふたりの様子を見てノエルたちはお暇する予定だった。侍女や従者は側に置いておくとしても、ふたりの親交を深めるのが狙いだ。

そんな風に考えていた。

ところが、蓋を開けてみれば勢揃いとなった。

子爵夫人が来ることは聞いていた。ファロル子爵もすぐに参加する旨返答があった。

そこまでは想定内だ。

メルロー伯爵夫妻まで駆けつけてくれた。

伯爵だけなら騎馬で日帰りの距離だが、夫人を伴ってだと馬車のはずだ。王都で一泊するのだろう。

ファロル子爵の巨体が、応接間を少々狭く見せている。

前回の面談でも子爵は来ていた。なにも語らずただ心配そうにしている。

娘の幸せを願う厳つい父親の姿にシリウスは責任を感じた。

マリエ夫人は不安と期待の入り交じったような表情を浮かべている。

その前の席にはヴァレンテ・メルロー伯爵とリュシル夫人。

ジェスが理想とする夫婦という。確かにしっくりと雰囲気が合っている。夫人は穏やかで気品のある繊細な美人だ。聡明な夫人とジェスから聞いているが、見るからに夫を支える良妻という感じだ。

今日はジュールも来ていた。自分の妻が暴走した結果が気になる、とジュールが言っていた。

気持ちはわかる。シリウスも同じだ。

当初の予定と違い勢揃いした面々は、当たり障りのない挨拶を交わし、実際の内面はどうあれくつろいでいた。

ふと廊下に微かな足音。

軽いノックののちに三人の女性が姿を現した。

伯爵や子爵たちが挨拶に立つのをふたりの妃はにこやかに止めた。

「どうかお座りになって」

室内の視線は可愛らしい一人の女性に集まった。

ララはすっかり人が違っていた。

麦わら色の艶やかな髪はふんわりとアップにされ銀の髪飾りでまとめられている。

ドレスは綺麗な藍色の地に群青色の柄が入ったシックなデザインでララをすっきりと見せた。

豊かな胸がさりげなく強調されているところがポイントだ。

化粧はごく自然で、おかげでララの肌の美しさが引き立つ。

猫背はもう止めたのだ。可愛らしい顔に、若干緊張気味ではあるが笑顔を見せている。

今日の彼女はとても魅力的だった。さすが、ハイネの審美眼は確かだった。

ジェスは呆気にとられたようにララに見惚れていた。

マリエは満面の笑みだ。ファロル子爵も安堵した顔をしている。

メルロー伯爵夫妻も喜ばしそうな表情だ。

「遅くなりまして、ファロル子爵家三女ララ・ファロルと申します。お初にお目にかかります。本日は皆様にお会いできますことを楽しみにしておりました」

ララは綺麗にお辞儀をした。

「子爵、とても可愛らしいお嬢さんだね。では、歓談を始めようか。紹介をしよう」

シリウスがにこやかに場を取り仕切りそれぞれに紹介をする。食事が運ばれてくると、自然と食材の話題となった。

「ファロル子爵。これはファロルの燻製肉ですね」

ヴァレンテ・メルロー伯爵がすぐに気づいて子爵に声をかけた。

「お気付きですか。そうです。うちの燻製肉ですよ。まぁ我が家の本業はミルク屋で、肉はほんの片手間に少々試しているだけなんですが。これに興味がおありだそうですね」

ファロル子爵、アロンゾ・ファロルは、メルロー伯爵が燻製肉に興味があると聞き、今日は食材に使ってもらった。

「メルロー伯爵家」といえば結構名が知られている。魔獣が多い領地であるということと、それに前の伯爵が賭け事好きだったことで。先代伯爵がカード遊びでボロ負けした時にアロンゾはいあわせたのだ。何しろ、見物客はいっぱいいた。

『なんというゲス野郎だ』とアロンゾは思った。

先代メルロー伯爵は、財布の中身を空にしたのち、黄色い小袋からも金を支払った。

その小袋は領主であれば皆、知っている袋だった。王宮からの金だ。補助金が入れられている袋だった。

前の伯爵は、領地に与えられた補助金を、自分が賭け事で負けた金の支払いに当てたのだ。

アロンゾは他家のことでありながら、頭に血がのぼる思いがした。

あの時のろくでなし領主が死んだ、と聞いた時は『良かったな』と思った。メルロー伯爵領では祝砲でも放ったんじゃないかと思うほどだ。

今、目の前にいる若い伯爵は聡明そうで、前の伯爵の子息とは信じられない。

——顔立ちは、少し似ておられるだろうか。おそらく似ているなどと言われたら伯爵は嫌かもしれんが。

あの先代伯爵の記憶があったために、むしろメルロー家の子息たちに好印象を持っていた。愚物の父親と数多の魔獣の中で領地を守った嫡男と陛下の信頼する近衛となった次男。娘はきっと良い相手を見初めたのだろう。

ヴァレンテは、子爵の胸の内など知らずに朗らかに話していた。

「ええ。我が領の斑大牙という半魔獣の肉をこの燻製にしたら合うと思うんですよ。この旨い燻製肉が片手間とは存じませんでしたな」

「量は多くやってないんですよ。斑大牙とは厳つい名ですな。魔獣でも獣でもなく、半魔獣ですか」

子爵が目をすがめる。

「半魔獣なので、シリウス王の治世となり国神の加護が増しても減らないんですよ。むしろ増えたかもしれん」

ヴァレンテが若干、困った顔をした。

「ハハ、なるほど。危険な獣ではないのですな?」

「人は襲わないのでね。ただ、畑の芋が好きで困るのだ」

ヴァレンテは物憂げに答えた。

「芋が好きとは平和的な獣ですな」

子爵の表情はいかにも他人事のようで屈託がない。

「まぁ、芋を食っている大牛の姿は傍目にはのどかなんですがね」とヴァレンテは苦笑し説明を続けた。

「芋畑の農家は弱ってるわけです。芋の好きな領民もですが。それで、大牛を狩るんですよ。肉の味はなかなか良いです。こってりした味と言うんですかね。デカい割に大味ではない、詰まった味ですよ」

「ほぅ……なるほど。狩った大牛を運んでもらえるのなら、解体済みと考えてよろしいのですかな?」

子爵はどうやら乗り気になったようだ。

「むろんです。ファロル家では解体はされていないのですかな？」

「そうです。燻製肉を始めたきっかけは、うちの牧場に来られる客人が必ずと言っていいほど『肉はないのか』と尋ねるからなんですよ。それで商売っ気を出したんです。実際は肉牛はやってないんですけどね。肉牛の牧場からブロック肉を少し買ってるんです。肉の燻製は私の父が好んだものです。それ以来、趣味と実益を兼ねて燻製肉を作っているわけです」

「なるほど。解体というか、狩ったものを下処理して持っていきますからね。狩人は上手いものです。焼肉にして食える状態ですよ」

「ぜひ、一頭、いただきましょう」

「楽しみですな」

厳つい子爵と細身の伯爵が経営者の顔で笑い合った。

ふたりの当主が肉談義をしている横で、子爵夫人と伯爵夫人は世間話をしていた。

「可愛らしいお嬢様でよろしいわね。うちは男の子ふたりなものですから。毎日、大騒ぎですわ」

「お幾つですの？」

「十三歳と十一歳ですわ。剣術に夢中ですの」

「あらまぁ」

「うちの領地は腕白なくらいでないと難しいですけどね」

「魔獣が多いのですってね」

「最近は陛下のおかげで落ち着いてますわ。ご主人は狩人の経験がおありなんですって？」

「そうなんですよ、まったく！　魔獣が増えた時期に『ちょっくら行ってくる』って軽く言い置いて。それきり帰って来なかったんですよ」

「まぁ、逞しい」

リュシル・メルローは目を見開いた。

「よく言えば逞しいですけどね。要するに生粋の脳筋だわ」

マリエは眉間に皺を寄せて首を振る。

「オホホ。そのくらい荒っぽいのも清々しいではありません？　心意気がよろしいですわ」

「そうかしらねぇ。伯爵は美男で穏やかなご主人で良いですわね」

「まぁ、たしかに主人は荒っぽくはありませんわ。問題が起きた時の対処の仕方は、私の方が男っぽいかしら」

「女ってそういうところがあるかもしれませんよ。私もこう見えて、なかなかバッサリやる方ですからね」

「それが良うございますよ、やるときはやる、というのがね」

リュシル伯爵夫人はそう意味ありげに微笑んだ。

歓談と食事が終わると、ノエルとアマリエは、ジェスとララを庭に連れて行った。

王妃の温室へ誘い「ふたりでお喋りをしたらいいわ」と、侍女と従者だけ残してそっと温室を出た。

残されたジェスとララは見事な花と香りに包まれながらもそれを楽しむ余裕はなく、瀟洒（しょうしゃ）な鋳物（いもの）のベンチに腰を下ろした。絹のクッションが置かれていて座り心地は良かった。

しばらくどちらも無言でいたが、先に口を開いたのはジェスだった。

「少々、気になることがある」

ジェスは重い口調だった。

「はい、なんでしょう？」

ララは緊張した様子で答えた。

努めて顔をあげるようにしているがあちこち固まっているし、首や体のどこかが震えそうだ。

「素敵な騎士、と言ってくれたようだが。もしかして、人違いではなかったのか？　ブラド・バントランもヴィオネ家には通っていた。他の若い騎士も。本当に私だったのか。それとも、間違えたのを今更言い出しにくかったのか。そういうことはないですか？」

ジェスは真摯（しんし）にそう尋ねた。

ララはこれ以上ないくらいに目を見開いた。

「えぇと、ララ嬢？」

ジェスはそっと、無言のララの様子を見た。

ララはショックで固まっていた。

頭が沸騰しそうだ。

自分の重すぎて気持ち悪いくらいの恋心を打ち明けるなんて恥ずかしすぎる。

でもこの誤解だけは解かなければならない。こんな勘違いで大事な初恋やお見合い、それに王妃様やみんなの気持ちを台なしにしたくない。

ララはいきなり口を開いた。

「間違いなんて、絶対にありません。七年前にジェス様を一目見た時から、ずっと忘れられなくて。ずっと素敵な方だと思って……。何度もご様子を見ました。他の騎士様は存じません。あ、いいえ、お見かけしたことはありましたが、どなたもジェス様ほどは素敵と思ったことはございません。あの、もちろん、皆さん、本当に素晴らしい方ばかりなんでしょうけど。ジェス様みたいに赤ちゃんのルシアン様を大事に大事に抱き上げたこともありませんでしたし。ジェス様みたいに大人気なく本気でルシアン坊っちゃまと追いかけっこしたこともありませんでしたし。ジートに蹴られるルシアン坊っちゃまを見て明るく大笑いした素敵な姿もありませんでしたし。あの栗毛の綺麗な馬を駆って走る姿も戦神みたいで何度も見惚れました。盗み見してごめんなさい。気持ち悪いですよね、私なんかが好きになってしまって。でも、すごく素敵で、ジェス様をお見かけした日は一日ほわほわしてしまって。あの、ですから、要するに間違いとかはありません」

ララは一気に喋って、はぁはぁと息継ぎをした。

ジェスは口を半ば開けたまま呆けていた。

「あの、ジェス様?」

呼びかけられてジェスはゆっくりと強張りを解いた。

「……間違いでなければいいんです。とりあえず、お互いに知り合うところから始めて……」

「あ、はい。私はジェス様をすごく知ってる気になってるんですけど、ジェス様は全然、知らないですよね」

「そう、ですね。言葉を交わすのは初めてですよね？」

「あの、いえ、少しだけお話しさせていただいたことがありまして……」

「そうでしたか。すみません。うっかり忘れているようです」

ジェスは記憶を探りながら詫びた。

こんな可愛らしい女性と言葉を交わしたことがあったか？　と過去を振り返るもわからない。

「私、もっとボサボサした娘でしたから。あの時、ジェス様たちは、まだ赤ちゃんのルシアン坊やの子守りをしながら薪運びをやってましたわ。籐の籠に可愛らしい赤ちゃんがすっぽり入っていて。でも放っておくと泣いてしまわれるので、時々抱っこをしながら」

ジェスは思い出した。

ルシアンが赤ん坊の頃。ヴィオネ家は貧しかった。

サリエルは裏の木を切り倒して薪にしたのだ。

枝を落として乾かして、丸太の部分も風魔法のカマイタチで切り刻んだ。かなり不格好な薪になったが暖かく冬を越せるくらいはできた。それで、庭の薪が雨に濡（ぬ）れないように薪小屋に運ぶ作業をしていた。

ジェスも手伝った。時折、ルシアンを抱き上げてあやした。

そんな時に少女がやってきた。卵を買いに来たのだ。

彼女は、薪運びを手伝ってくれた。

こういう時、女性は子守の方を手伝うものでは？　とジェスは少し思った。

だが、少女は、ひたすら薪を拾い集めて運んでくれた。

ハイネはお礼に採れた卵を残らずあげようとしたが、少女はいつもの通りで良いですと、薪運び楽しかったですと朗らかな笑顔を見せて帰った。

「あの時、薪運びを手伝ってくれた？」

「あ、はい。お手伝い、させていただきました」

ララは照れたように微笑み答えた。

「そうか……。優しい感じの良い少女だと思った。君が彼女だったんだね」

ジェスはララに今日初めて笑顔を向けた。

ララの顔が真っ赤に熱った。

「ララ嬢が見合いの相手で良かった」

ジェスにそう言われてララは思わず嬉し涙をこぼした。

様子を見つめていた侍女のクラリスは、つい無表情を崩して微笑んでしまった。

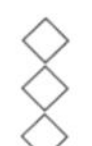

ヴァレンテ・メルローは帰りの馬車の中でジェスとララの仲睦(なかむつ)まじい様子を思い出していた。
――幸せになれよ、ジェス。
メルロー家の領地では、ジェスにはずっと嫌な役を押しつける結果になっていた。

――あの愚かな父を死に追いやるまで……。

これが本当に自分の父親なんだろうかと、いつも絶望と共に思っていた。

貴族たちが、夜会の場で密かに父を視線で示しながら「メルロー家の愚物か」と囁いているのを聞いた。

見知らぬ貴族に愚物と囁かれるほど有名なのは、父が酒に酔ってカードの賭け事をしボロ負けしたことがあったからだ。

愚かな領主の滑稽なボロ負けぶりをお喋りな夫人たちや若い連中があちこちで暴露した。おかげで、王都中の貴族が知っている。こんな恥さらしはメルロー家始まって以来だ。

父はその時、持っていた家の金で大金を支払った。

領兵たちの給与と、武具を買うために国から支給された補助金が消えた。

そこまで酷いのはさすがにそれだけだが、父は紛う方なき愚物だった。

むしろ、あの時に父を糾弾し排除すべきだったのだろう。当時はまだ祖父は存命だった。

祖父を説得できなかったのが惜しまれる。

ヴァレンテは父を油断させるために穏やかで何も深く考えない長男を装った。

父を退ける方法を探り、迷い、何度も機会を逸し、無駄に日を過ごした。

そのくせ、何もできずにいることを後悔した。

ジェスがその間、領軍と父との間に立って、必死に支えてくれた。

あげく父は、ジェスの婚約者にと悪評高い女を宛てがった。

侯爵家の末娘は性格が悪く、自分の侍女の顔に焼きごてを当てたことがあるともっぱらの噂だった。金で事件をなかったことにしたらしい。

公には誤魔化せたのかもしれないが、人の口に戸は立てられぬ。

そんな女を父は選んだ。

幸い、婚約には至らなかったが、ジェスが陛下付きの近衛になったと知ると婚約を蒸し返そうとした。

ヴァレンテを決断させたのはジェスのことだった。

──私が躊躇(ためら)ったために……。

領地にとっては父の賭け事の方が痛手なのはわかっている。自分でも甘いとは思うが、ヴァレンテには金策に走り回ればなんとかなるという考えがあった。現実逃避だったのかもしれない。

それでもどうしても躊躇いがあった。

けれど父がジェスを不幸にするような相手を選んだと知った時に、怒りが迷いを消した。

ジェスは努力で近衛の地位を得た。ヴァレンテの自慢の弟だ。結婚は良い相手を選べたのだ。

それをわざわざ犯罪者のような性悪女を選んだ。

その事実は、父の数多(あまた)の賭け事よりも、あっさりとヴァレンテに決断をくださせた。

周到に準備をした。

騎士団が視察に来た夜を選んだ。

ジェスには無関係でいてもらうために、いない時が都合良かった。

愚かな父はまた領軍の活動に口を出し、ジェスと言い合いになった。

ジェスに「勘当だ!」と叫ぶ父をヴァレンテは宥めた。

休みで帰ってきていたジェスが怒り、王都に帰った。

いつもなら魔獣の間引きを熱心に手伝うのが常だったが、さすがに愚かな父親を見放した。

領主邸の外壁のことでも父は文句を垂れ流していた。

猪型の魔獣に体当たりされて壊れた外壁は、領内の左官に修繕を頼んだ。その時に、他の仕事よりも優先させるために割り増し料金を払った。

猪型魔獣の好物の匂いを外壁になすりつけておいたのはヴァレンテだ。案の定、猪が体当たりで外壁を壊した。好物の匂いがするのに餌はないのだから、怒って壊すのはわかっていた。

父は「余分に払うくらいなら王都の左官に頼め！」と怒鳴り散らした。

父の声が聞こえる限りの者は皆顔を歪めた。

なぜ王都の左官に領の金を払わなければならない。領内の左官に割り増しで払うのと、王都の左官に出張費を付けて金を出すのと、迷う余地はない。

父は芯から無能だ。

だが、丁度良い。父が怒り散らすこともわかっていた。

父は「割り増し分、よく仕事をしたんだろうな」といつまでも言っていた。よほど気になるのだろう。

だが、騎士団が来ていたので敷地をうろついて塀のでき具合を見る余裕などなかった。

騎士団の視察と、領兵たちと、ジェス。彼らが揃うと父は不機嫌だ。誰も父の味方はいない。元から父の味方などいないのだが、軽蔑の目をあからさまに向けられるのは居心地が悪いらしい。おかげで、外壁を見に行けなかった。

これも計画の内だ、ヴァレンテがそうなるように裏からも手を回した。計画のために父の仕事をためておいたのだ。父をこの日は特に忙しくさせるために。

その日の夜。

満月はあと一週間くらいだ。目を凝らせば白い外壁が見えるくらいの晩だった。

父に「騎士の知り合いが良い酒を土産にくれた」といかにも良さそうな酒瓶を見せた。騎士団の知人に頼んでおいたものだ。

中身は父の好きな甘口の果実酒に竜酒と呼ばれる度数の高い酒を混ぜておいた。

父は酒はさほど強くない。弱くもない。

判断力が甘くなる程度に酔ってくれればいい。

それに、甘い果実酒の匂いは蝙蝠型魔獣が好む。不勉強な父は知らないことだが。

父が飲み残した酒瓶を持って自室に上がるのを確認して、ヴァレンテはリュシルと別邸の住まいに帰った。

父にはあらかじめ、「バルコニーの端から外壁の修理状況が見える」と伝えておいた。

バルコニーには魔獣避けの結界が張ってある。結界の魔導具はいつものところに設置されている。

だが、端の部分は手薄だ。それは父に言ったことはない。

とくに、あの日は手薄になるように少々弱めておいた。下手な小細工などしない。魔石が切れかかっているのを使っただけだ。

ほんのわずかに弱まった結界のことなど、わかりはしないだろう。実際、問題にもならなかった。

結界は張ってあったのだ、いつもより少しばかり弱かっただけで。

酔った父はテラス窓からバルコニーの端に行くだろう。

父は必死に目をこらしたはずだ、修繕の具合を見るために。父は修繕の進みが思うほどではなかったら、左官屋に割増料金を返金させようと思っていたのだ。それくらい父の性格を知っていればわかる。

外壁はまだ完成はしていなかった。

崩れた箇所には魔獣避けを施しておいたので問題はない。

ただ、我が領地は蝙蝠型魔獣が出る。闇蝙蝠は夜に飛ぶ。喉笛を噛みちぎり、血を啜る。

父は翌朝、喉を裂かれ、血を失った紫色の死体となっていた。

父親が悲惨な遺体となっていたのに、後悔も悲しみもなかった。良心の痛みさえもなかった。

実感もなかった。なぜあんな策で父は死んだのだろう、と他人事のように思えた。

ジェスは気づいているかもしれない。

あの臆病な父親が夜間、窓の外に出たのだ。父を知る者は疑問に思うだろう。

ジェスは父の死に関しては何も言わない。ただ「兄上は今までの心労の分ゆっくりしてほしい」とヴァレンテを労うだけだった。

捜査では引っ掛かることは何もなかった。

父が「外壁が気になる」と散々、溢していたのを使用人から出入りの商人までもが聞いていたので特に不自然に思われることもなく、なにもかもが済んでしまった。

——生真面目な妻に知られたら軽蔑されるかもしれないな。まぁ、この秘密は墓場まで持っていくつもりだけれどね。

ヴァレンテはずっと懸念していた弟の幸せな結婚が叶いそうなことに安堵し、馬車の座席で目を閉じた。

領内で増えている斑大牙の問題も片付きそうだ。

きっとあの大牛の肉は旨い燻製肉になるはずだ。

リュシルは隣で目を閉じる夫の端正な横顔をちらりと見て微笑んだ。

ヴァレンテは嬉しそうだった。

——ジェスの幸せを願っていたのだもの。あの愚かな父親を始末してから、ずっと……。

ヴァレンテは、リュシルには隠し事ができないことをわかっているだろうか。

緊張したときの癖や、夜うなされて呟く寝言や、時折見せる険しい視線など、いつも側で支える妻だから気づくことがある。

十三で婚約が決まった時からの付き合いだ。必死に隠されてもわかってしまう。

ヴァレンテには言わなかったが、リュシルはしばしば義父に迫られていた。

あの男は容姿は良かった。自信があるのだろう。義父の愚劣さを知っているリュシルには気持ちが悪いとしか思えなかったが。

幸い、リュシルは見た目ほどは大人しくも控え目でもない。それに「お祖父様に相談しますわよ」と言えば義父は引っ込んだ。

ただこういったことがリュシルの実家に知られると「離婚しろ」と言われる怖れがあった。相談する相手もなく悩みの種だった。

ヴァレンテの母は病で亡くなっていた。義父の不始末に追われる人生だったと聞いた。

――お義母様が存命のうちに解放してあげれば良かったのにね。気の毒に。

夫がいつまでも手をこまねいているのなら、よほどリュシルが代わりにやってあげようかとさえ思った。リュシルにしてみればあの男に穏便な隠居生活など手ぬるい。

――でも、結局、なるようになったわ。

夫が選んだのはシンプルで、だからこそ疑われにくい方法だった。

あの強突く張りの義父は割増料金を払った外壁修理のことでいつまでもブツブツと言っていた。おかげで疑う人はいなかった。古い使用人の多くは何かに気付いていたかもしれないが。

誰一人として疑問を呈する者はいない。いるわけがない。

あの領主がいなくなることは皆の望みだった。

誰もが証言した。

「領主様は外壁を気にしていました。いつも始終、見に行っていました。何も不自然はありませんでしたよ」

領主の惨たらしい遺体を見て嘆く者は皆無だった。

リュシルもそうだ。

蝙蝠よけの薬草のことで領地中の民を敵に回したことを愚かな領主は知らなかった。

ヴァレンテは学園では法律とともに薬草学も学んだ。

それで、領地の蝙蝠よけの薬草をもっと増やす目処がついたと領地の役付きたちに話した。村長らにも話して補助金を出そうと動いた。手間と費用がかかるからだ。

だが領主が賭け事で金を使い込み、その後、領地のために借りた金の返済が重くのしかかっていた。よほど領主を糾弾しようかと思ったらしいが当時ヴァレンテは学生だった。

——あの時は、まだお祖父様がご存命だったわ。あの頃に手を打っておけば……。

国の法は子供よりも親が優先だ。子が親を糾弾して引き摺り下ろすのは難しい。だから、祖父が壮健なうちにすべきだった。その上、あの男は領主の座にしがみつく知恵だけは長(た)けていた。

愚かな義父の使い込み事件の頃。

義父は隠居していた高齢の先代に杖でボコボコに殴られた。半殺しかと思うほどに。だが消えた金は戻らない。義祖父はさぞ悔やんだだろう。息子ではなく孫に家督を譲るべきだった。

だが、義父が泣いて土下座して謝ると、義祖父は許してしまった。それが間違いだった。

婚約者としてメルロー家に出入りしていたリュシルはその様を見ていた。

ヴァレンテは学院の勉強を繰り上げて領地に帰りリュシルと結婚した。

隠居していた祖父が亡くなると義父は己の愚物ぶりを隠さなくなった。

薬草の栽培は義父が「そこらで生えている草のために金を注ぎ込む気はない」などと毎度、反対して潰れた。薬草は「ただの草」ではない。領民の命を守るものだ。

そんなこともわからない男だった。

——ヴァレンテは、ジェスにはバレていると思ってるかもね。大丈夫なのに。傍目で見ている方がわかることってあるのね。あの兄弟は、お互いにお互いを尊敬しすぎてるのよ。

それに、ヴァレンテは自分一人でやり遂げたと思っているようだが本当は違う。

あの領主の遺体が見つかった朝。リュシルは枯草をバルコニーで見つけた。見た感じは魔獣よけの薬草に似ている。

リュシルは知っていた。

死んだ領主はよく使用人に「魔獣よけの薬草を持って来い」と命じていた。

使用人たちは皆、必ず「薬草は品薄なのです」と申し訳なさそうに答えた。

渡すわけがない。

領主は日が暮れたら部屋から出ないが、使用人や警備の者は違う。どちらが薬草を必要としているかは明らかだ。ゆえに渡さない。

うるさく寄越せと言われる時は似た草を渡して誤魔化す。

リュシルは見つけた枯草をそっと踏んで隠し、ハンカチを落としたフリをして拾った。

万が一、捜査の者に「偽の魔獣よけの薬草が落ちていた」などと言われたら大事だ。

後で庭に放って捨てた。

ヴァレンテは確かに、義父が事故死するお膳立てをしたかもしれない。だが、それだけだ。どこに綻びがあっても事故は起こらなかった。

幾らでも綻びる箇所はあった。リュシルにしてみれば謀略とも言い難いほどの緩い罠だった。

優しい夫の身内への甘さだ。

あの罠は、あんな親を持った嫡男の嘆きで作られ、絶望的に愚かだった父親は、緩い罠の逃げ道を自ら絞り上げていった。

もしもあの男が、領主らしく領内の魔獣について学んでいたら。

もしもあの男が、わずかでも領民を想う心を持っていたら。

もしも義父が左官屋に返金させようと考えなければバルコニーに出ることもなかった。まともな領主なら、領民に払った手間賃をいつまでも惜しく思ったりしない。

殊に、もしも、あの男が蝙蝠よけの薬草を手に入れてたなら？　義父は死ななかっただろう。彼が薬草を手に入れられなかったのは自業自得だ。

あの男を死なせたのが誰かなどリュシルには興味はない。ただ、愛しい夫は自分一人で罪を背負いたいと望んでいた。

自分の責務だと信じて疑わない。だから胸に仕舞ったのだ。

リュシルは『そんなところも好きだわ』と胸の内で呟きながら、居眠りを始めた夫の髪を撫でた。

◇◇◇

ジェスは見合いを終えて一人宿舎に帰った。

――結婚したら、この宿舎も出ないとな。小さな家でも借りよう。

ふと久しぶりに会った兄夫婦のことを思い出した。

わざわざ弟の見合いのために来てくれた。

――元気そうで良かった。父が存命のころは苦労が絶えなかったからな。

兄にあの父親と魔獣だらけの領地を押しつけている気がして辛い時期もあった。

自分なりにできることは手伝っていたつもりだが、王都暮らしの身では限られている。

父と大喧嘩をしたのち、あの父親が亡くなったと聞いたときは正直ほっとした。

自分の父親を失ってほっとするなど、どうかと思うが仕方ない。気がついたらほっとしていたのだ。良かったとしか思えなかった。

父が夜間に外壁を見るためにバルコニーに出て、魔獣にやられたと聞いたときは信じられなかった。

あの臆病者の父親が？　と。

昼日中でも、父は魔獣が多そうなところには一人で行けなかった。そのくせ、魔獣から領地を守る領兵たちをないがしろにした。

最低最悪の領主とジェスは思っていた。自分の父親であるけれど、むしろ、父親であるからこそ歯痒く許せなかった。

そんな男が夜間にバルコニーに出た？　闇蝙蝠が飛び回る時刻に？

――兄があんなにも清廉潔白な人でなかったら、兄がやったと思うところだ。

兄にはできるわけがない。自分の兄ながら、完璧な人間だった。誰にでも公平で聡明で、先を見通す目を持ち、優男に見えるのに剣術の腕も良い。

――父は酔っていたという。痛みも恐怖も大して感じなかっただろう。

あの雑草を相変わらずお守りのように携えていたかもしれない。

幾度か父は、ジェスにそこらで採れる雑草を見せて、

「この魔獣よけの薬草は、蝙蝠にも効くか」

と訊いてきた。

なんの冗談かと思う。メルロー領では子供でも雑草と薬草を間違うことはしない。命がかかっているからだ。

のうのうと邸内だけで暮らせる者は雑草と薬草の区別がつかなくても良いのだ。

父は、だから魔獣よけの薬草を「ただの雑草」と戯言を言う。

ジェスはあの父になど、まともに答える言葉を持たない。

「大抵の魔獣に効きます。兄上に尋ねればいいじゃないですか」

嫌味を言ってやった。父が兄に訊けるはずがない。訊けばいいと思う。兄上は答えるだろう。

「必要なら、薬草の畑を作るのに予算をつけてください」

と。

――酔った父は、酒の力で魔獣の怖さを忘れたんだろう。酒の神に感謝するよ。

ジェスはそんな非人情な自分をあざ笑うように、一人苦笑した。

三か月後。

ジェスとララは王宮の夏至の宴に出ていた。

王宮の宴は社交の場だ。

女性は既婚者なら夫と、独身なら身内の男性か、あるいは婚約者にエスコートを頼む。

ジェスはララを伴って参加していた。

今日は護衛任務は非番だ。陛下から「婚約したてなのだから参加しなさい」と言われた。

ララはダイエットがすっかり完成し、美しいプロポーションをドレスが引き立たせていた。

ラメと刺繍でゴージャスに仕立てられたブルーグレイのドレスはジェスの瞳の色だ。

髪を綺麗に結い上げてジェスが贈った髪飾りを付け、ドレスも彼が贈ったものだ。

他の列席者たちから「あのふたりは誰？」と注目されていた。

ララは顔が知られていなかったし、ジェスも少々、印象が違う。

ジェスは気まずく思いながらも素知らぬ顔で凛として立っていた。

ノエルの侍女クラリスが「ほんの少しだけ眉毛を整えさせてくださいな」と有無を言わせずに手を加えた。

ジェスの強面の印象が、たったそれだけでわずかに和らいだ。

良いことなのかもしれないが、気恥ずかしい。自分が優男になった気分だ。

――仕方ない、今日だけだ。

今夜はジェスのあの噂を払拭し、麗しい婚約者を見せつけるために来た。王妃たちに言わせるとそういうことだ。

噂を流した本人は、名誉毀損や陛下付きの護衛に根も葉もないデマを流したということで不敬罪も視野に入れて捕らえようとしていたところ、件の伯爵家が修道院に入れてしまった。

しかも、二度と出られない極寒の過酷な修道院だ。

示談で済ませたいと言ってきた。いくらでも賠償金を払うらしい。

商いがこのままでは傾くと思ったのだろう。それに、令嬢はあまりにも我儘な性悪となり、手に負えなくなっていた。行き遅れ年齢をはるかに超えて嫁ぎ先も皆無だ。

まだなんとも言えないが示談で終わらせるかもしれない。

あとは、犯罪まがいのデマを信じた令嬢たちが取り残されている。

ジェスとしてはどうでも良いのだが、ララはこれで決着を付けたいという。

——すでに決着は付いたような気もするんだがな。

噂を信じた令嬢がちらりとこちらを見たその目を見て思う。おどおどとして申し訳なさそうなあの表情を見るに、要するに修道院に送られた令嬢に逆らえなかっただけなのだろう。

音楽が始まり、王族たちがホールへと向かう。

陛下と王妃たちの姿に場が華やいだ。

ララは、あの美麗な妃たちの影に努力があると知っていた。もう以前の縮こまった自分には戻るまい。

次の曲が始まると他のカップルが楽団の調べに誘われていく。

ジェスは優雅にララの手を取り、ララは夢見るような目でうっとりと婚約者を見つめた。

——そんな目で見つめられると困ってしまうな。

ジェスはララに言われたのだ。

『私の父は盗賊の頭のようだとよく言われるのですけど、格好良いと私は思うんです。ジェス様は、裏組織のクール系美男ボスみたいに格好良くて素敵ですよね』

色々と気になる点はあるが、見るからに『憧れています』という目でララに見つめられるとそれで良いかと思ってしまう。

――格好良い、という部分だけを聞いておけば良いか。と。

シリウスはダンスも挨拶も一通り終えてようやくくつろいだ。

――いつまで経ってもこういう場は苦手だな。

ふとメルロー伯爵夫妻が楽しげに佇む姿が見えた。本当に仲の良い夫妻だ。

ファロル家との燻製肉の事業は早くも軌道に乗り始めたという。順風満帆というところか。

――……メルロー夫人はなにをやっているんだろう？

夫人がなにかを花瓶の後ろに隠したように見えたのだ。

ふたりが離れたあと、シリウスはそのテーブルにやってきた。

――竜酒？

強い酒だ。手っ取り早く酔いたいときに飲むと良い。

――伯爵は酒癖でも悪いのか？

考えてもわからず、わざわざ聞くほどのことでもない。

シリウスはわからないままにその場をはなれた。


ほんの数分前。

メルロー伯爵夫妻は踊らずに端のテーブルで仲よさげに話していた。

「あなたがこんな宴に来たがるなんてね。そんなに弟たちの晴れ姿が見たかったの？」

リュシルがからかうように言い、柔らかく微笑んだ。

「見たかったね。思い残すことがないという気分だ」

ヴァレンテは機嫌が良かった。

ララ嬢の情報を仕入れた時は「陰気で小太り」ともあったのでヴァレンテは心配していた。リュシルは「初等部のころは可愛らしかった」とか「牧場の手伝いで大型犬の世話をする姿があった」という情報から義弟の相手はララ嬢で良いだろうと考えた。

だから、「王妃様たちにお任せしておけば安心よ。恋する女は幾らでも化けるのよ」と夫に言ったのだ。

実際、ララは蛹（さなぎ）から羽化した蝶（ちょう）のように磨き上げられ注目を集めている。何よりもジェスにべッタリの様子が微笑ましい。

「ふふ。そういう気分は、あと四十年は早いわ」

「四十年も現役を続ける気はないよ」

「私は四十年でも五十年でもあなたを支えるわ。息子たちがしっかりしてくれるかまだわからないしね」

「案外、知らないうちにしっかりしているものだよ」

少し酔い始めたヴァレンテは朗らかに答え、知人の姿を見つけて挨拶に行くか考えている様子だ。

ふとリュシルはテーブルの花瓶の影に竜酒の瓶を見つけた。

——まぁ、あんな強い酒を出すなんて。王宮の給仕は羽目を外しすぎじゃないかしら。

リュシルはヴァレンテが目を離している隙に竜酒の瓶を花瓶の後ろに隠した。

ヴァレンテが、竜酒の瓶を見ると一瞬、目元を歪めるのを知っている。

リュシルはその理由も知っていた。知っているというより、推測していた。

せっかく機嫌良くしている優しい夫の気分を守るために、そっと竜酒を押しやった。

ヴァレンテは友人に声をかけることにし、夫人を誘ってその場を離れた。

いつも毒舌な友人は今日はさほどの毒を吐かず、ジェスの婚約者を褒めてくれた。

ふたりは気分の良いままに宴を過ごし、明くる日には芋好きな大牛が悩みの種である平和な領地に帰った。

ゼラフィの記録。ある罪びとの物語

八年前。ジャニヌ町にある鉱山の第六刑務所にゼラフィは入れられた。

労働環境も作業内容も、それに囚人たちの質も劣悪と有名な施設だ。

過去に入れられた貴族令嬢は早くて半年、長くても二年経たないうちに死亡している。

所内での死傷事件は珍しくなく、囚人内での事情聴取も捗らず事件は未解決のものばかりだ。

ゼラフィに殺害された被害者シモーヌ嬢の両親は、その刑務所にゼラフィが入れられると聞き溜飲を下げた。

◇◇◇

ゼラフィは炎の女と言われた。

持っている魔法属性は性格に大きく影響する。

「土」の魔法属性を持つ人は穏やかだ。

「水」の魔法属性が強い人は気前が良い。

「風」の魔法属性を持つ人は気まぐれ。

「火」の魔法属性を持つ人は強い心を持っている。

ただし、魔導士は、一つではなく複数の魔法属性を持っている。

二つ以上の魔法属性がバランスをとり、性格や性質の偏りを防いでいる、と言われている。

ノエルは「火」という魔法属性を思うたびにゼラフィの姿が脳裏に浮かぶ。

赤みの強い金の髪。鮮やかな青い瞳。笑うと大輪の花が綻んだように華やいだ。

炎そのもののような激しさが見た目にも表れていた。

魔法属性と性格の話はセオ教授に聞いたのだ。

「魔法属性が一つしかない魔導士はいない。二つ以上を持つものだ。魔導士と言われるほどに魔力量の高いものは、必ず……だ。一つしか魔法属性を持たないと、魔導士の人格が偏ってしまうんだ。『火』の魔法属性が強ければ、『土』や『水』を次いで持っているものだ。魔力という、人間には過ぎたる力が魔法属性によって方向性や形を与えられる。その結果、魔法を放てる。その影響はとても強い。性格に大きく関わる。だから魔導の教師は、持っている魔法属性は満遍なく修練するようにとしつこく言う。言わなければ教師ではない」

「土」が溜まりすぎると重く鈍重に、あるいは固執しやすくなる。

「水」が高まったままでいると欲望に流されやすくなる。

「風」が強まりすぎると体は虚弱に、心は不安に苛まれやすくなる。

そして、「火」が悪化した魔導士は、ひたすら苛烈となる。

ゼラフィは炎撃しか魔法を使ったことがなかった。

それが許されてしまった。

そのことに関してはあの毒親の罪を思わずにいられない。あの両親は苛烈な魔導士を作り出してしまったのだ。

その知らせを受けたのはゼラフィが鉱山に入れられて八年が過ぎた頃だった。

シリウスがノエルに教えてくれた。

「鉱山の事故？」

「そうだ大規模な事故だった。ゼラフィは囚人仲間たちを庇って死んだ」

「仲間を庇って？　ゼラフィが？　ゼラフィは反省して性格が変わったの？」

ノエルは自分の耳を疑った。

「まぁ、これだけではわからないが」

「そう……ですね」

ゼラフィの葬儀は身寄りのない囚人として行われた。ゼラフィはもう貴族ではなく、家族は今も鉱山にいる両親だけだった。


鉱山の事故は稀（まれ）にあるものだ。頻繁にはないが、鉱山に危険は付き物だ。

坑道を掘り進めるためには爆発物が使われる。使い方は慎重の上にも慎重を要する。

事故のあった時、作業員は経験が不十分な者だったという。

長く作業に携わっていた者が引退するために引き継ぎが行われていた。もっとも事故の起きやすい状況だったようだ。

ゼラフィはたまたま側で作業をしていて事故が起こりそうだと気が付いた。ただ、囚人の意見など言える状況ではなかったので、付き合いのあるよく話をする看守に相談を入れた。

そうして手間取っているうちに事故が起こった。

幾度か断続的に崩落があり、ゼラフィは親しくしていた仲間を助けようとして自らは瓦礫(がれき)の直撃を受けた。

ノエルは居合わせた者たちの証言をまとめたものを読んだ。話し言葉をそのまま書き起こした資料はゼラフィの最後の暮らしを物語っていた。

『ゼラフィさんにはよくパンを貰いました。「レンガみたいに固くて不味いパンをよく食える」と嫌そうな顔をしていました。シチューに浸せば美味しいわよ、と教えたんですけど、「ブヨブヨになったパンがキモい」と言うの。

その代わり「肉を寄越しな」とシチューの肉を持っていかれるんです。私にしてみれば筋っぽい肉は胃が痛くなるので、食べてくれるのならあげて良かったんです』

『ゼラフィさんは恋人がいて。いえ、その。ただ……もう亡くなられてしまったのですから、良いでしょう。ここでは、そういう付き合いをしてはいけないのはわかってますけど。ただゼラフィさんは細かいことは気にしない方ですので。そのお相手は……よくは知りません。ただ、その頃から、前より少し穏やかなゼラフィさんになったってだけ。

ゼラフィさんとは、私は多分一番よく話す仲だったと思います。仲……と言うほどの関係とはゼラフィさんは思っていなかったかもしれませんが。

シモーヌという人のご家族にここに入れられた、という話でした。「だから不幸にならなきゃいけなかったみたいだけど。ここって、結構気楽でいいわ」とか言ってました。ここで気楽だなんて、すごい人だと思いました。

ゼラフィさんは、魔力が高いから魔法封じの魔導具を付けられてましたが、まるきり使えないわけじゃなくて「ここに来て、ちょっとだけ身体強化っていう魔法が使えるようになったわ」と得意げに言ってました。だから、作業とかは「楽ちんよ、ノルマなんか任せな」って。班の作業を人一倍、やってくれたの。すごく羨ましかった。

でも、ゼラフィさんは「あんたの方が羨ましいわ。あんたみたいにボケッとした人間になりたかった」とか本気の顔で言うんです。わけがわかりませんでした。ゼラフィさんは美人で、貴族の出で……全然、貴族令嬢らしくない方でしたけどね、でも私を羨ましがるところなんて一つもないですのに。

仲間に言ったら「遠回しに貶されてんじゃん」って言われたけど、ゼラフィさんは貶す時は真正面から思いきりやるわ。いつも偉そうで「私を拝めるなんて、あんたは幸運よ！」とか、冗談かと思えばマジだったみたいですから』

『あの事故の時、「崩落するわよ！　地響きが聞こえるでしょ！」って助けに来てくれたんです。地響きなんて聞こえなかったですよ。でもゼラフィさんは、耳も身体強化できるので聞こえたんです。それで危ないからこっち来なって。

避難場所の横穴に私とあと四人作業してた仲間がいたんです。そこに私たちを押し込んで……。

そうしたら本当に崩落が始まったんです。ゼラフィさんは落ちてきた瓦礫から私たちを守るようにして。「うっ」って一言言ったきり、動かなくなってしまって。

五人でゼラフィさんを避難場所の奥に運んだんですけど。もう……』


ノエルは一つ目の報告を読んで、言うべき言葉が見つからず資料から顔を上げた。シリウスがじっとノエルの様子を見ていた。シリウスもなんとも言えない表情をしていた。

シリウスはノエルを気遣いながら「教師として、ゼラフィの変化は推測できる」と語った。

「まず、ゼラフィはおそらく貴族令嬢の生活は合わなかった。自分の苦手な分野で、自分を馬鹿にするライバルたちに囲まれる生活だった。ゼラフィのあの性格では辛かったろう。でも彼女は辛いなんて認めたくなかったかもな。認められなければどこに吐き出せたのだろう。実際、誰も彼女の弱音など聞いたことはなかった」

シリウスの言葉に、ノエルはゼラフィの苛烈さを思い浮かべ頷いた。

ゼラフィが弱音を吐くなどあり得ない。彼女はいつだって力強かった。

「おまけに、以前のゼラフィは、火魔法使いすぎの症状が見られた。例えて言えば、常に暑さで苛々がある状態に近い、といえばわかりやすいかな？　罪を犯して捕まり、炎撃は封じられ、これまでとは違う人間関係の中で自分がやったことを振り返れたんだろう」

「ゼラフィにとっては捕まったのは悪くなかったのかしら？」

ノエルは力なく呟く。

「捕まるようなことはしてほしくなかったが。良い出会いでもあったんだろう」

「そう……」

ノエルは恋人に関しては触れないことにした。女性刑務所には男性はいないはずだ。

所内で禁止されているのは「接触をともなう恋愛」とは先ほど聞いた。プラトニックな恋は自由だ。

ただ、「全面禁止」と思い込んでいる者も多いので、ゼラフィの恋愛がどんなものかは見当がつかないという。仲間たちは話したがらないからだ。

「ゼラフィの身体強化魔法は看守は把握していた。ただ、ゼラフィは最も強い魔力制御の魔導具を付けられていて、それ以上強いものは人道的に使えなかった。ゼラフィは普通の看守たちからの評価は良かった。彼女は看守の言うことはよく聞いたからだ。なぜか楽しそうにしていて脱獄の心配もなかったので、様子見をしたまま放って置かれた。事故の時にはゼラフィの強化された聴覚のおかげで助かったので、その措置は正解だったんだろう」

「姉は、本当にヴィオネ家にいた頃とはだいぶ違ったのね」

「そうだね。私もゼラフィの報告を読むたびに想像してたのと違うと思ってしまったよ。ゼラフィは鉱山に入ってほどなくして、牢名主(ろうなぬし)みたいな地位になってたらしいんだ。あの若さであり得ない、と看守たちの間では評判だった。並外れた喧嘩の腕とハッタリの強烈さと諸々で。他の囚人たちの頂点に駆け上ったとか。バセル侯爵家にはわざわざ報せていないが、反省しているのか分からないのは困りものだった」

バセル侯爵家とはゼラフィが殺めてしまったシモーヌ嬢の実家だ。確かにこれでは報せられないだろう。ご両親の気持ちを逆撫でしかねない。ゼラフィは令嬢を惨く殺したのだ。

「……申し訳ないわ」

ノエルはバセル家のご両親のことを思うと居た堪れなかった。

「ノエル。私たちは法に則ってゼラフィを過酷な鉱山に送った。それでもう彼女は罰を受けている。それ以上に不幸になれというのは私は自分の立場からしても言うつもりはない。バセル家の夫妻は、ゼラフィが劣悪な鉱山の環境に放り込まれたことで、とりあえず良しとした。だから、ノエルが心を痛める必要はないよ」

「それは……そうですね、そうだわ」

ノエルはシリウスの言葉を胸の内で反芻し、納得した。ただ心では何か違うような気もしたが、これ以上は求められないのは確かだ。

「あとは、バセル家の夫妻の気持ちの問題だろう。ノエルはそれが気になるんだろう？」

「そうです」

ノエルは頷く。今その言葉通りのことを考えていたのだ。

「幸いなことに、バセル家から、鉱山でのゼラフィの様子を問い合わせることはなかった。一度もね。興味がないのか、聞きたくないのかはわからないが。あの鉱山に貴族令嬢が入ったことは幾度もあるんだ。そのたびに数年もしないうちに亡くなっている。半年から、長くても一年半ほどで死んでしまった。バセル家ではその情報を聞いて、ゼラフィがその鉱山にやられることに決まると『それでいい』と頷いた。きっと、ゼラフィは過酷な環境で辛い思いをしながら亡くなるだろうと、それが自分たちの望みだと了解したのだ。だから、我々としては、問い合わせがない限り何も知らせない」

シリウスは情報として『バセル侯爵家はシモーヌ嬢を政略の駒として育てた』とか『王子妃になれという令嬢への圧力が酷かった』と聞いている。

ゼラフィの事件の背景は、実は思うよりも複雑なのかもしれない。だとしても、ゼラフィが一人の令嬢を焼死させた事実は何も変わらないが。

ただ、シリウスはノエルのようにバセル夫妻に対して罪悪感は持っていない。その分、客観的だ。

この件に関しては、ノエルやルシアンの側の立場でいるつもりだった。

「それは、良かったです。理解しました。納得もしました、何もかも」

「無理に納得しなくてもいいんだよ」

シリウスの声は労るように優しかった。

「本当です。ただ、バセル家の方がずっと知らないでいてくれることを願うだけだわ」

ノエルの納得したという言葉に嘘はなかった。

「ああ。私もそれは願ってるし、そうなるよう極力手を回そうと思ってるよ。それにね、ノエル。確かに記録を見ると反省しているのか首を傾げざるを得ないが、大事なのは心の内だろう？」

「もちろん、そうだと思うわ」

「ゼラフィは、先ほども言った通り、普通の看守には従順で逆らわなかった。ただ、看守のくせに規律違反をしている問題のある者には違ったみたいだが。身体強化を使える体でも、脱獄のような真似は決して試みなかったし、作業は熱心にやっていたんだ。つまり、きちんと罪を償っていた。その他の生活態度で、かなり型破り、というか、安閑というか、囚人のくせに気楽にやってるとしても、だ。上辺では反省していると言いながら、刑務作業をサボったり再犯を繰り返す者よりも良いだろう」

「そうよね、その通りだわ。シリウス」

　ノエルは気を取り直して次の報告書を手に取った。違う囚人の証言らしい。


『ゼラフィさんはいつもホント、どこかネジが飛んでたわ。一応、伯爵令嬢だったのよね？　ゼラフィさん、「マナーなんてもうすっかり忘れた」って笑ってたわ。あの綺麗な顔で。

　ゼラフィさんは、ものすごくケンカが強かったわ。前の牢名主を殴り倒して、懲罰房に入れられて。平気な顔で出てきた時は化け物だと思ったわ。あれから彼女に逆らう人なんていないわ。

「貴族女なんて見栄とプライドをかけた戦場で生きてるようなもの」とか「ケンカの武器が権力と声の甲高さになっただけで同じだわ」って話してたわ。

「ここでうまく生きるのも貴族社会で生きるのもそんなに変わらない、コルセットで息が詰まるのと、坑道で息が詰まるのと、どちらも似たようなものじゃない？」とゼラフィさんが言うの。

私はマジなの、この人？　と呆れたものよ。とにかく飛んでるのよ、頭が。

　私はコルセットを選ぶわ。坑道より』

『ゼラフィさんは恋人ができたみたい、ここで。でも、まぁ、ただそんな感じがしただけ。少し噂にもなったわ。詳しくは知らないわ。いつからかしら？　だいぶ経ってからよ。ゼラフィさんはその恋人のことになると頬を染めて「どうだっていいでしょ！　殴るわよ！」と照れてたわ。

本気なのね、って思ったわ。あのゼラフィさんが照れるなんて、あり得ないわ。ゼラフィさんが照れるのなら炎竜だって照れるわ。それくらい似合わなかったけど、ちょっと可愛かったかも？

ゼラフィさん、昔は婚約者がいたみたいね？　「顔だけの男よ」って言ってたわ。「情けないくらい優しかったわ。砂糖とハチミツと練乳を混ぜ合わせたみたいに甘ったるく優しかった」って砂糖の塊を齧ったみたいな顔をしてたわ。

それから、「私のことを毛筋ほども好きじゃない人」ってね。「生粋の政略結婚よ、混じりっけなしの政略」とも言ってたわ。お貴族さまも大変ね、って思ったの』

『ゼラフィさん、赤ちゃんがいたでしょ？　「最高の赤ん坊を産むわ」って豪語してたのよ。でも、出産のあと、すっかり大人しくなっててね、みんなで噂してたの。「浮気がバレたような赤ちゃんが生まれたんじゃない？」って。その辺は怖くて訊けなかったわ。ゼラフィさんの前の牢名主さんさえも怖くて訊けなかったくらい。

でも、あれから、ゼラフィさんから少し聞いたのよ。「赤ん坊って、育ったら顔が変わるの？」って。そりゃ変わるでしょ。変わらない赤ん坊なんていないし。生まれたての赤ん坊なんて、顔がまだ成長途上どころか成長のスタートラインなんだから変わる要素しかないわ。

そう答えたら、「そりゃそうよね」って頷いてたわ。

それから赤ん坊の鼻筋がやたら可愛かったとか、目元の線が綺麗だったとか言うので、「美形になりそうね」って思わず言ったら、「まぁ、私の産んだ子だからね」とかやたら自慢してたわ。

単純なのよ、でも目元と鼻筋が綺麗なら美形になるんじゃない？　普通、そうよね』

「この証言の懲罰房の件は、ゼラフィは妊娠中だったので酷い房には入れてないんだ。まぁ反省させるためにそれなりに厳しくはしたようだが。それより大喧嘩をするような妊婦を保護するために独房に入れたという理由が大きかった。施設では、ゼラフィが無事にお産を終えるまでは作業内容も妊婦用だった。王宮からは定期的に人をやって様子を確認させたし、診察も受けられるようになっていた。赤ん坊は罪人ではないからだ」

シリウスはそう説明をした。とはいえ、それらの措置は囚人にまでは詳しく知らされていなかった。おかげで「懲罰房に入れられても平気な女」という誤解が施設中に広まってしまったのだという。

ノエルは『生まれたての赤ちゃんが自分やサリエル伯爵に似ていないと、気にしてたのかしら』と少し思った。

——でも、茶色い髪だからって拒絶したくせにね。

そのことは、サリエルは当然だが、話を聞いた誰もが決して忘れはしない。ルシアンに知らせるつもりは毛頭ないが、心に刻みつけられている。

多分、後から気が変わったのだろう。ゼラフィなら不思議ではない。

あるいは、その変化が人との出会いや恋人という存在がもたらしたのだとしたら恋は偉大だ。サリエル王子に恋人のように愛されてはいないことも気にしてはいたのかもしれない。それは可哀想に思う。ノエルに可哀想などと思われたらゼラフィは激怒しそうだが。

優しいサリエルはゼラフィを婚約者としては大事にしていたはずだが、それでは足りなかったのか。

ゼラフィがサリエルのことをどう思っていたかは不明だが、あの時の状況は全てが自業自得とは言い切れず、さりとて無関係な結果でもない。

救いは、ルシアンはサリエルやハイネやジェスたちに愛され、幸せに暮らしていることか。とても元気な良い子に育っているし可愛らしい。見ればどんな親だって愛しいと思っただろうに。

それでもゼラフィからルシアンへ手紙を送ろうとしたり様子をうかがうことは一度もなかった。サリエルもゼラフィのことを振り返ることはなかったし、ルシアンも母親について訊くことはなかった。

互いが互いの存在に触れないままに終わった、ように見えていた。


ゼラフィは、実は他の囚人たちにありがたがられていた。

ゼラフィの前の牢名主は乱暴で、暴行を受けた囚人はたくさんいた。

食事を横取りされ、わずかな私物を壊されたり取られ、家族からきた手紙を残らず破かれた者もいた。乱暴な牢名主の手下も我が物顔でのさばり、おかげで囚人の死傷率が高かったとか。看守たちのストレスも酷かったらしい。悪名高い作業所だった。だからゼラフィが入れられた、というのもあった。

そんな牢名主をやっつけてしまった。

『ゼラフィさんは傲慢な人でしたけど、酷いことはしなかったわ。好きに生きてる、って感じの人だけどね。

ゼラフィさんが鉱山に来て三週間くらい経った頃かしら？　前の牢名主に「跪(ひざまず)いて挨拶しろ」と命じられて、「なんであんたみたいな腐って濁った目の根性悪そうなブ女に挨拶しなきゃならんのよ」って言い放って大喧嘩になって、ゼラフィさんが勝ったのよ。

すごかったわ。あんな迫力ある大立ち回り、劇場でも見られないわよ。みんな、呆気にとられて見てたわ。

それから、あの牢名主はすっかり大人しくなったの。何しろ、手下ともども大怪我したから。

ゼラフィさんはほぼ無傷よ。

それでゼラフィさんだけ懲罰房に入れられたんだけど。あそこは夏は灼熱地獄で、冬は極寒地獄よ。でもゼラフィさん、平気な顔で出てきたのよ。食べ物も飲み物もほとんどもらえなかったでしょうに。

そうしたら、ゼラフィさん、「自分の髪の毛むしって食べたから大丈夫」って……。みんなが驚いて目を丸くしたら「冗談に決まってるじゃない。笑える。信じてやんの。私がそんなバカをやるわけないじゃない」って、大笑いしてるの。

ゼラフィさんだからやりそうだと思ってみんな目を丸くしたのに。

あの牢名主を退治したのだって、「このあたしが、あんな女オークみたいな生き物の下僕になるなんてお断りに決まってんでしょ」だって。新しい牢名主も物騒だわ、と思ったんだけど普段は全然、乱暴じゃなかったわ。ちょっとたまに食事の肉を取られるくらいで』

『ゼラフィさんでよかったわ。結構、楽しかったし。ゼラフィさん、催し物は全力の人だったから。年に何回かあるのよ、催し物が。ボールの競技とか。仮装競争とか。

前の牢名主はケンカは強いけど運動神経にぶい人だったから、そういうの邪魔するのよ。楽しめなかったわ。

でも、ゼラフィさんは「トロい奴は死に物狂いで練習しなよっ！　足引っ張ったら肉は一か月食えないと思いなっ！」って宣言して。仮装の早着替えとかみんな練習させられたわ。困った牢名主よね。でも面白かったわ。

仮装競争の時、ゼラフィさんが王子様のモノマネしたのが傑作だったわ。

「ゼラフィ。土魔法の滋養は、ウン○を撒くのとは違うんだよ」ってセリフ、ウケたわ、大ウケ。ホント？　あれ。笑えたんだけど。

それに、横暴な看守を追い出してくれたし。嫌な看守がいたのよ。そいつに「あたしは王妃になるところだった女よ。あちこちにツテとコネがあるのよ。あんたなんか、社会的に抹殺してやるから」って顔を見るたびに毒を吐いて。

その看守、辞めたのよ。なんか、頭にストレスで禿げができたって。なかなかやるでしょ、うちの牢名主。あのゼラフィさんが死んじゃったなんて。やっぱり寂しいわね』

報告書を読んだノエルがまた項垂れた。

もう何度、項垂れたかわからない。

「王子様のモノマネって……不敬……」

不敬罪ではないのか、と続けようとし、シリウスが苦笑して首を振るのを見て言葉に詰まった。

「この程度で不敬罪はないな。こんなことで騒げば余計に取り沙汰される。害がなければ放っておくのが一番だ」

「でも、サリエル伯が気の毒……」

「サリエルも気にしないよ。それにゼラフィは王子の婚約者だったとはっきりは言ってなかったらしいんだ。『自分は王妃になるかもしれなかった女』とか啖呵(たんか)を切っていたが、囚人仲間たちはあまり本気にしてなかったようでね。ゼラフィの婚約者が誰だとか、王子だとか、そういうのも有耶無耶(うやむや)だったんだ。だからどの王子のモノマネかとか、本当に王子のモノマネをしたのかなんて誰も気にしていない。看守たちは情報を持っていたが、囚人に言ったりはしないしね。ノエルも気にしなくていい」

「はい……」

ノエルはそれから、ゼラフィと催し物についての資料を見て、また項垂れた。

ゼラフィがいたのはジャニヌという町の第六刑務所だ。
第六刑務所は、男性の作業所のすぐ隣に女性の作業所があった。
女性の作業所の方がずっと規模が小さい。だいたい人数比では八対一だ。囚人の人数自体、それくらいの割合で男性が多い。

ともあれ、男性用の施設に女性用の小さい施設がくっついている形だ。高い塀に囲まれているので、普段はどちらも全く見えない。

二つの作業所を隔てる塀の鉄扉が、年に一度だけ開かれることがあった。

それが「男女対抗陣取りゲーム大会」の時だった。

男性用、女性用、どちらの作業所もガス抜きのために催事が行われていた。

一つは仮装競争。

出場者は仮装してリレーを行い、最後の走者が完走したのち一発芸をして終えるというもので非常に盛り上がる。

これは年に一度、それぞれの作業所で行われ、男女対抗ではない。

男女対抗で行われるのが「陣取りゲーム」だ。

陣取りゲームはノエルも知っている。学園でやったことがある。

簡単に言えば「ボール当て合戦」だ。

陣地が決められていて、敵の「歩兵」を全滅させないと敵陣に踏み込めない、などのルールがある。

それぞれの陣地内に「王のエリア」「幹部のエリア」「歩兵のエリア」があり、敵を倒しながら進む。

細長い長方形のコートの真ん中に線が引かれ、片方が敵の陣地、もう片方が味方の陣地だ。

その陣地の一番奥の片隅に二メートルほどの円が描かれ、ここが「王のエリア」だ。

「王」はふたりくらいの「側近」に守られ、王のエリアの周りは「幹部エリア」が囲っている。

幹部エリアの外は「歩兵エリア」だ。

プレーヤーは「王」「側近」「幹部」「歩兵」とがいる。

「王」は『ある条件』を満たした時に「王のエリア」から動くことができる。

「側近」は、常に王と一緒だ。基本、動けない。

「幹部」と「歩兵」は、敵の歩兵を全滅させると、敵の陣地に進撃できる。

敵側もまったく同じ作りだ。敵の王様の円は、対角線上の端にある。

競技のスタートは、まずはクジなどでボールを先に持てる方を決める。

陣取り用のボールは色々とある。

学園では、スピードは出るが、怪我をしないように衝撃吸収機能のついたボールが使われていた。

試合開始とともにボールを敵にぶつけて潰していく。

歩兵がまずは戦う。

ここまでは、それぞれ自分の陣地からのボールのぶつけ合いだ。

ボールをぶつけられたらコートを出なければならない。

敵のペナルティで復活することもあるが、基本、ぶつけられたらお仕舞いだ。

ボールは長く持ってはいけないルールなので、ひたすら攻撃を仕掛ける。

味方にパスできる回数も一回と決まっているので、エンドレスで攻撃をしていくことになる。

ゆえに、なかなかスピード感がある。モタモタできない。

敵の「歩兵」を全滅させてからがゲームの山場だ。

味方の「幹部」も「幹部エリア」から出て動けるようになるので、一緒に敵の陣地になだれ込んでいく。

敵の「幹部」や「側近」を潰し、最後に「王」を討ち取った方が勝ち。

こんな攻撃的なゲームを男女対抗でやるなんて、いいの？　とノエルは驚いた。

ただ、敵への攻撃はボールを当てるのみだ。敵と味方は、陣地やエリアで分かれている。

それぞれのエリアは、「歩兵」や「幹部」などの敵を全滅させないと入れない。ゆえに、直接触れることはない。

ルール違反をして触れたりするとペナルティが厳しいゲームだ。だから良いのかもしれない。

ボールも学園と同じ「衝撃吸収型」だ。投げるスピードはそのままで衝撃だけ和らげたもの。

数十年も前から行われているという。

過去、数十年の間、男女対抗戦ではほぼ常に男性側が勝っていた。ハンデをつけているにもかかわらず。

男性側の優勝チームと女性側の優勝チームとが試合をするが、女性チームはハンデの分多い人数で挑む。

それでも男性チームが勝つのだ。筋力の差は大きい。

ところが、ゼラフィがチームの王様をやるようになり、女性チームが勝利を収めた。

ノエルは、自分の姉のチームが勝ったというのに素直に喜んでいいのか迷った。

「……いいのかしら」

「もちろん、いいだろう。正々堂々と戦って勝ったんだ」

ノエルはまた資料を手に取った。


『ゼラフィさんとの「男女対抗陣取りゲーム大会」、すごく楽しかったわ。モリモリに盛り上がったわ。あんな興奮したのは塀の外で暮らしてた頃にもなかったわ。

ゼラフィさんが新しい牢名主になってから、ゼラフィさん、催し物のことを聞いたのね。幸か不幸か、ゼラフィさん、もうお産を終えてたのよ。私たち怒鳴られたの。

「あんたら、何のんびりしてんのよっ！　それとも優勝できる自信があんの？　あるのね？　そんで負けたら承知しないわよ！　来年勝つまで肉なしで暮らす覚悟あるんだろうねっ！」って。

理不尽じゃない？　それからはもう練習の日々よ、休み時間のたんびに。あり得ないわ、まぁ、でも、青春やってる気分にはなれたわ。

それで、チームメンバーを決めるって段になって、ゼラフィさん、初めて人数でハンデがついてるって知って大笑いしたのよ。「ハンデをつけてやろうなんて、生意気ねっ！　後悔させてやるわ」だって。

それでも練習させられたわ。がんばって戦力あがると、ゼラフィさんが超ご機嫌で、疲れて動けないメンバーの分も刑務作業やってくれたっけ。だから看守もうるさいこと言わなかったのね。おかげで楽しくできたわ。で、試合の日になったのよ』

当日は晴れだった。

いつも天気予報で晴れる可能性の高い日を選んで調整するので、過去もずっと晴れだ。気温も丁度良い。

『女性チームが男性用施設に入っていくと、男性陣が湧き上がったわ。それはもう大騒ぎって感じ。かなり卑猥な言葉とか、「かわいー」とか「興奮するぅ」とか馬鹿な声をかけられたわ。「やらせろぉ」とか「服脱げ」も多かったかしら。ゼラフィさん、怒るかな、って思って様子を見てみたら、案の定、コメカミぴくぴくだったわ。なにしろゼラフィさんって、子供産んだくせにウブっつうか、そういうのまるきり苦手な人だから。

男どもの猥褻（わいせつ）な視線やら嘲（あざけ）りにめっちゃキレてたっていうか、キテたっていうか、憤怒してたっていうか。

でも「敵に侮られるから、冷静によっ！」ってみんなに声かけててね。だから「おぉゼラフィさん、偉いじゃん、珍しい」って思ってたら、最初の挨拶で拡声器渡された途端、「貴様ら、クセェんだよ、人間の臭いじゃねーよ、息が吸えねぇだろっ。風呂ぐらい入って来な！」って。大音量で怒鳴ったのよ、一瞬で運動場中が沈黙したわ。胸がスッとしたけどね。

毎年、毎年、女だと思って言いたい放題言われてたんだから。次の男性キャプテンの挨拶がちょい可哀想だったけど、あんの腹たつ男どもの代表だと思うと、ざまぁしかないわね。

「……来年は、風呂入っときます」って、しおらしく言ったのは感心したわ。まぁ、間近で見たらゼラフィさんが想像をはるかに超えた美女だったんで動揺した結果だろうって、私たちは推測したんだけどね』

『それから、ゲームが始まったのよ。私たちが男性の施設に来たのは午後だったわ。午前中は男性側では優勝チームを決めるゲームをやってたのね。で、すぐにウォーミングアップを軽くして、打ち合わせの最終確認をやったらゲームよ。

普通は、コートを変えて二回戦するものなんでしょ？　でも、ここでのゲームはそんなのはしないのよ。一発勝負ってこと。普通とは違うんだから仕方ないわね。コートをコイン投げで決めて、スタンバイよ。

女子のメンバー以外のみんなは応援するの。応援の声が小さいとゼラフィさんに怒鳴られるんだけど、もう、私たち、応援する気満々だもの。

ゲームが始まってすぐに、男性チームはいつもと違うとわかったみたい。だって、練習頑張ったもの。例年なら瞬殺なのに、全然、違うの。それでもやっぱり、男性は強いけどね。でも、女子も粘ったわ。ずいぶん男性の歩兵を減らしたのよ。去年の何倍も減らしてやったの！

女子の「幹部」が攻撃され始めたけど、幹部もかなり強いメンバー選んでるし、ハンデの分人数が多いから、ここでも敵の幹部や歩兵を削ってやったわ。敵のゴリラみたいな幹部を沈めた時は、もう大騒ぎよ、大興奮して「ざまぁ」って怒鳴ってやったわ。

でも、味方チームの王様の側近がやられて、もうダメかと思ったわ。ねぇ、そう思うでしょ、ところが、だって、うちの王様はゼラフィさんだから！

ゼラフィさんにボールを取られると、必ず敵の幹部がやられたわ。「あたしとタメ張ろうなんて、百億年早いんだよっ！」って。どんどん、敵の幹部や歩兵が減ってくの。

ルールがあるから敵は攻撃し続けなきゃいけないでしょ？　でも、ゼラフィさんを攻撃すると、もれなくボールをキャッチされて、ゴツい男がやられるってわけ。もう、最高に気持ちよく！

あげく、最後の敵の幹部をゼラフィさんが沈めたのよ。歩兵はとっくに全滅してたわ。とうとう、「王様が動ける条件」が整ったのよ！　初の快挙よ！　王様が、敵の歩兵と幹部を残らず倒したの！　そんなの見たことある？　私はないわ』

『ゼラフィさん、嬉々として王様エリアから走り出したのよ、ボールを持って！　敵陣に殴り込みよ！

それからは、ゼラフィさんの独壇場よ。その前から独壇場状態だったんだけどね、敵陣地に突風のように走っていくゼラフィさんの格好良いこと！　さすが私たちの王様よ！

私たち大興奮して応援したわ。絶叫して応援よ！　敵はビビってたわ。そりゃ、ビビるわよね。敵は、もう側近ふたりと王様しかいないんだから。

ゼラフィさん、側近を速やかに倒したのよ。

鮮やかに、素晴らしく早かったわ。旋風みたいに！　うちの王様！

敵の側近の足とか、隙を狙って。ゴツくて鈍いのを側近に選んだのが敗因ね。敵の王様エリアは筋肉で埋まるみたいになってたのよ。

それをゼラフィさん「筋肉はもらったっ！」って怒鳴りながら。意味わかんないわ。でも、最高だった！　王様対決になったのよ、広い運動場が応援の声で何も聞こえなくなったわ』

『美女と野獣の対決！　互角だったわ、でも、素早さではゼラフィさんの方が勝ってたの。どちらが投げても豪速球よ、残像しか見えないくらいの球速！

フェイントのかけ方もゼラフィさんの方が少しうまかったわ。でも、敵もなかなかのものよ、動体視力っていうの？　ボールを見る目よ。殴り合いの拳を見るのが得意な奴だったのよ！

ゼラフィさんの豪速球を掴んだ敵の王がまた豪速球を繰り出す、それをゼラフィさんが仰け反って避けたのよ、
避けるとボールを拾いにいかなきゃいけないでしょ。敵の王は、わずかに油断したわ。

そうしたら、ゼラフィさん、避けると見せかけて体を捻ってボールを掴んだの。ほんの一瞬の油断が勝敗を決めたわ。

ゼラフィさんが会心の一撃を奴にお見舞いしたのよ。敵の王の厳つい筋肉で盛り上がった肩に当たったの。

ボールは鳥になったみたいに遠く高く跳ねたわ。ゼラフィさんが勝ったの！　大勝利！　どよめきが凄かったわ！

みんなでゼラフィさんを胴上げしたのよ。それから、ゼラフィさんの勝利の挨拶で締めくくったの。

「お前ら、結構やるな。あたしをちょっと本気にさせるなんて見込みあるぜ。来年もやろうな」だって！』

ノエルは項垂れたくなったが、シリウスは楽しそうに笑っていた。

その後の七年間、ゼラフィが君臨していた間、男女対抗戦ではタイムオーバーで判定引き分け

か、あるいは僅差でどちらかが勝利しながらも良い試合が続いた。

それからは女性を嘲るような声はすっかり影を潜め、女性チームが訪れる日は、男性たちはなぜか風呂上がりに試合に臨むようになった、とか。

あの事故の時。

ゼラフィは看守に、崩落が起こりそうだと報せて、看守はゼラフィの耳が良いことを知っていたので信じて動いた。坑道にいた囚人たちを避難させた。

ゼラフィはさらに奥にいたみんなを呼んでくると走り出した。

止める間もなく坑道の奥に姿を消し、看守は避難を完了させてからゼラフィを追おうとしたら崩落事故が起きた。

その時には、ゼラフィは奥の仲間を避難のために設けられた横穴に誘導していて、自分は落盤で亡くなった。

ゼラフィが死んだと知った時に、号泣した者がいたという。

ゼラフィの恋人という人物かもしれないが、皆、知らないと言うので特定はできなかった。

恋人は本当にいたのか、それともゼラフィの片思いではなかったか。誰も追究することはなかった。

「虹鉱石？」

ノエルは砂色の小さな石を手に取り眺めた。

「ああ、そうなんだ。虹鉱石という。施設内では『虹石』とも呼ばれていた。あの鉱山では『お守りになる石』と迷信があった」

「これが？」

ノエルは再度、砂色の石を見つめた。

どこにでもありそうでなさそうな色の石だ。普通の石と違うところは、断面がテカっと光っているところか。

鋭く光ってはいるが、石そのものが鋭いわけではなく、丸っこい。

「これは、虹鉱石を磨かせたものだ」

シリウスは小さな球体を小袋から取り出して見せた。見本の石よりも二回りくらい大粒で綺麗に磨かれている。加工されると可愛らしい感じだ。磨かれることで、石が透明感のある微妙な色合いであることがわかる。ただの砂色ではない。

その丸い石を差し出しながらシリウスが「ゆっくりと魔力を流してごらん」と言うので、ノエルは言われたままに手に取りやってみた。

すると、小さな球体が美しい琥珀色に光った。シリウスの瞳の色だ。

魔力を流した途端、宝石のようになった。

「綺麗……不思議な石」

ノエルは思わず見惚れた。

「そうだな。ほんの少々魔石の性質を持っているらしい。注ぐ魔力の質によって色が変わるんだ。

宝石よりも硬度が低いので宝石扱いもできない。だから、市場価格は低いな」

「これは、いったい、どういう？」

「ゼラフィのいた鉱山で採れるものなんだ。採っても使い道がないので採らないけどね」

「そうなの？　綺麗なのに」

ノエルはシリウスの瞳によく似た石を見つめたまま呟いた。

「業者に言わせると、高く売れないし採算が取れないということなんだろう。これは、坑道の中ではなく、処理場の方の廃棄場で拾われているものだ。囚人たちがそのゴミ捨て場でよく拾っている。ゴミなので、看守もうるさいことは言わない。小粒で硬いものでもないのでね。囚人たちはお守りだと思っているわけだし。下手なことには使われないからな。拾った虹鉱石は大事に取っておくんだ。出所したのちに加工して腕輪にするらしい」

「お守りの腕輪ね」

それはなかなか良さそうだ、とノエルは掌の玉を見ながら思う。

「流通しないものだからこそ、お守りと思われているんだろう。一つの腕輪に二十粒使うという。見つけて拾うのもなかなか手間らしくてね。それに……私の目から見ても『力』のある石と思える。囚人たちがお守りと思うのもわかるような気がする。たとえ廃棄場で拾われるものだとしても。それで、ゼラフィも拾っていた」

「姉がお守りなんて」

「似合わない？」

「ええ……」

「確かに、自分のためのものではなかったようだ。彼女は自分が出られないことは知っていたしな」

シリウスは、最後の証言の資料をノエルに渡した。

『ゼラフィさん。お守りの虹石のことを知ると熱心に拾ってました。ゼラフィさんでもお守りに興味があるんだな、って。まるでゼラフィさんが普通の人に見えました。

でも、やっぱ、普通じゃなかったですけど。だって拾い方が、もう……。

自分の上着を脱いで、それに廃棄場のゴミをごっそり包んで入れてきて部屋で選分け作業を始めるから、看守に見つからないかって気が気じゃなくて。よくも見つからずにあんなに……。部屋がまるで砂場でしたからね。

ゼラフィさんの魔眼？　すごい目力で虹石がありそうな灰色の土塊（つちくれ）を見つけて、硬い塊を魔獣並みの指力で崩して虹石を掘くり出してました。ただ者じゃないのは知ってたけど。ホント人外だったわ。

それで、選（え）り分けた後、また廃棄場に要らない分を持ってくんですけど。当然、手伝わされました。ええ、だって、手伝わないなら肉を二十個くれよって言われたら、そりゃ手伝わないと。手伝ったら肉をくれるんじゃなくて、手伝わなかったら肉取られるんだから。

私の上着も土袋にされて、泣いたわ。

どうやって運ぶのかと思ったら、ゼラフィさん、トイレの鉄格子をくにゃって曲げて。ここ、こんなに柔らかい鉄格子だったっけ？　って触ったら普通の鉄格子だったわ。

それでゼラフィさん、目に見えないくらいの俊足で走って捨てに行ったの。「あんた、簡単に脱獄できたんじゃん」って、もう呆然よ。

ゼラフィさんが行ってる間に、私はまた上着に土砂包んでトイレまで運んで何往復もしたわ。で、土砂運び終えて、鉄格子ももとに戻してからザリザリの悲惨な上着をパタパタするんだけど。ゼラフィさん、神業的なパタパタで綺麗にしてたわ。

私の上着もこの際だからやってもらったわ。裏返しにしながら念入りに。

他の人は部屋中が汚れたから掃除ですよ。私たちが戻ったら、ありがたいことに同室の仲間たちがほとんどわからないくらい綺麗にしてくれてたの。病後みたいにやつれた顔でお帰りって言われたときは目が熱くなったわ。ゼラフィさん、「帰ったぜ」って。どこの旦那だよ。こんな旦那、面白いけど要らんわ』

『でも、余った虹石、部屋のみんなに三粒ずつくれたの。「お駄賃」って。これは嬉しかったわ。だって最低三粒あればお守りの腕輪は作れるから。普通は一粒拾うのもあんまり大変だから諦めるんだもの。硬い土塊の中にある虹石の方が硬度低くて、手に入れるの難しくてね。

ゼラフィさんも、要るだけ集めたのよ。一回でゼラフィさんが欲しい分だけ採れて良かったわ。五人の分、採れたって喜んでました。

ゼラフィさん、「シモーヌって奴と、あたしの赤ん坊と、このデカい粒は妹の。あと、ハイネっていうヨボヨボの執事にやろうかと思ってさ」とか言ってました。

なんか、変わった人選ですよね。残りの一人分はゼラフィさん「予備っ！」って言ってましたけど。でも、予備の割に大事そうにしてたわ』

ノエルはまた微妙に脱力した。

「妹って……」

「ノエルのことだな。さっき渡した虹鉱石だよ。小粒のは皆、磨いてから繋げて腕輪に加工した。大粒は、滅多に採れない」

ノエルは思わず掌の琥珀のような石に視線を落とす。

「シモーヌ嬢のご家族は、もらってくれるかしら」

つい独り言を呟いた。

「バセル家に、仕上がったのを運ばせた」

「もう、渡したんですか」

ノエルは思わずシリウスを見上げた。

「ああ。てっきり、門前払いかと思ったら受け取ったらしい。説明をした者が上手く話したのだろう。夫人が魔力を流して赤い宝石のようになったと侯爵が言っていたそうだ」

「良かったわ」

「ルシアンの分はサリエルに渡した。ハイネの分は、ハイネが『私はヨボヨボでもないんですけど』と若干、不本意そうな顔をしていた」

「そうよね、ヨボヨボだなんて！　まだシャキシャキですよ」

ノエルはハイネが気の毒になった。

「サリエルは『どうせ顔だけ男ですから、遺品がないのはどうでも良いですけど。毛筋ほども好かれていないとはあんまりです』と心中を吐露していた。サリエルは政略的な関係ではあったが彼らしく気遣いはしていたし、学友程度の信頼はあったと思っていたらしい」

シリウスは淡々とそう教えた。

「報告書を見せたんですか」

「見せた」

「可哀想に……」

ノエルは居た堪れない心地になった。

赤の他人ではない、血の繋がった姉のやったことなのだ。

「そうでもないと思う。まぁ、なんとも思わないわけじゃないだろうけど」

「ですよね」

「ゼラフィはシモーヌ嬢を殺めたが、職員や囚人たちを助け事故に遭った。こういう場合、慣例では恩赦を与えるんだ。当然、よく調べて検討してからになるが。本人が亡くなっていてもそれは同じだ。ゼラフィにもそれを適用するか検討し、シモーヌ嬢の実家バセル家にも確認を入れた。ご両親は『慣例ならそれでいいです。本人は亡くなってますし』と受け入れてくれたので、そのようになった。あの時、重症だったサリエルとジェスも『かまいません』という返答だったのでね。王族を傷つけてはいるが、助けた囚人の数が多かったので王室管理室も反対はしなかった。私も署名した。ゼラフィはそれで、囚人用の墓地ではなく、街の国教施設の墓地になった。国教施設では、ゼラフィが多くの囚人を助けたから良い場所を選んでくれたようだ」

た。

「ノエルはそれで良かったか。辛い目に遭ったが」

ノエルへの暴行は裁判沙汰にはなっていない。ゆえに、ゼラフィの罪とは数えられていなかっ
た。

ノエルにゼラフィの処遇を訊かなかったのは公平を期すためだろう。ノエルもそうしてもらえ
て良かった。

「私は、自分がされただけですからいいです。我が子への暴行だったらまた違ったかもしれませ
んが。でも、私の両親も恩赦を受けられるんでしょうか」

ノエルはそれなら嫌だな、と咄嗟に思った。

それが正直な気持ちだ。

ゼラフィが仲間を助けたのは、偏に彼女の意思だ。親は関係ない。

ノエルは、ゼラフィはむしろ親の犠牲者だとさえ思っている。それなのに、ゼラフィの善行で
あの親たちが救われるのは納得できなかった。

シリウスはあっさりと首を振った。

「恩赦は刑事法上の効力……わかりやすく言うと禁固刑に対するものと思っていい。賠償金は別
だ。働いて返さなければならない。彼らがまだ抱えている賠償金の額は生涯かかる」

それならいい。そう思った。

償い続けてほしい。姉をあのように育て上げてしまった分の罪も。

妹に特別な粒をあげたい、そう思ってもらえただけで許したくなるのだから、自分は本当に甘

いと思う。

「私は、元よりほとんど忘れていましたし。バセル家の方がどう思うかは不安ですが」

「墓地のことまでは報告はしなかった」

「その方がいいですね……」

ゼラフィの虹鉱石のうち残りの一人分の「予備」はゼラフィが亡くなった時にはすでになかったという。

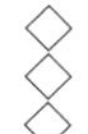

シリウスは、一応サリエルに墓地の場所を知らせ、残務処理で王宮の者がジャニヌの鉱山に行く旨を伝えておいた。
サリエルからは「供えてほしい」と薔薇の花束が送られてきた。仄かにクリーム色がかった桃色の薔薇だ。花の宝石のようだった。
添えられた手紙に「ルシアンが家族を守るために育てた薔薇」と記されていた。トゲが除かれてラッピングされ箱に詰められた薔薇の花束は、切り口に湿った布が施され摘みたてだった。
シリウスは薔薇が萎れないうちにとゼラフィの埋葬された墓地に供えさせたが、その後いつまでも薔薇が美しいまま生き生きとしていると評判になり、いつの間にか消えていた。盗まれたようだと言われたが、ノエルはゼラフィが自分の元に持っていったのだと思うことにした。

シリウスは密かに「ゼラフィの恋人が邪魔だと思ったのかもな」という気もした。

ゼラフィの墓の場所が鉱山の街となったのは、恋人がいたゼラフィにはその方が良いだろうと、シリウスが考えたからだ。

ゼラフィの墓にはいつも花が供えられているという。

それは、つまり、ゼラフィの恋人が囚人ではなかったからかもしれない。

誰もが口をつぐんだその人物は、よほど皆に慕われていたのか、それとも怖れられていたのか。

シリウスは、どちらもゼラフィなら有り得るような気がした。

❖ 蔓薔薇の独り言

私の名はゴラツィ。

生まれたところは小さな町の種苗店だった。

やり手の店主は種や花を仕入れるだけでなく、苗を育てたり、あるいは育てた草花から種を採取したりと商いを広げ店は繁盛していた。

……そういったことを、あの頃の私はよくわかってなかった。

「あの頃」とは、蔓薔薇の苗として売られていた頃だ。

肌に感じられる光と影と空気の振動から得られる情報はいくらでもあったが、それに興味を持ったり理解することはなかった。する気もなかった。

名前もなかった。

ある日、さわさわする魔力がやってきた。

なんと言えばいいんだろう？

力が染み込んでくるような。

快い波動が肌を撫でてゾワりとした。

近づいてくるその人の方に惹き込まれていく。

その人には、太陽よりも明るく光が感じられた。

言葉を持たなかったころの私には、全ては印象でしかないが、ただ強烈に惹かれて、目があれば泣きたかった。震える心臓があれば脈打たせたかった。

そんな誰かがやってきた。

種苗店の皆が沸き立っていた、もちろん、人間以外の皆……だけだが。

彼らに買われた種や苗たちは皆、喜んでいた。きっと、人は誰も気付いていなかっただろうけれど。

私も買われていった。

なんて幸運なんだろう、そんな風に思った。でも、あの時はその言葉さえも自分は持っていなかった。

喜びを表現する言葉を持たないことを、あの頃は気づいてもいなかったし、その物足りなさや歯痒さも知らなかった。

彼は……後から彼の名前を聞いた、ルシアンは、私を植える土に土魔法の「滋養」を与えてもらった。それを施したのはルシアンの父だ。彼の土の魔法は優しかった。土を柔らかくまろやかにする。彼は才能のある土魔法使いだった。

「嬉しい、嬉しい、嬉しい」胸の中はただそれでいっぱいだった。

それから、私は、その土の中に根を下ろした。

根が喜びで震えた。葉にもその喜びが伝わってきた。

ルシアンは、私の新しい住処に水を注いだ。その水は独特だった。「水」という名で呼ぶのも合わないほど、普通ではなかった。まるで光のような水だった。私の葉脈の一筋一筋にまで力を染み込ませた。

彼は言ったのだ。

「ゴラツィ。お前は、蔓薔薇の騎士ゴラツィだよ。大きく、強く、鋭く育って。この屋敷を護るんだ。でも、家族は傷つけたら駄目だからね」

その瞬間から私はただの蔓薔薇ではなく、ゴラツィというこの世で唯一のものになった。

閉ざされていた世界が広がった。

私はその時はまだ言葉をうまく理解していなかったのだが、彼の「言葉」は心そのものが注がれるように伝えられるので、拙い言葉よりもよほど正確に分かった。

「ゴラツィ」という名前の音に、ルシアンの期待と心象が込められていた。伝わってきたそれは、誰よりも強い傭兵の姿をしていた。

「大きく、強く」という言葉に、伝説の龍のような壮大さが込められていた。

「鋭く」という言葉に、私のまだ小さなトゲたちが武者振るいをしたのだ。

「この屋敷」というのは、私が暮らすことになったここのことをいう。

「守る」という言葉は、つまり、岩よりも硬く堅固に全ての災厄を打ち払えば良いのだろう、私のトゲという武器で。

「家族」という言葉の中に、優しい父や、大好きなハイネという執事や、仲良しのジェスという騎士や、鶏の友人たちの姿が思い浮かんでいる。

それから、その家族たちが気を許す者たちも含まれるようだ。

誰を排除すればいい？　それが少し曖昧だ。

とりあえず、私はこの屋敷を囲い、トゲを育て固く鋭く磨くことにしよう。

私をただの綺麗な蔓薔薇ではなく、名前を持ち、言葉を知る賢い心を持った存在にしてくれた主の期待に応えようか。

でも、後に少し思ったのだ。

あの種苗屋の店主は、私にいつも言い聞かせていた。ただの蔓薔薇だった私の記憶にさえ残るほどに熱心に言い聞かせたのだ。『最高に美しい薔薇』と、それはもう、とても自慢げに。

だが、ルシアンの願いには「美しく」とか「麗しく」が一つも込められていなかった。

私は美しく育っても良いのだろうか？

出会った頃。

ルシアンはまだ上手く土魔法が使えなかった。

ルシアンの得意は、「水」と「風」の魔法だった。

魔法の水は幼い頃から簡単に湧き出させることができた。まるで小さな泉のように。

ルシアンが水を掌から溢れさせると、周りの植物たちは歓喜に震えた。

私もだ。

つい、根の先を伸ばしたくなる。

ルシアンは風の魔法も上手く使えて、高い枝の果実取りはカマイタチの魔法でやるようになった。

やがて、土魔法も使えるようになった。

ルシアンの土魔法はとても強力だった。

強すぎるんじゃないか、と不安になるほどだ。

ルシアンは、「水」の魔法や「風」の魔法の方が得意だ。「土」の魔法は三番目だ。それなのに、下手くそなルシアンの「土」魔法はあまりにも影響が大きい……植物たちにとっては。

あぁ、神様は上手くするものだな、と思ったのだ。

ルシアンの土魔法を三番目にしたのは、わざとだろう？　私は神様に尋ねたくなる。

ルシアンの強すぎる土魔法に、ルシアンの甘美な水を与えられた香草は、もう元の香草ではなかった。

違うものになってしまった。

ハイネはそれを摘み取ってシチューに入れたり、鶏肉や豚肉の香草焼きを作っている。

それから、焼き肉を挟んだ弁当を作り、若い騎士にあげた。

若い騎士は母想いの息子だったらしく、美味すぎる弁当にびっくりして半分、母にあげたらしい。

母親が長年患っていた腫瘍が完治してしまったが、原因は不明だと話しているのを聞いた。

こういうのは、隠蔽した方が良いのだろうか。

私は家族たちがルシアンの力を隠しているのを知っていた。

私はそれから、根を伸ばして強すぎるルシアンの滋養の力を吸い取るようにしている。

周りの植物たちからは若干、恨まれているようだが、ルシアンと家族を守るためだ。

時折、ヴィオネ家には、ユーシスとオディーヌというルシアンのいとこが来る。彼らも家族だ。だから、守らなければならないだろう。

ふたりの魔力はルシアンに似ている。

オディーヌがある日言った。

「美しさは女の武器よ」

幼い少女の口からとは思えない、なかなか攻撃的な言葉だ。

ルシアンはこの言葉を、否定はしない。肯定もしないが。

これが真実なら、私は美しい花を咲かせても良いということか？

実のところ、ルシアンの滋養を与えられているおかげで、私はこれ以上ないくらいに健康体だ。すこぶる調子が良く、大輪の花を咲かせている。花弁は透き通るように輝き、クリーム色がかった柔らかな桃色をしている。我ながら美しく気品のある色だ。

美しさは主に求められていなかったが、美しさが武器にもなるなら良いのではないか。

そう思ってルシアンの様子を見てみると、若干、呆けた顔をしている。

あ、これは、わかってないな。

と私は気づいた。オディーヌの話の意味がわからないことが、ルシアンにはしばしばある。

だが、しつこく尋ねるとオディーヌが軽蔑の目で見てくるし、「こんなこともわからないの」と言われるので訊けないのだ。

ルシアンは、その後、ハイネにこのことを尋ねた。

ハイネが「そうですねぇ。私自身は、女性の武器は単純な美しさではないと思っていますので、少し困るのですが」と本当に困り顔をしている。

「オディーヌの言ったこと、間違ってる？」

ルシアンが首を傾げた。

「いいえ、言葉というものはなかなか真っ直ぐには届かないものです。それでオディーヌ姫の仰りたかったことをそのまま解説はできかねるのです。とりあえず、一般的なことをお話ししましょう」

「うん。一般的でいいよ、わかりやすければ」

ルシアンが頷く。

「承知いたしました。例えば、このゴラツィはとても綺麗です。こんな綺麗なバラはめったにないくらいです。それで、もしも泥棒がやってきて、ゴラツィのバラに気づいたとします。そうしたら、どうなると思いますか？」

ハイネはたまたま間近で咲いていた私の花を指し示した。

「盗んで売る、とか？」

ルシアンはしばし思考してから答えた。

「そうですね、そういうこともありそうですね。もう一つは、おそらく、油断する……だと思います。こんな優しげなバラなら危険はないと思ってしまいそうです。それで迂闊に蔓を払おうとして、トゲにグサっとやられるかもしれません。美しさは人の心に踏み込んでくるものです。つまり、美しさは一種の武器になりえます。心理的な武器です」

「そっかぁ……」

さすが年の功、うまく答えたものだ。

私は、だから、美しい花を咲かせて良いということだろう。

ある日、サリエル父上が私の花を摘んだ。丁度良い咲き具合の花を一輪一輪選び、見事な花束を作って綺麗な紙で包み箱に入れた。

私の花は鉱山の町に運ばれた。高台の快い墓地に供えられた。

その墓は、静謐だった。安らぎがあった。

良い墓だ、と思った。

きっと悔いのない人生を送った誰かの墓だろう。

私の花を通じてそんなことを思った。

大輪の花は墓の供え物としてそこにあった。ひと月が過ぎ、ふた月が過ぎるころまで。

時おり、人が訪れた。

よく来る者がいた。

墓の前に佇み、話しかけ、涙をこぼし、帰っていく。毎日のように来るときもあれば、数日休んでから来ることもあり、穏やかに話しかけるだけの時もあれば、なにも言わずに涙を溢していることもあった。

あるとき、その人は、バラの花束を持ち帰った。

少しずつ花からの情報を受け取れなくなっていたころだった。切り落とされた花は力を失いつつあった。

持ち帰られた花に、その人は話しかけた。

薔薇は彼女に似ている、と言う。

トゲを身につけ、自分の身は自分で守ろうとする健気なところとか。

無垢で、一途で、純粋で。

笑顔は気取りがなくて、太陽のように明るくて。

心は愛に溢れて、自由で、力強くて。

でも脆くて、脆いくせにいつも一生懸命だった。

その人は話し出すと止まらなかった。

これがいわゆる、「恋は盲目」というものだろう。この症状は本人には自覚がない、という難儀なものだった。話は四割引きくらいで聞いた方が良さそうだ。

でも私は気づいていた。その人は、彼女の容姿は一つも褒めなかった。薔薇のようだと言いながら。

その人は、彼女の心が好きだった。

ある時、その人は言った。「彼女は、唯一、愚痴をこぼしたことがあった」と。

赤ん坊ができたと、王となる子ができたと伝えたら、婚約者は嫌そうな顔をしたのだと。

その一言を溢した時に、彼女は初めての顔をした。

辛そうな顔だ。

そんな顔は似合わなかった。

でも、婚約者という男の心を、私はわかるような気がしたんだ、とその人は言う。その人は、何か事情を知っていた。

きっと、彼女の赤ん坊が嫌だったのではない。

そんなことを伝えたら、彼女は余計に婚約者に未練を残すかもしれない。

だから、教えられなかった。

教えられないままに日が過ぎて、自分の良心の呵責（かしゃく）に耐えきれず、とうとう話してしまった。

きっと、婚約者は、王になりたくなかったんだよ、だから、嫌そうな顔をしたんだ。赤ん坊が嫌だったのではないよ。

彼女は、目を大きく見開いた。

次いで、悔しそうに言った。

なんでそんな大事なことを言わないの、王になるために私が必要だと言ったくせに。私一人だけ、要らないのに頑張って。それなら王妃なんて目指さなかった。

彼女は、婚約者への未練をむしろ消し去った。

伝えて良かった、とその人は少し微笑んだ。あの時、言わなかったら、彼女に教えられないで終わってしまうところだった、と。

でも、『あなたも婚約者に、王妃になりたくなかったとは言えなかっただろう？』とは決して言わなかった。『「王になるために必要だ」と彼女に言ったのは、本当に婚約者の彼だったのか？』とも言わなかった。

もう済んでしまったことで彼女が苦しむことはないから。

そう、その人は呟いた。

これは彼女からの贈り物、と見せるその人の手首には綺麗な腕輪があった。

作業場に入る前の身体検査で、彼女は看守に「これをあげたい」と握りしめていた石の粒を見せたという。看守はそれくらいなら見逃してやるから自分でやりな、と知らないふりをしてくれた。

彼女は平気な顔でくれたけれど、朱に染まった頬が裏切っていた。周りの皆は生ぬるい目で見ないふりだ。

朝の打ち合わせの挨拶や、休憩のときのわずかなひとときだけに育まれた恋はやがて終わりを告げるはずだった。けれど、その人の胸には深くまで刻まれてもう消えはしない。

それらは悲しい恋物語だったが、少なくとも、その人は想い合うことができたらしい。

側にいてもすれ違ったり、好きでもない者同士が側にいるよりもよほどマシだろう。その人は、「マシ」なんていう言葉を使われたくはないだろうけれど。言葉がありながら、言葉が真っ直ぐに届かない人間という生き物にとっては、貴重なことではないか。

皆、きっと救われるだろう。魂の綺麗な人たちは神が救うと決まっている。

その人は、花が美しいうちに風に当てて乾かした。

うまい方法だ。

もう、私に声は聞こえない。けれど、きっと花は長くその人を慰めるだろう。

ヴィオネ家の仲間たちは幸運だ。ここは植物たちの楽園だった。

この屋敷は、近衛と王宮の裏任務の連中が警護している。

おかげで、私の仕事は楽だ。とはいえ、完璧に楽なわけではない。サボる騎士がいるからだ。

彼らの話を聞いていると、だいぶ信頼度に差があることがわかる。

裏任務の連中がいる夜は安心できる。彼らは、妙な仕事ほど手を抜くとヤバいと知っている。

裏方はそういうのが多いらしい。

だが近衛たちは違う。経験値はさほど関係がない。新入りでも優秀で真面目なのはしっかり仕事をしている。だが、「元王族だというだけで大して力もない伯爵家の警護をさせられている」ことに不満タラタラな近衛は、特に夜番をサボるのだ。

夜番はふたり一組で交代で休憩しながら行っている。だいぶ手薄だ。ただ、魔導具も使っているので、人が少ない分は補えているらしい。

それに、私もいる。

私がいることは、王宮のごく一部は知っている。ルシアンの能力を知っている者限定なので、ごく限られている。近衛たちは知らない。ジェスは勘づいている……というか、ルシアンがちょくちょく力を晒しているからもうバレバレだが、知らないふりをしている。それが最も面倒の少ない対処方法だろう。サリエルたちもジェスは身内枠なのでどうでも良いらしい。

ルシアンの護衛は、実のところ、普通の護衛任務ではないだろう。王宮はルシアンを厄介ごとから保護し、ルシアンの能力を隠したいのだ。

例えば、今夜のようなこと、不審者に狙われることは珍しくなく起こる。

サリエル伯は、元王妃の一人息子で溺愛（できあい）されていた、と世間では言われている。それが落ちぶれた、と。

そんなサリエルは、今は土魔法で儲けている。農地で人気だ。

すると、「金目のものがあるかもしれない」と考える輩が一定数いる。

今、夜闇に紛れてやってきたこいつらのように。

当然だが、門扉は固く閉じられている。ゆえに、鉤爪（かぎつめ）のついたロープを使ったり私の蔓に足をかけてよじ登ろうとする。

私の自慢のトゲを刺してやろう。だが、まだ早い。

一人目で刺すと、他の連中が逃げてしまいかねない。

だから待つ。

防犯の魔導具があることに気づくところを見ると、少しは手慣れた連中なのだろう。

指示を出し合い、魔導具対策をする。

近衛たちは、魔導具に頼っている。だから、ふたりして休憩している。

いや、一人は休憩の番だから良いのだ、もう一人は夜番のはずだろうに。

あの近衛は、さぞ隊長に絞られることだろう。職務怠慢だ。この場合、どうなるのだろうな？

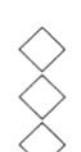

今夜の賊どもは五人だった。魔導具に魔力無効の魔法をぶち当てて無効化し、次々と塀を乗り越える。

私の蔓を足蹴にされて、ふつふつと殺意が湧く。

だが、事情聴取というものをさせてやらなければならないので、殺すのはやめておく。

葉を揺らし、そよそよと辺りをうかがう。近くに賊はいない。

さて、捕縛といくか。

そろりと蔓を這わせ、賊どもの足元へと滑らせていく。

私の蔓は、塀をぐるりと囲うだけではなく、アーチを彩り屋敷の窓辺も飾っている。

爽やかな芳香で賊どもを軽く酔わせてから足元に蔓を巻きつける。

「なんだ？　足に何か」

「罠か」

「気をつけろ」

「ナイフで切れ」

男たちが手で引きちぎろうとしたり、ナイフを取り出した。

私は、一気にトゲをお見舞いした。

闇の中に男たちの汚らしい悲鳴が響き渡った。賊どもがもがき、蔓から逃がれようとするが、

私の蔓はかすり傷もつかない。さらにガッチリと捕らえてやる。

さすがに寝込んでいた近衛が駆けつけて来るのが見える。

私はトゲを引っ込めて賊を縛った蔓だけ残して切り落とし、他の蔓は引き上げる。証拠隠滅だ。

あとはハイネたちがなんとかしてくれるだろう。賊どもは激痛のために青息吐息だ。

おや、ジートの方が先だった。この鶏は鳥の癖に夜目が効く。さすが良い餌を食っているだけある。不審者を容赦なく突き出す。ハイネとサリエルも駆けつける。

ほぼ同時に休憩の番だった近衛も到着した。

五番目に、本来なら夜番だったはずの騎士が転がり込むように来た。

三人の視線に寝癖で髪を逆立てた近衛の顔色が悪くなった。

最後に、ルシアンも寝ぼけ眼の寝巻き姿でやって来た。

「ジート、盗賊をやっつけたの？　エライ！」

ルシアンの呑気な声に、近衛ふたりが項垂れた。

確かに、近衛よりジートの方が活躍した。

のちに、夜番をサボっていた近衛がどこかに飛ばされたという話を聞いた。

ハイネは、ちょっと気の毒な気もしますが、仕方ありませんねぇ、とのどかに話していた。

ヴィオネ家の担当を物足りないと思っていた騎士は、ヴィオネ家の秘密にはもう近寄れない。

あの時、もしもあの騎士がいち早く賊の殲滅に剣を振るっていたら、なにかに気づいただろう。

私はきっと手を貸していたはずだから。

彼は出世したかったんだろうに。国の中枢への経路はわかりやすいとは限らないのだ。

報告を持ってきたジェスは、ハイネの気の毒発言に顔を顰(しか)めた。

「職務怠慢というより敵前逃亡あつかいで良いと思います」

「敵前逃亡は処刑じゃありませんか……。さぞ反省したでしょうし。手柄を鶏に持っていかれた近衛と、これから囁かれるんですからね」

「王宮の食堂の笑い話になってますよ。近衛が駆けつけたら賊はすでに蔓薔薇に足を絡ませて鶏にやられていたと」

「ゴラツィの活躍は秘密なんですけどねぇ」

ハイネがわずかに眉を顰める。

「防犯の魔導具が作動したことになっています。蔓型の魔導具がありますから。賊どもが防犯の魔導具を無効化させていたことなどは知られていません」

「それはようございました。昨今の盗賊は小技を使うのですね」

「ええ。対策しても賊どももその上手をいこうと工夫して来るのでなかなか……」

私はふたりの会話を聞きながら、私の仕事はなくなることはなさそうだなと思う。でも、馬鹿な近衛が見せしめに飛ばされたから、皆、きっちり仕事をするようになるかな。

まぁ、迂闊な近衛のフォローはこれからもやってやるか。

私は、今後の方針を考えながら、ゆらりと蔓を揺らした。

ある訪問者

ルシアンの十歳の誕生日が過ぎ、気の早いサリエルたちが、十二歳から通う学園を検討し始めた頃。

この日、ヴィオネ伯爵家の通いの家政婦は休みだった。

週の半分は通っているミア夫人が休みだったのは、ハイネとその訪問者にとっては幸運だった。

ハイネが庭先を掃いている時だった。

ゴラツィが全く警戒をしていなかったために、彼が門扉の側にいることに気づくのが遅れた。

護衛の騎士たちを除けば、ヴィオネ家の王都の別邸を訪れる人はごく少ない。せいぜい、マリエ夫人の牧場から卵を買いに来る者くらいだ。

以前は、卵を買いに来るのはララだけだった。ララがジェスと結婚し新居に引っ越してからは、ファロル家の使用人が来るようになった。

ジェスたちの新居はファロル家が「持参金の代わりに」となかなか良い屋敷を建てた。さすがファロル家と感心するほど良い家だ。

王都中央とファロル家の牧場との丁度中間くらいの位置にある。ララは近いので頻繁に実家に帰っていて、その時はララが卵を買いに来るが、使用人の若い男が来ることが多い。

ハイネの見立てでは何ら問題のない青年と思っている。それでもゴラツィは、彼が来ると警戒してトゲの準備をするのだ。

ところが、門扉の側に佇む見慣れない男性には、ゴラツィはトゲを引っ込めたままだった。

つい声をかけたのは、その「謎」も理由だった。あるいは、彼があまりに顔色が悪かったので休ませた方が良いだろうと判断したのもある。

「お加減が良くないようですが、こちらで座って休まれますか」

ハイネは箒を動かす手を止めて声をかけた。

彼は、ハイネに初めて気付いたように目を見開いた。

三十代の後半か四十代初めくらいの男性だった。知的な雰囲気で、粗野な感じは全くない。中背で体付きは華奢だ。頭脳労働系の仕事に携わる人だろう。

顔立ちは悪くなく端正だが、印象が薄いのは痩せすぎているためと思われる。顔色も悪い。

ハイネはそういったことを速やかに見てとった。

彼は、ハイネの言葉に逡巡(しゅんじゅん)した。

迷っているということは、ヴィオネ家に確たる用事があって来たのではないらしい。それに、盗み目的などの不埒な輩でもなさそうだ。彼がハイネの申し出に驚き戸惑っているのは演技とは思えなかった。

このヴィオネ伯爵家がある場所は、便利なところではない。王都中央からは馬車で一時間少々はかかる。

近くを通る長距離の乗合馬車はそれなりにある。幸いにも、隣の領に向かう馬車がお隣のファロル大牧場の側に停まるおかげだ。

ただ、利用者の少ない時間帯は当然、本数が減るし、午後早めの時間に最後の馬車が出てしまう。

おそらく、彼はその乗り合い馬車のどれかに乗って来たのだろうと、ハイネは推測した。

彼がぼんやりとヴィオネ家を眺めていたのはどういう理由かはさすがにわからない。

もしかしたら、彼がヴィオネ家の場所などを人に尋ねたら、たまたま丁度良い乗合馬車があったので良く考えずに乗ってしまった、とかだろうか。

ハイネはそんな風に考えてみた。

彼のぼんやりとした様子を見ていると、そういう経緯が想像されたのだ。

彼は、ようやく「では、お言葉に甘えて」と答え、ハイネは門扉を開けた。

ゴラツィはやはり青々とした葉を茂らせた蔓を揺らすだけで、凶悪なトゲは引っ込めたままだった。

ハイネは彼をガゼボのベンチに案内した。

サリエルがルシアンと共に町の書店に出かけているのでハイネは留守番だった。

こういう時に見知らぬ人物を邸内に入れるのはさすがに憚られたので、天気が良くて幸いだった。ガゼボは土台だけ残して朽ちていたのを暮らしが楽になってから修繕したもので、まだ真新しかった。

ハイネは顔色の悪い彼の様子を見ながら運んでくる香草茶を考えた。

「私は当家の執事でハイネと申します」とハイネは綺麗にお辞儀をし、

「こちらで少々、お待ちください。香草のお茶はお飲みになられますか?」

と、ベンチとクッションを勧めてから尋ねると、彼は恐縮したように、

「何でもいただきます」

と答えた。

好みを言うのを遠慮しただけかもしれないが、一応、言質はとった。

ハイネは急ぎ屋敷に入ると、体調が悪い時に飲むと回復する効能のあるお茶を用意した。

もっと薬効のあるお茶もあるが、好転反応が出ると動けなくなってしまうこともあるので止めておく。

どれもハイネが自分で人体実験……そんなつもりはないのだが、味見をしているうちに実験のようになってしまったお茶だ。害はない。年寄りの自分が飲んでも問題はないものだ。

香草入りの甘い焼き菓子も皿に盛って運んだ。

さほど待たせなかったと思うが、彼はベンチに横になり無警戒に眠っていた。

――やはり、体調がよろしくないようですね。

ヴィオネ家の庭は、薬効のある香りで溢れている。疲れが溜まっている時などは眠くなる。

魔草が多く植えられているためだ。ルシアンが好むのだ。

魔草は、ルシアンと会話ができる。魔力があるおかげで彼ら魔草には普通の草花よりも優れた能力がある。

薬効以外の能力まであるとは、ハイネは知らなかった。

魔草は知識を持ち、ルシアンに伝えてくれるという。ルシアンはそれをハイネにも教えてくれるのだが、なかなか独特だ。

例えば、甘い香りのする蕩香という草は『今日は青い』『明日は赤』『あの種は黒緑だから食べると黄色になる』などとルシアンに教える。その暗号を解読しないと意味不明だ。

ハイネには何度生まれ変わってもわからないだろう。

庭の魔草は、ルシアンが選んだものばかりなので有益な魔草しかない。

安心して食べられるが、最近は、薬効がありすぎるので人に勧めるのはよくよく考えてからにしている。

けれど、今日の客人には勧めた方が良いだろう。

ハイネは自分の直感に従った。ゴラツィが信頼しているのなら、助けるのもやぶさかではない。

しかし、外での居眠りは風邪が心配だ。膝掛けでもお持ちしよう……そんな風に考え事をしているうちに、眠りこけていた客人が不意に目を開けた。

「申し訳、ない」

名も知らぬ客人は、半分寝ぼけながらもまずい状態だと気付いたらしい。何とかもがくように体を起こした。

「いえ。お疲れのようですが、ごゆっくりされてください」

ハイネはにこりと微笑んだ。

彼は、茶の香りに誘われるようにカップを手に取り、一口飲んだ。

「これは……とても香りが良いですね。素晴らしく香りが良い」

彼は心底、感心したように言い、すぐに飲み干した。

「お代わりはいかがですか？」

ハイネは傍らに立ちそう勧めた。

「よろしければ、頼みたい」

彼は遠慮しながらも、三杯の茶を飲んだ。

よほど気に入ったらしい。

「そんなにお好きでしたら、お持ち帰りになられますか」

「よろしいのですか」

彼は目を見開いた。

「ええ。ただ、どうしてこちらにいらしたのか、教えていただきたいですね。この家をご存じでいらしたのでしょう?」

ハイネは品良く微笑み、わずかに首を傾げた。

彼は、ハイネの言葉にまた逡巡したが、頷き答えた。

「お話しします。よろしければ、こちらにお座りいただけませんか」

彼にそう言われて、ハイネは少々、困ったが、彼が話しにくいのなら譲歩しようと決めた。

「勤務中の身ではございますが。失礼いたします」

と腰を下ろした。

「私はセス・レフニアと申します。今は体調を崩して無職ですが、魔導具を扱う技術者でした。その前は、王立研究所の研究員でした。前の王のころです」

「前の王のころ」という言葉を語るときに、一瞬、彼の表情が険しくなった。

ハイネは色々と察して、「それはそれは……」と労る言葉を呟く。

「あの頃の私しか知らない者は、きっと今の私を見てもわからないでしょう。若い頃、私は今よ

りずっと太ってましたから。おかげで、ずいぶん損をしました。見た目で判断する者から、私の能力は何割か低く見られていました」

辛いことを思い出したのか、セスは気を取り直すように首を振ると話を続けた。

「単なる言い訳ですが、元からそういう体型だったわけじゃないんです。少し太めくらいでした。ですが、職場で上司に『摂生ができない者は無能だ』などと連日罵られて。その上司に仕事の成果を横取りされるようになりました。私はどうやら、精神的に追い詰められるとかえって食生活が乱れて太るらしく。悪循環に陥りました」

「そういうことはよくありますよ」

ハイネは相槌を打ち、セスは苦く笑った。

「あげく、私は自棄になったんです。それで、危険な職場に転職しました。給料はとても高かった。ですが、健康的な仕事場ではありませんでした。まぁ、自棄になった人間には丁度良かったですよ。長生きできないならその方が良い、死んでもいい、くらいの気持ちでしたから。そんな時に、ある人に出会ったんです。別に、慰めてもらったわけではありません。そんな甘い人ではありませんでしたから。でも、なぜか勇気をもらったんです。なぜでしょうね？　未だに上手い言葉は見つかりません」

と、セスは首を傾げる。出会いの時を思い出しているのか表情は穏やかだ。

ハイネは彼の思い出を邪魔しないように、ただ静かに耳を傾けた。

「やたら元気な人だったからですかね。弱った仲間のために倍も働いて、当たり前みたいに笑ってる人でした。お礼を言われれば素直に『もっと崇(あが)めなさいよ！』と言うんですよ。素直……と言っていいかわかりませんが、まぁ、素直ですよね。彼女がいるだけで、晴天みたいに明るいんです。休憩のほんの短い時間に話をするようになりました。彼女は仕事の能力が高いので、私はときおり、頼ったんです。補佐をしてもらうと楽だったので。その頃には、私は仕事に慣れて、やり甲斐を感じていました。難しい仕事でした。岩盤の堅さやなにかを見ながら、魔導具の加減をするんです。辺りに魔力を注いで……土魔法の魔力です。それによって、地層とかも見ました。自分の魔導の技術が磨かれていくのがわかりました。ですから、辞めたくはなかった。ですが、健康診断で引っかかったんです」

セスは、堪えきれないように言葉を切った。

やり甲斐のある仕事と人との出会い……。幸せな頃だったのだろう。それが崩れていくのは不遇だった彼にとってさぞ辛かったに違いない。

吐息が震えていた。沈黙はわずかな間だけだった。すぐにセスは話を続けた。

「現場は、空気が悪かったんです。そういう職場ですから、職員は毎日、薬茶を飲まされるのです。身体の浄化に効くという。魔草が入ってる高価な茶ですよ。ただ、魔草ですから相性があるんです。魔力の相性です。私は、残念ながら合わなかった」

セスは本当に残念そうに俯いて首を振る。

「何年も働くうちに肺がやられました。健康診断で引っかかる技術者を使っているわけにもいきませんから、後釜が来たんです。彼が使えるようになったら、私は辞める予定でした。それから引き継ぎに三年以上もかかりました。体調が思わしくない時もありましたから、彼にはきっちり仕込んでいたつもりだったのですが、どうも……。引き継ぎは上手くいっていませんでした」と辛そうに言葉を繋いだ。

「彼女が亡くなったのは、そのせいだったんです。私はその時、相変わらず体調を悪くして休んでいました。引き継ぎの期間は過ぎていました。もうさすがに、後釜の彼には独り立ちさせなければならない時でした。上司たちもそう考えていましたので、彼には圧力がかかっていたんです。やる気がない、能力がない、と暗に言われて、彼は意地になっていたと思います。一人で、まだできない仕事に手を付けたんです。それで、事故が起こりました。彼女は、落盤で亡くなりました」

セスは、重い息をついた。

ハイネは、彼がどういった人か、よくわかった。

「レフニア様のせいではありませんね」

ハイネは決まり切ったことを述べた。おそらく、セスは数え切れないくらい、そう言われたことだろう。今の話によれば、事故の現場に彼はいなかったのだから。

でも、彼はそうは思えないのだ。

ハイネのなんの慰めにもならないであろう言葉を、セスは疲れたような顔で聞いた。

実際、彼の心は疲弊し、すり減ってしまっている。

あの事故から二年は過ぎている。それでも、彼は、つい先日に事故がありショックを受けたばかりのような顔をしている。

涙は涸(か)れたのかもしれないが、心は干からびた涙をまた溢れさせたいと欲しているように見えた。

「私は、職場を離れたくなかった。そのために、後進の指導に甘さがあった」

「そんなことはないでしょう」

ハイネが断言すると、セスは訝しげな目を向けてきた。

「なぜそう言い切れるのですか？」

「レフニア様は生真面目だとわかるからですよ。ほんの少々、言葉を交わしただけですからわかることはわずかですが、『生真面目な人だな』ということはわかります。レフニア様の大きな特徴は、『生真面目』ですよ。そう言われませんか？」

ハイネに問いかけられて、セスは「それは……」と口ごもった。

否定されなかったので、ハイネは話を続けた。

「自棄になって転職した先は、難しくて危険な職場だったそうですね。そういうところからもわかります。普通は、そういう時は、『難しい』仕事は選ばないでしょう、自棄になってる時ですからね。自棄になった気分でもできる仕事にするものではありませんか。難しい職場に自棄になって転職して、きっちり自分のものとし、やり甲斐を見つける人ですから。真面目に決まってますよ。それで、レフニア様は、体調が悪かった、と。仕事を休むこともあったのですよね。そうしましたら、いくらレフニア様が職場に残りたいと思っても、その後輩を、仕事を任せられる人間に教育しなければと、引き継ぎ用の資料を作り、自分で見つけた仕事のやり方を惜しげもなく与え、必死に教えたのでしょう？」

再度、ハイネに問われて、セスは、またも答えに詰まった。

ハイネの言う通りだった。

まるで、見てきたかのように当てられて、なんとも言い様がなかった。

ハイネは、一人頷いて、また続きを語った。

「ずいぶん、頑張られたと思いますよ。体調が悪いのに、三年も引き継ぎをしたんですから。ですが、残念ながら、そういう危険な職場に来る人間というのは、訳ありの者が多かった。やる気のない人間にいくら教えようとしても、ザルに水を入れるようなものです。そんな中、その性悪な後輩は、良いところを見せようとして、レフニア様が休みのときを狙って難しい仕事に手を出した。おそらくレフニア様は、準備だけは途中まではやってあったんじゃないですか？　体調が悪くなりながらも、できるだけのことはしてあった。だが、後釜の青年にはまだ無理だった。それなのに、できると思い込んで彼は手を出した。で、事故が起きた。違いますか？」

セスは、ただただ目を見開いてハイネの話を聞いていたが、ハイネに尋ねられて思わず頷いた。

「そう……です」

「レフニア様。私が思いますに、亡くなった彼女は、愛するレフニア様が自分が悪くもないことをいつまでも悪いと思い込んでいたら、必ず怒ります」

セスは「必ず怒る」というハイネの言葉があまりにも的を射ているために、思わず「ハハ」と苦笑した。

「レフニア様もそう思いますね？」

ハイネは、セスの苦笑いに自分も苦笑しそうになりながら尋ねた。

「そうだろうと思います。そういう人でした」

セスは頷いた。

彼女に愛されているということも本当だと思っている。

セスは、彼女に愛されていたのだ。

あの事故のときも、彼女が事故が起こりそうだといち早く気づいたのは、彼女がいつもセスの仕事を見ていたからだろう。

彼女はあの時、走り回っていた。誰も被害が出ないようにしようとしていたのだ。

「その愚かな後輩に、とりあえず全部なすりつけましょう。レフニア様は現場にいなかったのですから、責任は問われなかったんじゃありませんか？」

「その通りです。さすがに問われませんでした。私がやると言ってありましたし。私の休みが一日延びただけで困ることもありませんでしたから。彼がやる必要はなかった」

「彼女のためにも、その事故に関しては、レフニア様に責任はないことは認めましょう。どうか、そうなさってください。彼女にはその方がいいんです。そういう人ですから」

セスは、しばらく迷うように押し黙っていたが、「そうします」と呟いた。


それから、ぽつぽつと、セスとハイネは世間話をした。

セスが乗る予定の乗り合い馬車が来るまで、話す時間はあった。

セスから、「王立学園から、教師にならないかと誘いがあったが断ろうと思ってます」と、世間話の合間に聞いた。

「それは惜しいですね。お断りするのですか」

ハイネは残念そうに言った。

「体調が思わしくないものですから」

セスは、惜しくもなさそうな様子で答えた。

ハイネはしばし、考え、

「ルシアン様も、あと二年ほどで王立学園の中等部に通われる予定なのですがね」

そう、なにげなく告げた。

「こちらの……ご令息ですか。ヴィオネ家の」

心なしか、セスの声が掠れたような気がした。

「そうです。十歳になられます。二年後の十二歳の歳に中等部に入るのです」

「王立学園に？」

「まだ決まっておりません。ですが、私が予想しますに、まず王立学園に通う羽目になるでしょう」

ハイネは気難しい顔で答えた。

「通う羽目になる？　ですか？」

セスは興味を引かれて思わず尋ねた。

国でもっとも優れた学園に通えるというのに、なぜ「通う羽目」なのだろうか。

「失礼いたしました。言葉の選択ミスですね、王立学園に通えるのは幸運なことです」

ハイネはしれっと言い直した。

セスは『本音が出ただけだろうな』と胸中で推測した。わかるような気がしたのだ。

ハイネも、セスはルシアンのことを知っているだろうと推測していた。あの鉱山で働いていたのならば世間が知らないことも知り得るのだ。それに　王立の研究所勤めなら、王宮内の情報はなにかと手に入る。聡明な彼なら、色々と情報以上のことを推し量れるはずだ。

「体の具合が良ければ教師という職も良いのですがね」

セスは自然とそんな言葉を述べていた。

後進の指導に失敗したと思っていた。

それゆえに、教師などやる気はなかった。

だが、今はなぜか気が変わっていた。二年の月日が過ぎたからというのもあるだろう。知らぬ間に心の整理が付いていたのかもしれない。ハイネの言葉を素直に受け入れられていた。

体調さえ許せばやっても良いような気がしていた。だが、自分の体はよく知っている。

自棄になって、「早死にしても構わない」などと思っていたツケが巡ってきたのだ。

「では、良い魔草茶をお譲りしましょう」

ハイネはにこやかにそう言った。

「ですが、私は……」

「魔草との相性は問題がないでしょう。万能ですから」

セスが断ろうとするのをハイネは被せるように止めた。

「万能？」

セスはそんな魔草茶は聞いたことがなかった。

「特別な育て方をした魔草です。ただ、ここで手に入れたことは秘密でお願いします。こっそりと、レフニア様だけがお飲みになってください」

「それは、もちろん、お約束しますが。なぜ、私に？」

セスは戸惑った。つい今し方出会ったばかりの相手に、そんな貴重な魔草茶を渡そうというのだから。

「さぁ、なぜでしょうね。ところで、この腕輪はおそろいですね」

ハイネは、自分の腕にある虹石のお守りを、そっと袖をめくって見せた。

「あ、それは……」

セスが目を見開く。

「奇遇ですねぇ。レフニア様の大事な人が喜ばれるでしょうから、とっておきの茶を差し上げます。どうか役立ててください」

ハイネはそれから、もっとも効能がある薬草茶の中から、胸の患いに良い茶を選んだ。

セスには、何日かゆっくり療養ができる環境で飲むようにと、よくよく注意を与えて渡した。

半年後。

ハイネが香草を採取する傍らで、ルシアンは畑の手入れをしていた。

「蕩香の暗号は解けましたか」

ハイネは香草を摘み終わるとルシアンに尋ねた。

「ハイネ、蕩香は、暗号のつもりはないんだよ、真面目に話してるんだ」

ルシアンは真剣な顔で答えた。

「そうですか。真面目に話してるのに理解できないのは可哀想でした」

ハイネは蕩香を眺めながらそう言った。

「蕩香は気にしてないから平気。言いっぱなしで満足だから。例えば『今日は赤い』というのは、蕩香は『今日は暑い』と言ってるつもりなんだ。赤い、という言葉には、ほかほかしてるとか、暑いとか、気分が熱くなってるとか、熱心とか、そういう意味があるんだ。蕩香は……というか、植物たちはみんなそうだけど、『言い方』が人と違うから。言葉と印象の中間くらいの、ぼやけた『言い方』をするんだ。だから、心を覗いて、正確に言おうとしてることを探るんだ」

「読心ですか……そもそも読心でしたね。ちなみに、『あの種は黒緑だから食べると黄色になる』はどういう意味ですか」

「黒緑は、『未成熟な実によくある毒っぽい影がある』という意味らしい。『黄色になる』は黄疸という病気を患う」

「そんな毒が我が家にあるのですか?」

ハイネは思わず庭を見回した。

「もう抜いたから大丈夫。トゲのある種だから、鳥の羽毛にでもくっついて運ばれてきたらしい」

「蕩香はなかなか有能ですね」

「うん。あのさ、ハイネ、この間、本を持ってきてくれた人がいたよね? ハイネの友達の」

ルシアンは畑の手入れを一段落させて伸びをすると、ハイネに尋ねた。

「セスさんですね。『魔方陣構造学入門』を持ってきてくださった」

「そう。あの本、ハイネも読みたいよね？」

「あの本は、セスさんが、ルシアン様にと持ってこられたのですよ。ルシアン様が読み終わったら、もしかしたらお借りするかもしれませんが。ゆっくりお読みになってください。私がお借りするときは、解説をお願いいたします」

「解説をできるほど理解できるかな。面白いけど。魔方陣って、うまくできた魔方陣ほど美しい、とか書いてあった。まるで、雪の結晶のように美しいって」

「さすが、天才は言うことが違います」

ハイネはいたく感心した。

「セスさん、父上のこと褒めてたみたいだけど。父上は天才じゃないって言われたんでしょ？」

ルシアンは、サリエルがどういう風に褒められたのか、今一つ理解できていなかった。

「『天才』だけが褒め言葉ではありませんからねぇ。セスさんは、王立学園の生徒たちの成績は、よく知り得る職場にいたそうです。優秀な生徒を勧誘するのに熱心な職場なので。王立学園は、世界的にも特筆される天才が多く通っていたんです。魔法の実技や魔導理論や数学や、そういった諸々の分野に飛び抜けた学生がいるわけです」

「すごい学園なんだ」

ルシアンが声をあげ、その瞳が憧れで煌めくのをハイネは微笑ましく思い目を細めた。

「国を代表する学園ですからね。そんな中で、サリエル様は、あらゆる分野で二位か三位の成績を収めていたので、よほど幅広い能力の持ち主か、とんでもなく努力の人か、どちらだろうかと思っていたそうです」

「父上は優秀だったんだ」

ルシアンは我が事のように自慢げだった。一位ではなかったことに対して思うことは欠片もないらしい。

「それから、サリエル様は、幾度か実技の授業中に魔力切れを起こしていたらしいですね。学園は、生徒の魔力量を隠すように授業は配慮していたんです。それなのに魔力切れを起こすのは、よほど無茶をしたからになります。そのため、『サリエル殿下は国王になりたくないのだろうか』と思っていたとか。なぜなら、国王の座につきたい人なら、魔力が低いことを隠したかっただろうからと」

「父上、国王になりたくなかった？　でも、そもそも、父上は第四王子だよね？」

ルシアンは色々と疑問すぎて理解が追いつかなかった。

「可能性はあったそうですよ」

「ふぅん……。セスさんは、王立学園の教師なんだよね。僕が例えば、もしも魔導学園や国立学園に通うことになったら、セスさんの『魔方陣構造学』の授業は、学院にでも進学する頃にならないと受けられないね」

ルシアンは残念そうだった。

「そうなりますね。まぁ、セスさんが転職でもされれば受けられるかもしれませんが」

「それはそうだろうけど。父上は、どの学園が良いのかな」

「さぁ？　どちらでしょうねぇ。国立学園が少々、気に入っているようなことも仰ってましたが」

「父上、王立学園卒業なのに？」

「ご自分の体験よりも、評判とか、色々情報を集めておられますから」

「そっか……」

ハイネはルシアンが会話を止めてなにやら考え始めたようなので、ほっと息をついた。

セスのことはサリエルに報告をしておいた。

ハイネの推測までは伝えるのは止めて、事実だけを詳細に話した。

サリエルは、微妙な、複雑そうな表情を浮かべていた。

セスが王立学園の教師になる予定だとも伝えてある。それ以来、気のせいかルシアンを王立学園に通わせるのを避けるような様子も見られた。

——私の気のせいかとも思えるくらい、わずかなものですが。

セスからは、ルシアンの学園が決まったら、早めに教えてほしいと頼まれている。

——なんとも……。ルシアン様の父上がふたりに増えたような？　年寄りの考えすぎ、ですね。

ハイネは、それ以上は、無駄な憂いを巡らせるのはやめておいた。

奇妙な掟

ノエルはセオ教授から「雨の日には騎士たちの怪我の率が高くなる」という話を聞いた。以来、頭の隅に引っかかり、ずっと気になっていた。

雨が降れば視界が悪くなるし、足場も悪くなる。当然、怪我も増えるだろう。

——工夫しだいで怪我の率を低くできるのなら、そうしたいわよね。

付与魔導士のノエルだからこそできることもある。

とりあえず、荒天時の騎士たちの装備を調べてみた。

雨合羽は軽くて防水性のよい素材を使って作ってあった。

——通気性もよければ夏は良いわよね。体を動かす仕事だから、冬も湿気はないほうがいいかも。濡れると冷えるしね。

これは要改善だ。

ブーツに関しては古来より改善がされ続けていた。靴には丈夫で防水性のある素材が使われる。通気性もそれなりにある。中敷きに工夫がこらしてある。

——うーん。まぁ、ブーツは後回しかな。もう少し軽くても良い気がするけど。騎士たちは力持ちだしね。

斥候たちには軽くて足音がしない靴が重宝されている。防水性のある室内履きみたいなものだ。靴底に堅牢さをプラスできれば良いかもしれない。これも要改善だ。

それから、視界をよくする方法はないか。

ドロドロの道をしっかり歩ける工夫はできないか。

あれこれと考え出すときりがない。

——頭の中で考えていても限度があるわね。実際に荒天時に危険なところに行ってみたら、もっと思いつくかも。

幾つか思いついた試作品を作ったのち、騎士団長に相談することにした。


メケド領南端にあるロロドという村は、地形的な理由により雨が多い。ゆえに、ノエルの付与魔法品の実証実験に丁度良かった。

王都中央から直線距離ではさほど離れていないが、丘陵をぐるりと回り込むために騎馬で丸1日はかかる。道が整っていない不便さもあり、少々隔絶された雰囲気の素朴な村だった。

ノエルは自分の作った付与魔道具を試すために視察に同行させてもらった。シリウスには相変わらず反対されたが、丁度、シードル・ユライヤ副団長も行く予定だったのでそれに便乗した。

前回、ノエルが森に討伐に行く時には騎士団長が直々に護衛を買って出てくれたが、今回はシードル副団長だ。

いつも、執務嫌いな騎士団長となにかと無茶をいうノエルの間で苦労している副団長が護衛を申し出てくれたために、最後にはシリウスのほうが折れた。

副団長がひなびた村の視察に行くのは理由があった。ロロド村が接する森は魔獣の変種が多くいる魔素の濃い地域だった。王都からはそれほど遠くないところに魔の森があるため、定期的に騎士団が視察をしていた。

副団長は「なかなか興味深い森なので、視察は自分が担当することにした」という。副団長は変わった魔獣を調査研究することが、実益を兼ねた趣味だった。

シリウスは「危険な魔の森だ」と心配したが、ノエルは過保護な夫は無視をした。雨の日に森で怪我をする村人たちの力になりたいのだ。

——聞いた話によると森の草がくせ者みたいなのよね。

草で手や足を傷つけるのはよくある。けれど、ロロド村の「剣草」は、よくあるレベルを超えている。かなり鋭い草が繁茂しているらしい。

——私の作ったやつで防げたら怪我人が減るわ。騎士たちの装備にも使えるわよね。雨で視界が悪くなるのが原因らしいから。

怪我人が増える条件が限られているのだ。

雨で、かつ、日が暮れた森で怪我人が続出するという。


ノエルたちが到着した日も村は雨だった。雨が多いというのは本当らしい。

靄のような小雨が降る村の姿は幻想的だった。雨への対策で外壁に塗料が重ね塗りされた焦げ茶色の家が建ち並び、子供たちは小雨くらいなら気にしないらしく元気に走り回っていた。

ノエルと騎士団の分隊を、村長たちが出迎えてくれた。

このたびは、王妃付きの護衛と副団長が一緒だ。隊員たちも精鋭揃いだった。当初、村人たちの表情は緊張で固かったが、話をしているうちに打ち解けた雰囲気になった。ノエルが偉ぶらない王妃であることがわかったのだろう。

村長は、ノエルの作ってきた雨対策の魔道具を歓迎してくれた。

「ロロド村では昔から、雨の日や日が暮れた森には入らないように言われています。まぁ、一種の村の掟です。ですが、そうも言っていられない時が多々ありまして」

雨の森は非常に危険なのだという。

狩人たちは小雨くらいなら森に仕事にいく。女性や子供も木の実や薬草を採りに入る。森にいるうちに雨が降り出すこともあるし、うっかり迷っているうちに日が暮れることもある。そうならないように気を付けていても、つい無理をしたり、あるいは、急な病に森で採れる薬草が必要になることもある。

そういう時に怪我をする。あるいは、それきり帰ってこない村の者もいる。けれど、日暮れの雨の森には捜索に行くのも危ない。

話している間にも急に雨脚が強まったようで、慌てて村人たちが森から帰ってきていた。

そのうちに外がざわめき始め、「怪我人だ」という声が聞こえてきた。

ノエルと隊の救護班が声のするほうへ駆けつけた。

村の集会所が救護室のようになり、幾人かの村人が担ぎ込まれていた。村には治癒院があると聞いていたが、怪我人が多かったからだろう。六人ほどの村民が寝かされていた。

「酷い雨の日にはどうしても怪我人が増えるんです」

村長夫人自ら傷薬の用意をしている。夫人は元薬師だという。ノエルも持ってきた包帯を差し入れした。

怪我人の傷は、まるで切れ味の良い刃物で切り裂いたようだ。すっぱりと切れている。

——草で切る、というのはこういうことね。葉っぱのくせに鋭すぎるわ。

ノエルは用意した魔道具が役に立てばいいが、とにわかに緊張し始めた。


明くる日。

さっそく視察が始まった。村人の案内で森の危険な草も見せてもらう。剣草という魔草は思ったより凶悪ではなかった。けれど、雨の日には鋭くなる、という。

——雨の日限定のナイフみたい。普段はちょっと鋭いだけの草ね。

ノエルは実際に昨晩、手足を傷だらけにした村人たちを見ている。怪我人たちはかなり深く切り裂かれていたが、今は平和的な草に見える。

——とにかく、草なのだから、動くものではないわ。見えていれば避けられる。

村人たちが怪我をするのは雨天の夜間だ。

ノエルが作った視界確保用の魔道具は二種類あった。

ひとつは、雨避けの結界が張れる帽子で、雨を弾いてくれる。小雨くらいなら雨具は要らない。土砂降りでも体の周りの雨は避けられるので、足下が見やすくなる。

もうひとつは、雨降りでも使える携帯用電灯だ。これはかなり苦労して作った。

悪天候の夜というと、火を灯すものは使いにくい。光魔法を使うという手もあるが、光魔法を使った携帯用の電灯は庶民にとっては高価だ。騎士団では使われているが、それでも煌煌と灯すと魔石がすぐに消耗する。携帯用なので、小さく作る必要があるからだ。

そもそも、ノエルは光魔法は使えない。

そこで、雷魔法を使おう、とひらめいた。雷が落ちるさい、雷光によって一瞬辺りが照らされる。それの応用だ。ごく小さな雷光を連続的に煌めかせて灯りにする。

ノエルの付与魔法品だからこその利点もある。周りの魔素を吸収して動力源にするので、従来の魔石を消費する携帯用電灯よりもずっと長持ちするのだ。完成した電灯は帽子に取り付けた。

付与魔法品はあまり大っぴらに配れるものではないので、村の自警団に国から支給するという形でしっかり管理してもらう予定だ。この雨の多い村では、きっと役立つだろう。

視察しているうちに小雨が降り出したが、特に変わったことはなかった。あの危険な剣草が少々、鋭くなっただけだ。ただ、思うほどは鋭くなってはいない。剥き出しの肌はスパッと切れるが、服が切れるほどではない。

疑問に思っていると「個体差がありまして。あと、雨が酷くなるほど鋭さが増すんです」と村人の説明を受けた。

「雨で性質が変わるのか。そういう動植物は他にもいるのか」

と副団長も興味深げだ。

「雨の日だけ花を咲かせる魔草や、雨が降るとぽこぽこと顔を出すモグラっぽい小型魔獣などもいます」

「ほぉ。確かめる必要がありそうだな」

副団長が目を輝かす。

——シードル副団長、趣味に走ってません？　でも、確認は必要よね。

自分も「ぽこぽこ顔を出す」という小型魔獣を見てみたいノエルは副団長に全面賛成だった。

――それに、剣草がどれくらい鋭くなるのかは知りたいわ。

ロロド村では「雨の日は森に行かない」という掟がある。「夜は森に入らない」という掟もあり、雨の夜に森に入るのは二つの掟を破ることになる。雨天の森の情報は限られているだろう。

村の狩人たちは雨の夜という悪条件が揃う前に村に帰ろうと急ぎ、騎士団の分隊はさらにしばらく視察を続けてから帰還した。


村での夕食は心づくしの村の幸だった。

「これは、トトという魚です。川魚ですが、森の奥の川で採れるものです」

村長夫人が魚料理を指し示す。唐揚げにして香味入りソースをかけた魚は美味しかった。

「トトの食べ方にも掟がありましてね。一日に一匹しか食べてはいけないという」

と夫人が少し申し訳なさそうな顔をする。ノエルたちの皿にも魚は一人一匹だった。

「魚にも掟ですか。採りすぎないようにですか？」

一日一匹という制限？　とノエルはあまりに細かい掟を奇妙に感じた。

「そうなんです。でも、この辺りは川がとても多いですし、川にはトトがたくさんいます。小さい村ですから皆が食べる量など高がしれてるんですけれどね。ただ、森の奥の川で採れる魚なので、村人が危険な川に通いすぎないようにかもしれません。昔からある掟で、理由がよくわからないんです」

村長の子息が答えた。

「不思議な掟ですね」

「どの掟もけっこう昔からあるんですが。今時まで残っている掟はそう多くもない中で、この掟は守りやすいので残ってるんでしょうね」

「まぁ、確かに、夫婦は喧嘩をしてはならないとか、そんな掟は無理ですからな」

「そうですな」

　村長家の男性たちが酒を飲みながら話し、側で聞いている夫人たちが嫌な顔をしている。

　――そんなことを言ってると、今夜、夫婦喧嘩になりそうですよぉ。

　ノエルは心配になった。

　のちに村長夫人に聞いた話によると、村の掟はごく緩いもので、破ったからといっても罰があるわけでもないという。けれど、「昔からあるものなので、守らないと気持ちが悪いんですよ」と夫人はいう。

「心に刻まれているというか、迷信みたいなものなのに、大事なんです」と。

　心に刻まれているなんて、ある意味、法よりも破れない決まりみたい、とノエルは思った。


　明くる日。村に到着して三日目となる今日もノエルたちは森で視察していた。魔素の濃い「魔の森」は変種の生き物の宝庫だった。いつも冷静な副団長のテンションが上がっている。

　夕暮れ間近になり、森の奥まったところで雨が急に降ってきた。

　昼までは降っていなかったために村民たちの多くは森に入っていた。雨とともに、大慌てて皆が帰り始めている。

「雨の森を調べられるわ」

ノエルが振り返ると、「ええ」と副団長が機嫌良く答え、分隊長も頷いた。

騎士団の隊は、雨が降ったら奥へと進む予定でいた。村人たちが普段は行かない雨の降る森の奥を調べるためだ。

奥の危険地帯で生態の変わった魔獣を調べるのに、村長家の青年と狩人が幾人か同行していた。掟は破って良いのかと心配したが、騎士団と雨の森を調査する機会など滅多にない。

村長も「村のためだ。犠牲になれ」と彼らを送り出した。

ノエルがそれに同行するのは副団長が難色を示したが、ノエルの重装備をみてなんとか了解してもらった。

草深い森の奥に歩を進めるのは困難だった。ノエルは身体強化をして皆について行く。副団長はノエルの能力を知っているが、他の皆には驚かれた。

さらに奥へと進み、辺りは闇に包まれた。副団長は足を止めた。

ノエルは自分で作った雨避けの帽子を被り森を見ていた。防御用の結界も張っているので、草の切り傷を作る心配もないだろう。

雨の中、暗い森はさらに暗い。

――これが村人が怪我をする条件の揃った森の中なのね。

鬱蒼として不気味だ。隊の皆で辺りの植物を採取する。今のところ、凶悪な魔獣との遭遇はなかった。雨だからか、魔獣自体が少ない気がする。

「ああ、あれです。雨の日に顔を出す赤茶丸」

と村の狩人が指し示す。見ると、ぽこりと地面に穴が空き、なにやら赤茶色い丸いものが顔を出している。「赤茶丸」という名前のままの生き物だ。

分隊長がひょいと粘つく網を放る。生け捕り用の網だ。

捕まえた生き物は、コッペパンに酷似したミミズみたいな魔獣だった。

副団長が丸いミミズを嬉しそうに袋に詰めていると、「少し歯がとげとげしているだけで危なくもありませんし、役にも立たないミミズですよ」と村人たちが戸惑っていた。

副団長の趣味を知っている騎士たちは複雑な表情で、何も言わなかった。

「そろそろ帰還する。王妃様、帰りましょう」

ノエルはもう少し森を見たい気もしたが、ここらが潮時だろう。雨に濡れた剣草は、村人のいうとおり、よく切れる剣のように鋭くなっていた。これが土砂降りの森に魔獣が少ない理由かもしれない。

その時、魔道具の雷の光で照らされた視界に奇妙なものが見えた。鉛色に光る細い楕円形の物体だ。

——なに?

よくよく目を凝らすが、それは素早く薄暗い森の背景に溶け込み、見極めるのは困難だった。視界を確保する魔道具がなければ見えなかっただろう。正体不明の何かに、背筋が震えた。

他の騎士たちも気付いたようだ。灯りの魔道具を装備した案内役の村人も目を見開いている。

皆が見たそれは、魚だった。

「まさか、トト……」

呆然と村の青年が呟く。

飛んできたトトは鋭い鰭(ひれ)を鈍く光らせて結界にぶちあたった。他のトトたちは鰭で小枝や丈高い草を切り落としている。

「まさか、切り傷の正体はこれか」

雨が酷くなっていた。村の人はこんな夜は決して森に入らない。危険だからだ。

危険を作り出していたのはまさかの魚だった。

「トトは空を飛べたのか」

魔力の高い魚の中には確かに、飛べるものがいる。知られていなかったということは、トトが飛ぶ条件があったのだろう。「豪雨」「夜間」「森の奥」という条件だ。

魔道具の光を掲げて見渡すと、森の奥の方ほどトトが飛んでいるようだ。

「もう少し調べましょう！」

ノエルが声高にいうと、副団長は「いえ、王妃様は一旦、退避を」と言いかけた。

「私は誰よりも堅固な結界を張ってるし、魔道具で二重がけしてるのよ。少しも危険はないわ。攻撃魔法だって持ってるわ。皆と一緒にいたほうが安全だし」

不敵に笑うと、副団長は苦い顔で頷いた。

一行はそのまま奥へ進んだ。村の青年たちは表情が酷く昏かったが、確かめたい気持ちは同じらしく足取りはしっかりとしている。

土砂降りの雨音が辺りを包み足音はもはや聞こえないほどだが、魔道具の装備と雨合羽のおかげで体は濡れていない。視界もすぐ近くはよく見える。結界はトトたちをはね除け、飛ぶ魚たちに関してはさほどの危険は感じなかった。

けれど、森の中は不穏な気配で満ちていた。騎士たちの顔も強ばっている。

さらに奥へ進むと、ふいに強大な魔力を感じた。

「難敵！」

「魔獣！」

斥候と副団長もノエルと同じものを感知したらしく声をあげた。

騎士団の今回の任務は調査だ。少なくとも、巨大な魔力の正体を確認しなければならない。ノエルも逃げる選択肢はない。ここまで付いてきたのは自分の意思だ。

騎士たちが剣を構える。

そろそろと巨大な魔力の方へ進む。

草木をかきわけて行くと視界が開け、木々がなぎ倒された小さな空き地があった。

「な、なんだ、あれは……」

誰かが呟き、皆が息を呑んだ。

——蛇？　違うわ。肌の質感が違う。まるで巨大な蛭みたい。

その巨大な蛭のような、大蛇のような魔獣は、トトたちの総攻撃を受けていた。数え切れないほどのトトが、鰭で蛇を切り刻んでいる。

肉片が飛び散り、蛇はのたうち回った。トトは小さく、蛇は巨大だ。けれど、トトは数の暴力で蛇を圧倒していた。辺りは戦って死んだトトの死骸と蛇の肉片で埋まっていた。

呆然と見ている間に蛇は動かなくなった。

「こんな魔獣がいたなんて……」

「雨の日にしか出ない奴だったのかも」

「トトが退治していたのか……」

トトたちは刻まれた蛇の死骸を皆で喰らったのち、すいすいと飛んでいずこへと帰って行った。

残った蛇の死骸は、他の獣や小型の魔獣たちが食べている。

騎士たちは残骸を幾らか収集し、帰還した。


「その魔獣のことは、聞いたことがあります」

村長は、副団長からの報告を受けるとそう答えた。

巨大な蛇がいたという。蛇の肌はそう硬くはなかったが、力が非常に強く、倒すのは困難を極めたらしい。

「ずいぶん昔に討伐されて今はいないはずでした。まさか、トトが退治してくれていたとは」

村長は顔を強ばらせていた。

「トトを採りすぎてはいけないという掟は、あの大蛇を斃してくれるトトを守るためだったんですね」

ノエルがいうと、村の人たちはなんとも言いがたい切なげな顔で頷いていた。

村の掟は、年月が過ぎて、もはや意味がわからないものもあるという。

トトの掟も、トトを採りすぎると森で行方不明になる村人が増えたとか、そういう過去があったのかもしれない。

　とはいえ、トトが増えすぎるのも不安だ。一日に一匹というのは丁度良かったのだろう。

「どこの村にも言い伝えはありますし、よくわからない掟や決まりがあったりするんですが、視察の際、騎士団はできる限りそれに従います。逆らっても良いことは一つもないので」

　副団長はそう言い、ノエルは深く頷いた。

　蛇の魔獣は、討伐すべきか調べて見極めることになった。

　森の中で魔獣たちのバランスがとれているのなら、様子見をすることになるだろう。魔の森の生態系は複雑で、目立つ危険がない場合はそっとしておく。それが一番良い場合が多いからだ。

　基本的に、魔の森の魔獣は、均衡が保たれていれば森から出てこない。

　その後、ノエルの魔道具は、村の自警団に無事に装備されることになった。

本書に対するご意見、ご感想をお寄せください。

あて先

〒162-8540 東京都新宿区東五軒町3-28
双葉社　Mノベルスｆ編集部
「早田 結先生」係／「黒埼先生」係
もしくは monster@futabasha.co.jp まで

どクズな家族と別れる方法 天才の姉は実はダメ女。無能と言われた妹は救国の魔導士だった②

2023年8月13日　第1刷発行

著　者　早田 結

発行者　島野浩二

発行所　株式会社双葉社
〒162-8540　東京都新宿区東五軒町3番28号
[電話] 03-5261-4818（営業）　03-5261-4851（編集）
http://www.futabasha.co.jp/（双葉社の書籍・コミック・ムックが買えます）

印刷・製本所　三晃印刷株式会社

[電話] 03-5261-4822（製作部）
ISBN 978-4-575-24658-2 C0093